『銀河系最後の秘宝』

淡い光が闇を薄めていた。その光の中に、アルフィンがいる。
（185ページ参照）

ハヤカワ文庫JA
〈JA941〉

クラッシャージョウ③

銀河系最後の秘宝

高千穂　遙

早川書房
6388

カバー／口絵／插絵　安彦良和

目次

銀河系最後の秘宝

序　章

遠くで風が鳴っていた。

奥深い洞窟の底近くにあっても、そのすすり泣きにも似た咆哮《ほうこう》は、はっきりと聞こえてくる。

固形燃料の小さな炎が、暗闇の一角にひとりの男の手と顔をぼんやりと浮かびあがらせていた。老人である。もうかなりの年齢《とし》のようだ。百歳。あるいはそれ以上か。手に一枚の紙片を握っている。拓本《たくほん》だ。どこの碑文《ひぶん》から写しとられたものであろうか。そこに記されている文字は、人類のそれではない。

風が――曲がりくねった洞窟を渡ってきたかすかな風の残滓《ざんし》が、炎をしばし揺るがせた。老人の顔の上で、影が踊った。それは、あたかも老人に取り憑《つ》いた〝魔〟が演じる凄惨な舞踏のようである。

ふっと、思いついたように老人が口をひらいた。

「これが最後じゃ」

静かな声が響いた。その声に呼応する動きが、闇の中にあった。ひそやかな気配。誰かが、もうひとりいる。老人の言葉に対し、うなずいた。そんな感じの気配だった。

「読むぞ」

老人は言った。また無言の反応が返ってきた。肯定だ。老人は紙片を眼前に高く掲げ、詠唱するように、写された文字を読みはじめた。張りのある声だ。外見に似合わぬ若さがある。もしかしたら、この老人は見た目ほどに年いっていないのかもしれない。何か人知を超えた悪条件がこの男の人生の過半を支配し、それがために肉体のみが年老いてしまった。そういうことであろうか。

「こは、われらが最後の秘宝なり」老人は言う。

「われらが遺産を手中に納めし者、心せよ。最後の秘宝は、われらが子のためにあり。汝知るがよい。汝、われらが子たるときは、最後の秘宝は汝のものとなる。されど汝、われらが子にあらざるときは、すみやかにこの場を去るべし。われらが子にあらざる者、最後の秘宝を得んとすれば、ただ禍《わざわい》あるのみ。重ねて告ぐ。われらが子にあらざる者、ここより去《い》ねい」

言葉が止まった。老人が口をつぐんだ。上目遣いに、暗闇を見る。問うたのだ。この先を読んだものかどうかを。

答はわかっていた。

「つづけろ」

低い声が返ってきた。冷たく反響する。若い声だ。三十歳前後。若い男の声だった。

老人は二、三度、逡巡《しゅんじゅん》を表明するかのように小さくかぶりを振り、それから再び紙片の上に目を向けた。

「闇の創造者にして光の創造者、ドゥットントロウパの子たるわれらが子よ、ここに至りしことを誇るがよい」言を継いだ。

「われら、汝らに秘宝を遺《のこ》す。時の移ろいの中に、われらが知識を委《ゆだ》ねる。そのすべてが汝らの手に渡らんことを願って。が、われ、そをたしかむるすべなし。ただひとつ、銀河系最後の秘宝を除いては。なべての秘宝汝らに至らずとも、最後の秘宝のみは汝らのものなり。ドゥットントロウパの直系たる汝らのものなり」

また、老人は口を閉ざした。絶句するような言葉の切り方だった。

「つづけろ！」

鋭い声が飛んだ。老人は紙片を読んだ。

「汝ら、ゆけ。かの地にゆけ。秘宝はかの地にあり。われらが子よ、秘宝に至れ」

静謐《せいひつ》が生じた。固形燃料の燃えるかすかな音が、驚くほど大きく洞窟内に響いた。

老人がおし黙った。もう紙片を読もうとしない。

「それだけか？」

抑揚のない声で、若い男が訊《き》いた。

「星図が描かれている。〝かの地〟のポジションであろう」

老人は答えた。

闇の奥から手が伸びた。老人の持つ紙片をむしりとるように奪った。

「これが最後なんだな」

うなるように、男がつぶやく。

「やめたほうがええ」

老人が言った。

「なんだと？」

「この秘宝を探すのはやめたほうがええ」老人はゆっくりとおもてをあげた。

「いままでとは違う、わしは不吉な予感をおぼえている」

老人の口調が強くなった。生気のなかった瞳に、強い光が宿ってきている。

「不吉な予感だと？」

男は笑った。乾いた笑い声と、その残響が、洞窟内を耳障りに満たした。

「そいつは当たっているぜ」男は言う。

「ただし、俺のことじゃない。おまえの運命のことだ」

「！」

老人ははっとし、闇を凝視《ぎょうし》した。何かが動いた。老人の目の前で、オレンジ色の炎が忽然《こつぜん》と湧きあがった。

ブラスターの火球だ。

老人の悲鳴が闇にほとばしった。老人は倒れ、地に崩れた。

老人が燃える。紅蓮《ぐれん》の炎に身を包まれ、見る間に炭化していく。

即死だ。炎は瞬時に鎮《しず》まり、かわりに黒い煙が立ちのぼった。洞窟内に広がった。

男の気配が失せた。

固形燃料の火が、甲高い音を立てて消えた。

洞窟の内部は、また真の闇に戻った。

第一章　黒い襲撃者

1

スクリーンに一隻の宇宙船が映っていた。

難船である。機関部がビーム砲による攻撃で破損していた。個人所有の船だということが、船腹に描かれた認識番号でわかった。二百メートルクラスの外洋クルーザーである。大きい。個人の持ち船にしては大きすぎた。もし本当にそうなら、オーナーは大富豪に違いなかった。

発見したのはドンゴだった。

ドミンバの惑星ミランデルを発《た》ってから十四時間ほどが経過したころである。ワープポイントであるドミンバ星域外縁に向かう途中でレーダースクリーンに映る正体不明の宇宙船に、ドンゴが気がついた。太陽系内だというのに、その宇宙船は加速も軌道修正をするともなく、慣性航行をおこなっている。飛んでいるというよりも、漂っているという感じだ。救難信号はでていなかったが、事故の可能性が高かった。

〈ミネルバ〉は針路を変更し、その宇宙船へと向かった。

宇宙船は、やはり難船だった。それも、何ものかの襲撃を受けた船である。生存者の有無を調べねばならない。

ジョウとタロスのふたりが、宇宙服を着てその難船に移乗した。非常用ハッチは、外部からの操作であっさりとひらいた。宇宙船のメインシステムが遭難を認識していることが、これでわかる。救難信号は、宇宙船のシステムが遭難と判断するのと同時に発信される。それがでていないということは、襲撃者が自動発信装置を破壊したということだ。周到な手口である。襲ったのは、素人《しろうと》ではない。

ジョウとタロスは、船内に入った。

船内に人影はなかった。ふたりは船尾から一区画ずつ、隈《くま》なく調べた。人間の姿はまったくない。壊れたロボットばかりが、やたらに目につく。精巧なアンドロイドばかりだ。

船首にある艦橋に到達した。そこに男がひとり、倒れていた。操縦席からひきずりだされて、床に叩きつけられた。そんな恰好で俯《うつぶ》せになっていた。ジョウは駆け寄り、男を抱き起こした。

男は老人だった。かなりの高齢である。目も鼻も口も、深く刻まれたしわの中に埋没し、頭髪もほとんどない。濃茶の地味なスペースジャケットを着ている。袖口から露出している手首から先は、まるで朽《く》ち木の枝のように細い。

抱き起こして、わかった。老人は生きていた。ジョウは声をかけた。

「しっかりしろ！」

老人は薄く目をあけた。双眸《そうぼう》に光がない。

「どうした？　何があった。誰にやられた？」

ジョウは問いを重ねた。

老人はゆっくりと首をめぐらし、喘《あえ》ぐように口をぱくぱくさせた。七度ほど唇が動き、それからようやく、聞きとるのがやっとというほどにかすかな声を発した。ジョウは老人の口もとに耳を寄せた。

「ミランデルへ……」

老人は、そう言った。

「ミランデル？」ジョウの頬がぴくりと跳ねた。

「俺たちはミランデルからきたんだ」

「これを……届けて……」

老人の腕が、ぎくしゃくと動いた。ミイラのように枯れた指を、老人は自分の口の中に差し入れた。しばらくまさぐっている。ややあって、でてきた。二本の指先に、直径五ミリほどの丸い金属板がはさまれている。

「これは、なんだ？」

「データディスク」

「これが？」

異様に小さいディスクである。読みとりに専用のコンピュータが必要とされる、きわめて特殊なタイプだ。一般には使われていない。

「このデータディスクを誰に届けるんだ？」

「ミラン……デルにいる……クラッシャー……ジョウに」

「クラッシャージョウ？」

ジョウとタロスは、互いに顔を見合わせた。

「渡してくれ……頼みがあ……」

老人の言葉がふっと途切れた。目が閉じられ、呼吸が停止した。生命の灯が消えかかっている。

ジョウは大声で叫んだ。

「じいさん、がんばれ。クラッシャージョウは俺だ！　俺になんの用がある？」

声は老人の意識に届いた。いったん閉じられた目が、再びひらいた。濁った、弱々しいまなざしだ。

老人の唇がかすかに震えた。

「銀河系最後の秘宝が」

老人の首が、がくりと折れた。すべての力をだし尽くしてくずおれた。そんな感じだった。ジョウはあわてて肩をつかみ、老人のからだを激しく揺すぶった。

「じいさん、じいさんっ」

答はない。

老人はすでに息絶えていた。

ジョウとタロスは、しばし茫然としていた。意外な成り行きだ。声がでてこない。

ジョウは老人の顔を静かに見つめた。

俺にデータディスクを渡してくれ。

たしかに、そう言った。

不思議な偶然である。老人は、おそらくひとりでこの宇宙船を駆り、ミランデルに向かおうとしていたのだろう。この手の高級外洋クルーザーは、自動航行がセールスポイントになっている。補助要員としてロボットが何体かいれば、ひとりで操ることは容易《たやす》い。

ジョウは〈ミネルバ〉の修理のため、四か月もミランデルに足止めされていた。この老人は、なんの連絡もすることなく、自家用宇宙船でミランデルへとやってきた。データディスクをジョウに渡そうとして。よほど急で、重要な依頼であったに違いない。そして、ミランデルに着く直前、老人の宇宙船は何ものかに襲われた。ジョウとの接触を阻止されたのか、あるいは、たまたま宇宙海賊の餌食《えじき》になってしまっただけなのか。

前者だ。

ジョウは確信した。宇宙海賊のしわざではない。船内で破壊されているのはロボットと救難信号の自動発信装置、それに通信機だけだ。海賊ならば、こんな手ぬるい襲撃はしない。もっと徹底的にやる。宇宙船機関部の損傷など、明らかに仕事がきれいすぎる。

となれば、この惨劇の意図はひとつきりだ。

ジョウと、この老人を会わせたくない者がどこかにいた。

ジョウは右手を挙げ、データディスクを眼前にかざした。小さな円盤が、ジョウの指先で銀色の輝きを放つ。不思議な縁《えにし》である。襲撃者は、老人をミランデルに行かせまいとして、この宇宙船を襲った。もしも、そうしなかったらどうなっていただろう。おそらく老人はミランデルに行き、ジョウと行き違いになっていた。その場合、ふたりが会うことはありえなかった。それが、この襲撃により、ジョウと老人は逆に出会うこととなった。皮肉な話である。

「銀河系最後の秘宝か」

ジョウは小さくつぶやいた。いかにも生臭い響きがある。血を呼びそうな雰囲気が言葉のはしばしに強くにじんでいる。いや、現にひとりの老人の生命が、いま失われた。

ジョウは、あらためてデータディスクに目をやった。タロスも、無言でジョウの指先を見つめている。

この中にどんなメッセージが入っているのか？

この船を襲ったのは、いったい何ものなのか？

ジョウの胸の裡《うち》に、抑えがたい好奇心が、夏の日の積乱雲のようにむくむくと湧きあがってきた。

「兄貴！」

ふいに声が響いた。ヘルメットに内蔵された通信機からだ。リッキーの声である。ジョウのからだがぴくんと跳ねた。呼びだし音がない。緊急通信だ。

「どうした？」

ジョウは訊いた。

「重力波に異常！」叫ぶように、リッキーが言った。

「何かがここにワープしてくる」

「ちっ」

ジョウはバネ仕掛けの人形のように、勢いよく立ちあがった。タロスも、身を起こした。リッキーの声は、まだつづいている。

「重力波異常は一か所二か所じゃない。そこらじゅうで空間が歪《ゆが》みはじめている。十を超える数だ。〈ミネルバ〉をぐるっと取り囲むように発生している」

「すぐに戻る」ジョウはきびすを返し、大きくジャンプした。

「おまえは、そのまま観測を続行しろ」

「了解」

通信が切れた。ジョウはジャンプを繰り返して前進する。容易ならざる事態だ。ジョウとタロスは前後に並んで、エアロックへと向かった。本来なら老人のなきがらを〈ミネルバ〉に収容し、宇宙葬を執《と》りおこなわなくてはならないところだが、その余裕はない。すべてをそのままにして、ジョウとタロスは老人の宇宙船から離脱した。

〈ミネルバ〉の操縦室に戻った。

タロスが主操縦席に、ジョウがその左どなりの副操縦席に着く。フロントウィンドウの上にあるメインスクリーンに、外部の映像が入っている。すでに、重力波異常は存在しない。ワープアウトが完了した。闇の中に宇宙船が映っている。老人のそれではない。あらたに出現した円盤型の宇宙船だ。塗色はダークグリーン。暗色なので、その輪郭が宇宙空間に溶けこんでいる。外観が判然としない。

「いつでてきた？」

ジョウが訊いた。

「八十二秒前よ」アルフィンが答えた。

「〈ミネルバ〉を中心とする、距離約四千四百五十キロの円周上に出現。いまは加速八十パーセントで〈ミネルバ〉に向かって航行中」

アルフィンは主操縦席のうしろ、空間表示立体スクリーンのシートに腰を置いている。十七歳。金髪碧眼の美少女だ。太陽系国家ピザンの王女からクラッシャーになったという変わり種である。

「不明機の大きさは？」

ジョウが重ねて訊いた。アルフィンの指がコンソールデスクの上を走った。スクリーンにスケールが映しこまれた。

「直径六十メートルってとこだね」リッキーが言った。ジョウの背後、動力コントロールボックスの中にいる。

「宇宙戦闘機に毛が生えたみたいな機体だぜ。あんなサイズで、よくワープできるなあ」

「ワープ機関をむりやり詰めこんでいるんだ。不可能じゃない」ジョウは首をめぐらし、タロスを見た。

「そっちはどうなってる？　交信できたか？」

「あきません」タロスは両手を横に広げた。

「まったく応答なし。無視されてます」

「距離千二百。円盤機、転針」

アルフィンが言った。声がかすれ、高くなった。

2

「そっちの映像をメインに入れろ」

ジョウの指示がアルフィンに向かって飛んだ。

メインスクリーンの映像が変わった。三次元座標パターンが大きく浮かびあがった。

中央に白い光点が輝き、その周囲にグリーンの光点が十四個、光っている。白い光点は〈ミネルバ〉、グリーンの光点は円盤機だ。円盤機は螺旋《らせん》を描きながら、じりじりと〈ミネルバ〉に接近してきている。

「戦闘配置だな。これは」うなるようにジョウが言った。

「あの宇宙船を襲ったやつらだろうか？」

タロスに視線を移し、訊いた。表情が険しい。

「さあて」ジョウの問いに、タロスは首をひねった。

「いずれにせよ、攻撃してきます。間違いないですな」

他人事のような口調で答えた。ジョウの眉が小さく上下した。ピンチになればなるほど、タロスはこういう物言いをする。これは、あまりいい兆候ではない。

「撃たれたら、操船でかわせるか？」

「無理でしょう」タロスは即座に言った。

「初動に後《おく》れをとっちまいました。一、二撃はなんとかできても、連続攻撃されたら、逃げきれません。十四対一では数に差がありすぎます」

「距離八百！」

アルフィンの声が響いた。悲鳴のように聞こえる。あと少し詰められたら、射程距離に入る。その切迫感が、アルフィンの声をうわずらせる。

「動力全開！　針路６Ａ９１２。加速百パーセント」

ジョウが叫んだ。合理的な理由はなかった。いま動かなくてはいけない。でないと、やられる。なぜか、そう思った。

〈ミネルバ〉が身を大きく躍らせた。船体がうねる。メインロケットが猛獣の咆哮《ほうこう》をほとばしらせ、噴出する炎が漆黒の闇を切り裂く。

〈ミネルバ〉が位置を移した。

と。

光条がきた。

エネルギービームの光条だ。光条はコンマ数秒前まで〈ミネルバ〉が占めていた空間を貫き、無限の彼方へと散った。

〈ミネルバ〉が、遭難宇宙船の蔭にまわりこむ。

再び、エネルギービームが疾《はし》った。

今度は漂流状態になっていた遭難宇宙船に、その光条が突き刺さった。

閃光が炸裂《さくれつ》した。

ビームが宇宙船の動力部を灼いた。宇宙船は爆発し、まばゆい火球となった。

射程距離内ではない。通常のビーム砲が相手なら、まだ数秒ほどの余裕が〈ミネルバ〉にはあった。しかし、円盤機はかまわず撃ってきた。そして、そのビームは宇宙船一隻をあっさりと吹き飛ばした。

「なんて射程距離だ」

ジョウの表情がこわばった。常識では考えられない攻撃だ。

「くるわ！」

アルフィンが言った。

「9E428に転針。加速百二十パーセントにアップ！」

ジョウが叫んだ。

強烈なGが船内に生じた。加速が慣性中和機構の限度を超えた。ジョウの息が詰まる。顔がねじれるように歪む。

正体不明の円盤機は、〈ミネルバ〉のトリッキーな動きに対し、即座に反応した。〈ミネルバ〉の加速と同時に螺旋《らせん》行動の包囲隊形を解き、〈ミネルバ〉の進行方向に向けていっせいに集まってきた。〈ミネルバ〉は、円盤機の群れを限界ぎりぎりまで引きつけておいてから、再び反転する。常識では考えられない無謀な急速転回だ。

〈ミネルバ〉と円盤機の相対距離がおよそ四百キロとなった。加速はほぼ互角といっていい。だが、搭載している火器の性能差が大きい。円盤機のビーム砲の有効射程距離は七百キロをオーバーしている。対する〈ミネルバ〉のそれは、ぎりぎりで四百キロだ。この距離では、〈ミネルバ〉はただ一方的に攻撃されるのみである。

とはいえ、どちらかというと、状況はわずかながら好転していた。何よりも円盤機の包囲網が崩れた。いまは直線的な追跡戦となっている。この形は、〈ミネルバ〉にとってほんの少し有利だ。攻撃は一方向からしかこない。これならば、数の上での劣勢を操船技術でカバーできる。

行手に巨大な惑星が見えてきた。

ドミンバの第十四惑星、ガルーンである。

太陽系ドミンバには、十五個の惑星があった。第十五惑星はデルバーという。そのデルバーの遠日点と恒星ドミンバとの距離、つまりデルバーの軌道半長径に一千光秒（約三億キロ）を加えた長さを半径にして、恒星ドミンバを中心に球を描くと、それがドミンバ星域となる。太陽系国家ドミンバの主権の及ぶ範囲である。

星域内ではワープ機関の使用が厳しく制限されていた。実質上は禁止である。

二一一一年に完成したワープ機関によるワープ航法は、異次元空間を通ることで瞬時に何十、何百光年を移動する、まさに夢の技術であった。宇宙旅行といえば、太陽系内だけのささやかな移動でしかなかった時代が、これで終わった。人類は、ワープ機関を得て、他恒星系への進出を可能とした。

が、ワープ機関には、ふたつの大きな欠点があった。

ひとつは生物に対する影響である。異次元空間転移時に、生命体に大きな負担がかかる。人間の場合、はじめてのワープでは例外なく激しい頭痛や嘔吐感《おうとかん》を催す。はなはだしいときには失神することもある。これについては、ワープ機関が完成してから五十年、さまざまな改良がなされてきた。しかし、いまに至るも、有効な対策は〝慣れ〟以外には存在しない。

そして。

もうひとつの問題は、巨大質量の近辺では正常なワープが不可能ということである。

恒星や惑星の近くでは、ワープ機関が使えない。星の強大な重力でワープに用いられる異次元空間に歪みが生じ、ワープインした宇宙船は、その空間に入ったきり、でられなくなってしまう。

そこで、星域内ではワープを禁止する法律がつくられた。ロケットエンジンによる通常航行で巨大質量から離れ、安全距離をとった上でワープする。それにより、この問題は解決した。星域は、その安全距離をもとに設定されている。

もっとも、法律がそうなっているからといって、星域内では絶対にワープできないというわけではない。安全係数が十分にとられているし、時と場合によっても、可能になるケースがある。たとえば、第十四惑星のガルーンと第十五惑星のデルバーの相対距離が、もっとも離れたときなどだ。このとき、ガルーンから星域外縁に向かってとった距離一千光秒は、ガルーンとデルバーの相対距離よりもはるかに短い。ということは、ガルーンから一千光秒のところでワープしても、理論上では支障がないということになる。安全係数は二倍以上が見こまれているので、五百光秒も離れていればまず問題は起きない。確実にワープができる。

ジョウは、その不可能ではないワープインを狙っていた。幸いにも、ガルーンとデルバーの相対距離のひらきは、ほぼ最大の数値に近い。星域内でのワープが可能になっている状況だ。ただし、法律違反ということで、宇宙パトロールや宇宙軍に追われることを覚悟すればである。ジョウはそのことも計算に入れていた。ドミンバは太陽系国家として認知されているが、まだ開発にかかったばかりなので、国家としての体《てい》を完全になしていない。当然、銀河連合にも未加入である。警察や宇宙軍なども整備されていない。これでは、たとえ星域内ワープを感知したとしても、パトロールや軍艦の派遣は無理だ。いや、それ以前にそういう態勢がととのっていない。

ガルーンが迫ってきた。

レーダースクリーンに光点が増えた。ガルーンの衛星だ。ガルーンには、大小合わせて二十六個の衛星がある。このままガルーンをかすめ、目的地点に到達するためには、いったん加速を絞らなくてはならない。

ジョウはレーダーを凝視する。円盤機編隊との相対距離は依然として四百キロ強。ビーム砲の光条が、つぎつぎと〈ミネルバ〉の外鈑《がいはん》を擦過《さっか》している。

「どうします。〝煙幕〟でもいきますか？」

タロスが訊いた。ジョウは答えない。タロスは言葉をつづけた。

「衛星への着陸。重力カタパルトで一気に加速。命令されれば、なんでもやりますぜ」

「…………」

ジョウは口をひらかない。迷いがある。並みの相手なら、いまタロスが並べたてた作戦をつづけざまに実行すれば、まず間違いなく振りきることができる。しかし、敵によっては、それが裏目にでたりもする。〝煙幕〟などは、とくにそうだ。効かない相手に使ったりすると、より危険な状況に陥ってしまう。

〝煙幕〟はミクロン単位の黒いナノマシンの集合体だ。このナノマシンを数百万、数千万の単位で船外に射出すると、それが〝煙幕〟になる。黒いナノマシンは宇宙船にまとわりつき、その船体を完全に覆う。それがいかにも地上で煙幕を張ったように見えるので、クラッシャーは、このナノマシンのことを〝煙幕〟と呼んでいる。〝煙幕〟は電磁波を吸収し、レーダーの電波、光、放射線などから宇宙船を隔離する。宇宙船は、敵の視界から、あらゆる意味で見えなくなる。

だが、世の中には、超高機能レーダーというものが存在していた。そのレーダーを搭載している船に対して、〝煙幕〟は無力だ。位置を完全に捕捉される。

厄介なことに、〝煙幕〟には大きなデメリットがあった。〝煙幕〟を使用した宇宙船の内部も、その外部と条件が同じになってしまうということだ。それは、船外の様子をいっさい確認することができなくなることを意味している。光学的にも、電子的にも、無視界飛行を余儀なくされ、針路上にある障害物の回避も不可能になる。その状態で、敵に位置をつかまれたらどうなるか。いうまでもない。一斉砲火を浴びて、撃沈される。

円盤機に〝煙幕〟は効かない。

ジョウは直感した。根拠はない。文字どおり、ただの勘だ。超高機能レーダーは、連合宇宙軍の戦艦クラスしか搭載していないウルトラハイテク装置である。それが、あんな小型の円盤機に積みこまれていると考えるのは、想像するほうがおかしい。おかしいが、ありえる。ジョウは、円盤機の編隊に、ただならぬものを感じていた。直径六十メートルの宇宙船がワープ機関を有し、星域内へ平然とワープアウトしてくる。しかも、信じられないほど超遠距離射程のビーム砲も装備している。大出力を誇る連合宇宙軍の五十センチブラスターも、最大有効射程距離は六、七百キロがせいぜいである。地上に設置された動力炉からのエネルギー補給でもあれば、話はべつだが、六十メートル級の円盤機に、そのような動力炉が載せられているはずもない。七百キロ以上の射程距離は、あまりにも非常識な数字だ。

人類の技術じゃない。

そんな思いが、ジョウの脳裏に浮かんでいた。

3

不安が湧きあがってくる。

非常識な不安だ。おそらくは的はずれであろう。銀河系全域にわたり、これだけ広く進出したのに、人類はまだ他の高等知的生命体を知らない。そんなものに出会ったという報告も、皆無である。にもかかわらず、そういう不安をおぼえてしまう。

銀河系最後の秘宝。

その言葉の持つ妖しい響きが、ジョウにそのような連想をもたらしたのだろうか。

小手先の技は通用しない。

ジョウは、そう思った。へたなことをしたら、敵の技術に必ずつぶされる。だが、このまま何もせずにいて、ワープポイントまで逃げきることはできない。いまのところ、タロスの卓越した操船技能のおかげで致命傷は蒙《こうむ》っていないが、この先も〈ミネルバ〉が無傷でいられる保証はない。一方的に撃たれまくっているのだ。その一撃が機関部に命中すれば、それで終わりである。

戦わなければいけない。とにかく反撃し、それによって円盤機編隊との間に一千キロ以上の差をあけることができれば、相手を撃破できなくても、この危機を脱することは可能だ。

「加速八十パーセントにダウン」ジョウは言った。

「針路6B353。そこにガルーンの衛星がある。その蔭にまわりこめ」

「え？」

タロスはジョウを見た。指示の意味がよくわからない。いま、そんなことをすれば、彼我《ひが》の距離がさらに詰まってしまう。

「円盤機を引きつけるんだ」ジョウはつづけた。「あいつらをこちらの射程内に入れる」

「交戦ですか？」

「そうだ」ジョウはうなずいた。「宇宙空間での十四対一はちょっと骨だが、あの衛星上でやれば、条件が変わる。見てみろ」

ジョウは衛星の映像を拡大させた。メインスクリーンに岩山が連なる殺風景な景色が映った。映像の下部には、データも表示される。ガルーンの第二十二番衛星、バッコス。大型の衛星だ。直径はおよそ二千四百キロ。火山活動が散見され、地表は茶褐色のガスで薄く覆われている。

「なるほど」タロスはにやりと笑った。「大気のある衛星ですかい。たしかにあそこなら、腕がものをいう」

〈ミネルバ〉は大気圏内飛行を考慮して設計されている。全長は百メートルで、最大幅は五十メートル。船首が先細りに尖《とが》っており、後方にかけて大きく広がった船体は翼を兼ねている。垂直尾翼は二枚。宇宙船というよりも、そのフォルムはむしろ航空機に近い。大気圏内での空中戦なら、運動性で円盤機に負けることはない。

「派手に迎え撃とう」拳を握り、親指を立てて、ジョウは言った。

「技術《テクノロジー》には、技術《テクニック》だ」

〈ミネルバ〉がバッコスの衛星軌道に進入した。高度を下げ、地上へと向かった。

荒れ果てた光景が、眼前に迫ってくる。無謀ともいえる急降下だ。

岩山は、映像で見たときよりも、はるかに猛々《たけだけ》しい姿をしていた。激しい地殻変動が褶曲《しゅうきょく》山脈をつくり、それが渦巻くガス雲の強風に削りとられ、何千メートルもの高さで屹立《きつりつ》する奇怪な岩塊となっている。

〈ミネルバ〉は水平飛行に移った。聳《そび》え立つ岩山の隙間を縫うようにして前進した。ソニック・ブームが太い爆発音とともに大気を揺るがせ、岩壁が叩き割られるように崩れ落ちる。高度は三千メートル。速度はマッハ十二。高度はまだじりじりと下がっている。

円盤機がきた。距離は八十キロ弱というところか。あっという間に追いついてきた。この距離ならば、大気圏内であっても、〈ミネルバ〉の射程内である。だが、まだ攻撃はしない。それは円盤機も同じだ。互いに様子をうかがっている。

高度千メートルに達した。速度はマッハ十二のまま。よけてもよけても、つぎつぎと岩の壁が行手に出現する。山脈が途切れることはない。一瞬でも操船を誤ると、岩塊に激突し、木っ端微塵となる。そういう高度、速度だ。タロスは全神経を操船に集中させている。

ジョウはセンサーで、バッコス表面の気流の動きをチェックしていた。地形にもよるが、空中戦を狙った場合、追われる側が高度をむやみに下げるのは得策ではない。高空から覆いかぶさるように攻撃されたら、それまでとなってしまう。対抗する手段がない。円盤機のいまの高度は約四千二百メートル。常識からいえば、〈ミネルバ〉はみずから墓穴を掘ったことになる。

しかし。

バッコスでは、そのセオリーが通用しなかった。ジョウは気流を読んで、そのことに思い至った。

風が吹く。

バッコスの地表は、縦横無尽に吹き荒れる猛烈な気流に埋めつくされている。茶褐色の帯を形成しているあのガス雲がそれだ。塩素を主成分にした気流が、大地からはぎとった土砂、泥濘《でいねい》に染められ、そのような凶々《まがまが》しい色を得た。風速は高度一万メートルで、秒速百五十メートルから百八十メートル。五千メートルでは、百二十から百五十メートル。高度千メートルでも、秒速八十メートルから百メートルに達している。地上五十メートル以下の低高度であっても、瞬間最大風速が百メートルを超えることは稀《まれ》ではない。

常識で動いたら、痛い目に遭《あ》う星だ。

ジョウはそのように判断した。接近して攻撃するため、急降下しようとしたら、機体が風にあおられる。円盤機なら、なおさらだ。コントロールを失い、岩壁に叩きつけられる。それは間違いない。といって、いまのまま、岩山の間をすりぬけながらマッハ十二の速度で飛行する八十キロ先の〈ミネルバ〉を狙うのは不可能だ。攻撃するには、〈ミネルバ〉と同じ高度に降り、ゆっくりと間合いを詰めていく以外に手はない。

「敵、高度千二百メートル」

アルフィンが言った。

円盤機編隊が高度を下げはじめた。〈ミネルバ〉の高度は八百メートル。速度はマッハ十二を維持。ソニック・ブームが地表を激しくえぐっている。大地を深さ数メートル、幅数百メートルというオーダーではぎとり、その表土を強風の渦の中に撒《ま》き散らしている。〈ミネルバ〉の後方視界がほとんどゼロになった。

「円盤機、高度千メートル。距離七十キロ」

アルフィンが報告する。〈ミネルバ〉の高度は、わずかに五百メートルだ。

「行くぜ」

ジョウが言った。ジョウのコンソールデスクに、ビーム砲とミサイルのトリガーレバーが起きあがった。左右の手で、ジョウはそれをぐいと握った。

照準スクリーンに光点が映った。白い光点の数は十四個。ときおり、その光点のいくつかが消える。岩山の蔭に入るからだ。

ジョウはメインスクリーンに視線を転じ、映像を切り換えた。飛行しながらセンシングしてきたバッコス地表の立体画像を入れた。そこに十四個の光点が並べられる。〈ミネルバ〉の後方に、裾野の広い巨大な岩山があった。円盤機が、そこにさしかかった。

「！」

絶妙のポジション。

ジョウはトリガーボタンを押した。ミサイルを発射した。多弾頭ミサイルが八基。鋭い弧《こ》を描き、ミサイルは岩山の山腹めがけて突進する。

爆発した。

岩塊が崩れた。崩落し、岩なだれとなった。

その下に円盤機の編隊がいる。幾千もの岩塊が、円盤機の上に落下する。円盤機はかわせない。完全に虚を衝《つ》かれた。

照準スクリーンの光点が、いっせいに消えた。電波が機体を捕捉できない。映像がひどく乱れている。

何機、排除できたか？

ジョウはメインスクリーンを凝視した。後方視界が悪いので、円盤機の様子を目視することはできない。

ジョウは再びスクリーンに光点があらわれるのを待った。

無限に長い数秒が経過した。

光点が復活する。

スクリーンに入った。ジョウは数をかぞえた。

七機。

反射的にジョウはビーム砲のトリガーボタンを絞った。〈ミネルバ〉の背後に向かって、光条がほとばしる。レーザービームが円盤機を切り裂く。それが感覚でわかる。光点がひとつ減った。六つになった。円盤機もビーム砲で〈ミネルバ〉を攻撃している。それはたしかだ。が、その攻撃は〈ミネルバ〉に届いていない。茶褐色の気流が、それをバリヤーのようにさえぎっている。

「マッハ八に減速！」

ジョウの指示が飛んだ。と同時に、ジョウはまたミサイルを発射した。再び岩山が崩れ落ちる。円盤機は旋回しながら、高度をあげた。さすがに同じ攻撃は二度通用しない。しかし、この動きはジョウが狙っていたものだった。上昇する円盤機は、岩山という天然の障壁の外にでることになる。ハンターの前に飛びだした鴨《かも》同然といった状況だ。〈ミネルバ〉は減速し、相対距離も大幅に縮まっている。円盤機は射的場の的も同じといっていい。〈ミネルバ〉に対して、無防備に弱点をさらしている。

〈ミネルバ〉から光条が幾筋も疾《はし》った。

二機の円盤機が火球となった。炎上し、爆発した。ジョウは照準をセットし直す。

「円盤機、離脱！」

アルフィンが叫んだ。

「ちいっ」

ジョウは舌打ちし、あわててトリガーボタンを押した。残った四機の円盤機が反転している。ビームは大きく外れた。岩山を灼《や》いた。

円盤機が逃げていく。猛スピードで〈ミネルバ〉の射程内から脱しようとしている。

「加速しろ！」ジョウはタロスに向き直った。

「可能な限り加速。バッコスから離れ、円盤機との距離をひらく。そのあとは、一気にワープポイントに向かう」

「了解」

〈ミネルバ〉は急上昇を開始した。バッコスの大気を圧縮し、〈ミネルバ〉の船体が赤熱する。円盤機が、この動きに気がつくかどうかが勝負の分かれ目だ。ジョウはレーダースクリーンの映像をメインスクリーンに移した。スクリーンの端に白い光点が四つある。距離、約六百キロ。バッコスの大気圏を抜けた。〈ミネルバ〉の周囲に、漆黒の闇が戻った。まわりこむようにして衛星軌道にのり、さらに加速をアップさせて〈ミネルバ〉はバッコスの重力場を振りきる。

加速八十。百。百二十パーセント。

バッコスが遠ざかる。見る間に、その姿が小さくなる。円盤機が追跡を再開した。が、もう遅い。すでに一千キロの差をつけた。その距離はさらにひらいていく。

ワープポイントに到達した。正式なワープポイントではない。理論上のワープ可能域だ。

〈ミネルバ〉はワープした。距離は二百光年。中距離ワープである。乙女座宙域の一角を選んだ。

ワープアウト。

通常航行で加速する。

針路上に、青白い恒星があった。

太陽系国家トゥラン。青白い恒星は、その主星だ。

〈ミネルバ〉は、トゥランの星域内に入った。

4

ジョウが、ワープアウトする星域にトゥランのそれを選んだのには、はっきりとした理由があった。

トゥランの第六惑星にデボーヌ総合大学がある。銀河系でもっとも名の知れた大学のひとつだ。そこには、あらゆるデータディスクを読むことのできる特殊な用途のコンピュータが設置されている。ネットワークに接続されていない、スタンドアローンの研究専用コンピュータだ。

謎の円盤機編隊の攻撃から逃れ、同時に老人から預かったデータディスクも解読する。それを企図して、ジョウは〈ミネルバ〉をジャンプさせた。

針路を惑星デボーヌへとセットする。

「ジョウっ！」アルフィンの金切り声が耳朶《じだ》を打った。

「重力波に異常。四か所を確認！」

「なんだと？」

ジョウの顔色が変わった。驚愕で、腰が浮いた。

「ワープトレーサーか」

つぶやくようにタロスが言った。タロスも凝然《ぎょうぜん》としている。

ワープは、通常空間にもワープ空間にも、重力波の痕跡をかすかに残す。その痕跡を、ワープ直後ならばほぼ完璧に探知し、追跡できる装置が存在する。ワープトレーサーだ。

しかし、ワープトレーサーは高価な上に大型の装置なので、搭載している宇宙船はほとんどない。連合宇宙軍の大型艦船以外には、皆無である。

そのワープトレーサーを、あの円盤機は持っている。信じられない話だが、そうとしか考えられない。勘やあてずっぽうによるワープアウトポイントの予測など不可能だ。それができるのは、ワープトレーサーのみである。

「馬鹿げた想像じゃない」歯を嚙み鳴らし、ジョウが言った。

「あいつらなら、ありうる」

円盤機は常識を陵駕《りょうが》する超科学の産物だった。超長距離射程のビーム砲、使う場所を選ばないワープ機関。ならば、ワープトレーサーのことも考慮すべきであった。うかつである。油断した。この失敗は、命取りになりかねない。

「5A904」

ジョウが転針を指示した。メインスクリーンに重力波異常を検知した宇宙空間の映像を入れた。星々の光がかすかに揺らめいている。たしかにワープアウトの兆候だ。しかも、そのときが近い。

ジョウはミサイルのトリガーレバーを起こした。グリップを握り、照準をセットした。

くる。

トリガーボタンを押した。ミサイルが射出された。二基のミサイルが、四方向をめざす。距離はわずかに百数十キロ。至近距離だ。ワープアウトの瞬間を狙う。それを外したら、もう勝ち目はない。ジョウは固唾《かたず》を呑《の》み、ミサイルの航跡を目で追った。

とつぜん。

閃光が走った。

すさまじい光の拡散だ。ミサイルの爆発ではない。もっと鮮烈に輝いている。

スクリーンが自動的に光量を調整した。画面が暗くなった。が、その一瞬の燦《きらめ》きで、ジョウたち四人は軽い眩暈《めまい》をおぼえた。それほどに光は強烈だった。

光が消えた。すうっと拡散し、失せた。

円盤機が出現した。

四機の円盤機が、光の消えたあとに忽然と浮かんでいる。〈ミネルバ〉が放ったミサイルの姿は、どこにもない。

円盤機は〈ミネルバ〉の攻撃を予想していた。だから、ワープアウトの直前になんらかの方法で膨大なエネルギーを通常空間に放出した。そのエネルギーを浴びて、ミサイルは蒸発してしまった。

とんでもないテクノロジーだ。

〈ミネルバ〉は、再度反転した。逃げるしかない。正面切って戦うのは無理だ。ジョウは反転と同時に、ミサイルを追加発射した。牽制《けんせい》の一撃である。

円盤機がふわりと動いた。

光条が疾る。幾筋も闇を貫く。円盤機が、いっせいにビーム砲で反撃を開始する。

ミサイルが撃ち落とされ、さらに一条が〈ミネルバ〉を直撃した。

〈ミネルバ〉が揺れた。操縦室に強い衝撃が届いた。突きあげられるように、床がうねった。

警報音が鳴る。スクリーンに赤い警告表示が広がった。

「動力だ！」

「動力をやられた」リッキーが叫んだ。

〈ミネルバ〉の加速が急速に落ちていく。エンジン出力が低下し、船体ががたがたと振動している。

「重力波異常」アルフィンが言った。

「距離三百キロ。ワープよ」

「機数と座標！」

ジョウは怒鳴った。

「9B260。質量はひとつ」

ジョウの頰がぴくりと跳ねた。その座標は、追ってくる円盤機の後方にあたる。

「新手か？」

ジョウはスクリーンの映像を拡大した。そのあいだも、両の手はミサイルとビーム砲のトリガーボタンを押しまくっている。

スクリーンに映る宇宙空間の一角が大きく歪んだ。にじむように輪郭が生まれ、その位置に宇宙船があらわれた。

円盤機ではない。

垂直型の宇宙船だ。百二十メートルクラスで先端が針のように尖っている。塗装はされていない。宇宙船の外鈑に多く使用されているKZ合金の黄金色に、その地肌が輝き、船首には赤で小さく〝SALAMANDER〟という文字が描かれている。これは、おそらく船名であろう。

偶然なのか、故意なのか、とにかくまったく無関係と思われる宇宙船が、この宙域にワープアウトしてきた。ワープアウト地点は星域外縁ぎりぎりだ。もしかしたら、違法なワープかもしれない。

救援を乞うか、それとも。

ジョウは、しばし逡巡《しゅんじゅん》した。

〈サラマンダー〉の正体が、かけらもわからない。

と思ったとき。

いきなり〈サラマンダー〉が円盤機に向けて、攻撃を開始した。後方からビーム砲を発射し、円盤機を撃った。

円盤機が一機、爆発した。獰猛《どうもう》なサメが獲物を襲うのにも似た、無造作かつ的確な射撃だ。なんの前ぶれもなく、円盤機を屠《ほふ》った。

二機目の円盤機が火球となった。残りの二機が、あわてて反転した。〈ミネルバ〉を捕捉するどころではない。このままだと自分たちが全滅する。そう悟った。

「逃がさない」

ジョウがトリガーボタンを絞った。一機のエンジンを狙った。細いビームが、円盤機の尾部を刺し貫いた。

円盤機の加速が落ちる。〈サラマンダー〉が追いつく。ビーム砲を浴びせかける。円盤機が爆発した。炎の塊となり、四散する。

最後の一機は、攻撃をかわしきった。〈サラマンダー〉が転針して追う気配を見せたが、一歩及ばなかった。円盤機はワープした。その姿が闇に溶けこむように消えた。

ジョウは通信回路をひらき、〈サラマンダー〉を呼んだ。

応答があった。通信スクリーンに映像が入った。

「！」

その顔を見て、ジョウは一瞬、言葉を失った。

三十二、三歳といったところか。男だ。恐ろしく痩《や》せている。頬が削ぎ落とされたかのようにこけていて、肉がほとんどない。しかし、眼光は鋭く、一種異様な気配をその顔《がん》貌《ぼう》から色濃く漂わせている。死の影を背負った顔。そういうものがあるとすれば、それはいまジョウが見ているこの顔のことだ。肩までかかる黒い長髪も艶《つや》がまったくなく、それがまた男の暗い影をいっそう不吉な雰囲気に彩《いろど》っている。

堅気《かたぎ》の人間ではない。

ジョウは思った。それは明らかだ。そもそも堅気の人間が、高出力のビーム砲で武装した宇宙船に乗っているはずがない。円盤機と戦闘を繰り広げられるはずがない。

「俺はゴードンだ」

ジョウが絶句して何も言おうとしないので、男のほうが先に名乗った。

「あ、すまない」その一言で、ジョウは我に返った。

「助けてもらって、感謝している。俺はクラッシャージョウだ。デボーヌに向かおうとしている。直接、礼を述べたいから、そちらもデボーヌによってもらえないだろうか」

あせりぎみに、そう言った。

「礼は要《い》らない」男はゆっくりとかぶりを振った。低い、きしむような声だ。

「勝手にデボーヌに向かうがいい。俺は付き合えない」

「ゴードン、それでは俺の気がすまない。さしつかえなければ、そちらが行く場所を教えてくれ。俺がそっちに付き合う」

「無用だ」ゴードンの声が、かすかに鋭くなった。

「おまえが行かないのなら、俺がさっさと消える」

通信が切れた。一方的に回線を断たれた。

〈サラマンダー〉が加速する。針路は星系内部だ。あっという間に〈ミネルバ〉から離れ、立ち去った。

数分間、〈ミネルバ〉の操縦室には言葉がなかった。

誰もが唖然として、〈サラマンダー〉を見送った。その姿勢のまま、しばらく硬直している。

「なによ、あれ」ややあって、ようやくアルフィンが口をひらいた。

「いくら助けてくれたからって、あんなの失礼よ」

憤っている。

「まあまあまあ」タロスがなだめにかかった。

「あいつはやくざだ。ああいうふうに恰好をつけねえと、さまにならないやつなんだ」

うしろを振り向き、背中を丸めて、タロスはアルフィンを見る。

タロスは二メートルを超える大男だ。フランケンシュタインの怪物そっくりの顔は、額からあごまでが無数の深い傷痕で覆われており、声も低く、凄みがある。しかし、その風貌、口調とは裏腹に、クラッシャー生活四十数年で得た経験を、まだクラッシャー歴一年にも満たないアルフィンに伝えようとする言葉は、限りなくやさしい。

「やくざなんて、大っ嫌い」

めた。

が、アルフィンの反応はにべもなかった。横で聞いていたリッキーが肩を小さくすく
タロスは苦笑いし、ジョウに視線を移した。

ジョウはうつろな表情で、シートにすわっていた。

虚空《こくう》の闇を映すフロントウィンドウに、ぼんやりと目が向けられている。一瞥《いちべつ》し、タロスは声をかけるのをやめた。

ジョウの意識には、ゴードンの姿があった。ゴードンは一陣の風のごとく去った。鞘《さや》を失った刃物のような男だ。触れるものは両断せずにすまさない、抜き身の刀身である。孤独と死臭にまとわりつかれた、凄惨な一生を送ってきたのだろう。そのようにしか思えない。

あいつとは、いつか戦うことになる。

そんな確信が、ジョウの胸中に浮かんだ。

背すじを冷たいものが流れた。

5

銀色に輝く船体が、惑星デボーヌのラルバルサルⅡ宇宙港に、ふわりと滑りこんだ。

〈ミネルバ〉だ。

二枚の垂直尾翼には、ジョウの船であることを示すデザイン文字の〝J〟が赤で描かれ、船体側面にはクラッシャーを意味する青と黄色の流星マークが描かれている。

学園惑星として知られるデボーヌにクラッシャーがきたのは、これがはじめてのことだ。管制塔では、ちょっとした騒ぎが起きた。

〈ミネルバ〉は滑走路の突端からバイパスを抜け、指定された駐機スポットに入った。

宇宙船にはふたつの種類がある。垂直型の離着床使用タイプと水平型の滑走路使用タイプだ。〈ミネルバ〉は水平型である。船体下面にもいくつかノズルがあり、垂直離着陸がまったくできないわけではない。が、それはよほどの緊急時だけで、多くの場合は滑走路を使用して、穏やかに着陸する。

入国手続きを完了し、ジョウ、タロス、リッキー、アルフィンの四人は、宇宙港ビルの外へとでた。これから、すぐにデボーヌ総合大学へと向かう。当然のことだが、大学にある専用コンピュータを借りてデータディスクの解読をおこなうのに、人手はさほど要らない。ジョウひとりで十分にできる。しかし、あとの三人が留守番を嫌った。〈ミネルバ〉は、円盤機の攻撃で多大な被害を蒙った。動力部は、至急の修理を必要としている。本来なら、三人とも〈ミネルバ〉に残って、その作業をすまさなくてはならない。が、データディスクの中身に対する好奇心は、どうしても抑えがたい。それはタロスも、リッキーも、アルフィンも同じだ。人ひとりが命を賭《と》して届けようとしたディスクの内容を、少しでも早く知りたい。

そこで、修理は宇宙港のメカニックに外注し、立会人をドンゴがつとめるということになった。つまり四人全員で大学まで行くのである。チームリーダーとして、ジョウはこの決定におおいに不満だったが、それについては、多数決で押しきられた。

宇宙港ビルで、ジョウは五人乗りのエアカーを借りた。ごくありふれたセダンタイプである。ジョウが操縦レバーを握り、助手席にアルフィン、後部シートにタロスとリッキーが入った。

「狭い。もっと小さくなれよ、タロス」

さっそく、乗車のときに悶着《もんちゃく》があった。リッキーが毒づく。タロスの巨体で、後部座席の三分の二が埋まった。リッキーは十五歳という年齢のわりには小柄で、身長が百四十センチそこそこしかない。しかし、それでもタロスのからだに圧迫され、全身をドアに向かってぐしゃりと押しつけられてしまった。

「若いやつが年寄りに席を譲る。これは全銀河系の共通認識だ」

タロスは平然としている。

「誰が年寄りだよ！」

リッキーはタロスにつかみかかった。丸いどんぐりまなこを三角にし、大きめの前歯を剝きだして、タロスに挑んだ。

拳《こぶし》がタロスのあごに迫る。それをひょいとタロスはかわした。と同時に、右手を伸ばして、リッキーの襟首《えりくび》をつかんだ。タロスはただ大きいというだけではない。全身の八割を機械化させたサイボーグである。四十年を越えるクラッシャー生活の間に負傷したところを機械や人工パーツで置換していたら、自然にそうなってしまった。こういう男を相手にしては、生身の人間が束になってかかっても勝つことはむずかしい。

タロスはリッキーを軽々と持ちあげた。リッキーは足を使い、蹴りで反撃した。その一撃が、みごとにタロスの顔面にヒットした。顔は、タロスの数少ない生身の部分である。タロスは怒り、うなり声をあげた。後部シートは大騒ぎに陥った。

「また、はじめやがった」

操縦席で、ジョウは頭をかかえた。

リッキーはまだ駆けだしのクラッシャーである。三年前、〈ミネルバ〉に密航して、そのままクラッシャーになった。五十歳をとうに過ぎているベテランクラッシャーのタロスとは、年齢的にも、経験的にも大きな差がある。その差を埋めるために、ふたりはしばしば喧嘩《けんか》をする。本気でやれば、もちろん、あっという間にタロスが勝つ。だが、この喧嘩は世代間ギャップを克服するための一種のゲームだ。だから、勝負がつくということはない。もっとも、いくらゲームのようなものといっても、喧嘩は喧嘩である。

やるには、時と場合を選ばねばならない。狭いエアカーの中でやられては、周囲の者がひどく迷惑する。

「ふたりとも、でていけ！」

ジョウが怒鳴った。髪が逆立っている。本気の激怒だ。タロスとリッキーの動きが、ぴたりと止まった。

「連れていこうとすれば、このざまだ」ジョウの目が高く吊りあがっている。

「おとなしくしていられないなら、〈ミネルバ〉に帰れ。修理を手伝ってこい」

「…………」

ジョウの剣幕のすさまじさに、ふたりは顔を見合わせた。いかにも決まり悪そうな表情である。

「タロスが悪いんだよ」リッキーが唇を尖らせ、低い声で言った。

「詰めればいいのに、座席いっぱいに広がりきっているから」

「ぬかせ。先に手をだしたのは、きさまだぞ」

タロスが言い返す。

「いいかげんにしろ！」

ジョウが一喝した。リッキーとタロスは「うー」とうなり、口をつぐんだ。

大きなため息をひとつつき、ジョウはエアカーを発進させた。助手席で、アルフィンが首を横に振った。

専用コンピュータの端末は、大学の付属図書館に置かれていた。この端末だけが、一般に向けて開放されている。ジョウはエアカーのナビゲートシステムで、図書館の位置を検索した。宇宙港の南西、百五十七キロの場所にある学園都市に、その施設があった。すぐ近くにハイウェイのランプがある。ジョウはエアカーを走らせ、ハイウェイに入った。制限時速は三百キロ。エアカー用のハイウェイとしては、かなり低速に設定されている。

エアカーは、自動操縦で淡々と進んだ。

窓外には、のどかな田園ふうの光景が広がっている。

惑星デボーヌは、直径が約八千五百キロ。あまり大きくない星である。二一二四年に物理学者のデボーヌが率いる惑星探査船によって発見された。トゥランという青白色巨星の第六惑星で、大気組成、地質ともに地球型の、移民に適した星だった。

その当時、惑星探査船が発見した惑星は、いったん銀河連合に管理が委託され、その後に植民者を募ることが一般的な通例とされていた。が、この惑星に限っては、デボーヌはその手続きをとらなかった。かわりにデボーヌ財団を設立し、銀河連合に対して惑星管理権の独占的所有を申請した。惑星全域を利用した学術研究機関をつくる。それがデボーヌの夢だったからだ。惑星の極地では、極地でないとできない研究をおこなう。火山地帯や深海底、衛星軌道に至るまで、すべての地域、空間を純粋に学術研究目的のみで使用する惑星。その惑星こそがデボーヌの夢見た理想の大学、理想の研究機関であった。

銀河連合は、この申請を受け入れた。

惑星はデボーヌと命名され、計画に沿ってつぎつぎと開発が進められ、研究施設が建設されていった。施設の群れはやがて規模が拡大し、学園都市へと発展した。各研究機関のネットワーク化も完成し、学園都市の結合は、それ自体がデボーヌ総合大学と呼ばれるようになった。まさしく、惑星デボーヌそのものがひとつの学術研究機関となったのである。

そして、いま。

デボーヌ総合大学は、創始者デボーヌの夢を大きく超えた。

惑星開発技術の向上が、その状況をもたらした。恒星トゥランに属する十一の惑星すべてで人類の居住が可能になり、そのことが、研究施設の大幅な拡充へとつながった。むろん、そうなった現在においても、その運営を統括する組織の呼称はただひとつ、デボーヌ総合大学である。

エアカーは、デボーヌのハイウェイを時速三百キロで疾駆《しっく》していた。

デボーヌの学園都市に公式の名前はない。すべて番号で呼ばれている。ジョウたちが向かっているのは、二四八一学園都市だ。ひとつの学園都市は、面積がおよそ七十平方キロメートルほどで、人口は三万から五万人。構造はどれも似たりよったりで、中央に研究施設があり、それを居住区がとりまいている。中には、施設と居住区が混じりあい、渾然《こんぜん》一体となっている学園都市もある。二四八一学園都市は、〝ピラミッド〟の愛称を持つ中規模の都市だ。町の中心に方錐形の巨大な施設がある。それがデボーヌ総合大学の付属図書館だ。ジョウたちは、そのピラミッドをめざし、エアカーを走らせている。

「あんまり、学園惑星という感じじゃないなあ」

窓から外を見ていたリッキーが言った。

エアカー専用のハイウェイは丈高い高架になっていて、遠くまで見通しがきく。ひとおりの整備はされているが、さほど人の手が加えられていない原野に、複雑な形状をした建物や巨大なアンテナ群が、ぽつりぽつりと建っている。

「研究施設からうんと離れた場所に宇宙港を設けたみたいね」アルフィンが言った。

「施設の建設に向かない、余った土地に宇宙港をつくったってことかしら」

「学問偏重主義だな」

うなるように、タロスが言った。

「タロスは宇宙船偏重主義じゃないか」

リッキーがからかった。タロスは横目でリッキーを一瞥し、鼻を小さく鳴らした。

全員がおし黙る。

話題がなかった。単調な景色がつづくだけでは、言葉もあまりでてこない。

自然に、話題はデータディスクと謎の円盤機のことになった。

「いったい、どんなメッセージが入っているんだろう？」

リッキーが首をひねった。

「九分九厘、仕事の依頼だ。賭けてもいい」

タロスは自信満々だ。

「案外、コマーシャルメッセージだったりしてね。宇宙船のご用命はグラバース重工業へ、なんちって」

「けっ、くそつまらねえオチだ」

タロスが嘲笑した。リッキーの表情がこわばった。

「なんだよ。しゃれも通じないのかよ」

「しゃれだとぉ。このタコが」

タロスとリッキーは、歯を剝きだして睨み合った。またもや険悪な状況である。時速三百キロで走行中に悶着を起こされては、かなわない。アルフィンがあわてて話に割って入った。

「ね、ねえ、タロス」にっこりと微笑み、うしろを振り向く。

「あの円盤機の正体って、なんだと思う？」

「円盤機か」

タロスはくるりと向きを変えた。正面に向き直り、アルフィンに視線を据えた。もう
リッキーは眼中にない。

「ありゃあ、想像を絶した代物《しろもの》だ」

真剣な口調で言う。

「というと？」

「人類の技術とは思えない」

「あー、やだやだ。すっごい大袈裟《おおげさ》」

リッキーが大声をあげた。いきなり無視され、ひとり取り残されたリッキーが、よう
やく我に返った。

「黙れ。劣悪児童！」

タロスが吼えた。

「なんだと！」

リッキーが色をなした。

そのとき。

「タロス」

それまで黙していたジョウが、ふっと口をひらいた。

6

「気がついているか？」

ジョウがタロスに訊いた。

「ジェットヘリですな」

タロスが答えた。もう真顔に戻っている。

「そうだ」ジョウはうなずいた。

「さっきから俺たちの上空を舞っている。離れようとしない」

「なんだって？」

リッキーがあわてて、リアウィンドウから外を見た。アルフィンもコンソールにある後方視界スクリーンに目をやった。

いる。

黒塗りのジェットヘリだ。高度はおよそ三百メートル。少しうしろにひっそりと浮かんでいる。ふつうの民間機ではない。武装ヘリだ。ミサイルやビーム砲を装備していることが、はっきりと見てとれる。

「クラッシュパックをあけろ」

ジョウが指示を発した。リッキーが身をかがめ、足もとから赤いプラスチック製のトランクを持ちあげた。クラッシャー専用の武器や装備をぎっしりと詰めこんだ、クラッシュパックである。

蓋《ふた》をあけた。バックレストごしに腕を伸ばし、レイガンとアサルトライフルを、まずアルフィンがとった。レイガンはアルフィンが、ライフルはジョウが使う。

リッキーは、小型バズーカを手にした。手榴弾や光子弾は、三人で適当に分けた。光子弾はポケットに納め、手榴弾はクラッシュジャケットの上着の裾にあるフックにぶらさげた。タロスは、武器を持たない。戦闘を想定してでてきたわけではないので、エアカーに積んできたクラッシュパックはひとつきりだった。そのかわり、タロスは自分の左手首をまわし、外した。サイボーグであるタロスの左腕は、精巧なロボット義手になっている。中には機銃が仕込まれていて、数百発の連射が可能になっている。これとクラッシュジャケットがあれば、タロスは無敵だ。本人はそう思っている。クラッシャーの着るクラッシュジャケットは、ただの服ではない。それ自体が一種の強力な武器だ。身につけた上着の裾《すそ》を、ブーツと一体になっている銀色のスラックスに重ねて固定させ、チタニウム繊維の手袋をはめてヘルメットをかぶると、そのまま簡易宇宙服になる。左袖口には通信機も装備されている。むろん、防弾耐熱機能も有している。

そして。

重要なのは、上着に貼りつけられているボタンだ。

このボタンは飾りではない。アートフラッシュと呼ばれる強酸化触媒ポリマーだ。これをはがして投げれば発火し、周囲は火の海となる。

ジェットヘリが、ゆっくりと高度を下げてきた。距離も少しずつ詰まってくる。蒼空に浮かぶ黒い機体は、ある種の魚類を連想させる。獲物を狙う、獰猛な肉食魚類だ。機内は見えない。ミラーガラスで、完全に隠されている。

「あっ！」

とつぜん、声があがった。アルフィンの甲高い声だった。

アルフィンが後方視界スクリーンを指差している。その画面をジョウは見た。

映っていたのは、ハイウェイだった。エアカーの背後だ。そこに何かがいる。アルフィンは指でキーを叩き、映像を拡大させた。

ハイパーモト。

ジェットエンジンを装備したレーシングバイクだ。時速六百キロは楽にでる怪物二輪車である。細長く引き伸ばされた砲弾型のボディに車輪がふたつ。その上に黒い影が乗っている。カウルのノーズ部分にあるのは、ミサイルランチャーだ。そこから二基のミサイルが顔を覗かせている。

ハイパーモトは一台ではなかった。リッキーがリアウィンドウに顔をへばりつかせ、台数をかぞえた。

「七台いる」

低い声で、報告した。

ジェットヘリがぐうんとエアカーに接近した。その機体下面で炎が噴出した。ミサイルだ。

ジョウは操縦レバーを横に倒した。エアカーが側面噴射する。フルパワーだ。

エアカーが真横に走った。ハイウェイの車線を一気に四車線、横切った。

ミサイルが爆発した。

命中こそしなかったが、エアカーは爆風に大きくあおられた。ななめに傾き、スピンした。路肩が迫る。ハイウェイの端には、衝撃吸収パネルでつくられた緩衝壁が設けられている。エアカーはそのパネルに接触し、弾かれた。

ハイウェイ中央に戻る。体勢を立て直そうとする。そこへミサイルの第二弾がきた。

あらたな爆風に、エアカーが包まれた。窓ガラスが割れた。エアカーの噴射音が変わった。車体のどこかを破片が突きぬけたらしい。エアカーは二、三度、小さくバウンドして路面に落下した。けたたましい金属音が鳴り響く。火花と煙を撒《ま》き散らし、ハイウェイ上を暴走する。逆噴射が効かない。エアブレーキもひらかない。ジョウはレバーを軽く操作し、側方噴射で車体をわざとスピンさせた。エアカーが再び緩衝壁にぶつかる。今度は跳ね飛ばされない。そのままボディをこすりつける。

エアカーが停まった。ようやく停止した。

四人は、いっせいにガラスのなくなった窓から首を突きだし、外の様子をうかがった。

ハイパーモトがくる。すぐそこにまで近づいてきている。

エアカーを捨てた。四人は路上に飛びだした。ジェットヘリもハイパーモトも、ミサイルを装備している。エアカーは攻撃の楯にならない。ミサイルを浴びて爆発したら、それでおしまいだ。

四人は、四方に散った。緩衝壁の蔭に入った。ジョウはアサルトライフルを手にして、衝撃吸収パネルの隙間にもぐりこむ。

ジェットヘリが戻ってきた。エンジン音が耳をつんざく。ローターの風を感じる。しかし、緩衝壁にさえぎられているので、その姿は目にできない。

エアカーが爆発した。おそらくミサイルで撃たれたのだろう。

リッキーが賭けにでた。爆発する寸前、リッキーはミサイルの航跡を見た。その動きで、ジェットヘリの位置が推測できた。

リッキーは路面を蹴った。ハイウェイの上に転がりでた。両腕でバズーカ砲を構えて

いる。路上で仰向けになり、リッキーはトリガーボタンを押した。その眼前にジェット
ヘリがいる。絶妙のタイミングで通過していこうとしている。
ロケット弾がジェットヘリの機体をえぐった。ジェットヘリが火球に覆われた。爆発
し、灼熱した破片が華々しく散った。
炎の尾を引き、ジェットヘリは墜落する。地上に落ちて、微塵に砕けた。
リッキーは立ちあがらなかった。そのまま横に半回転した。伏射の姿勢をとる。目の
前に一台のハイパーモトがきている。距離は数十メートルというオーダーだ。
ハイパーモトがミサイルを発射した。同時に、リッキーもバズーカ砲を撃った。
リッキーとハイパーモトとの中間で紅蓮《ぐれん》の炎が燃えあがった。ミサイルにロケット弾
が命中した。リッキーは顔を伏せ、平たくなった。その頭上を爆風が吹きぬけていく。
爆風は、ハイパーモトをも直撃した。ハイパーモトはその熱波をかわせなかった。渦
巻く風に薙《な》ぎ倒され、車輪をすくわれるように転倒した。ライダーが路面に叩きつけら
れる。ハイパーモトは、回転しながら路上を滑走する。
ライダーのからだが跳ねた。異様な恰好にねじれ、ごろごろと転がった。おもてをあ
げたリッキーの目に、そのさまが映った。
即死だ。肉も骨もぐちゃぐちゃだ。
と、リッキーが思ったとき。

ライダーの全身から炎が噴きだした。

燃えあがる。ライダーの肉体が。

一瞬だった。ライダーの姿が消えた。炎上し、灰になった。灰は風に巻かれ、空中に舞い散った。

「な、なんなんだ」

リッキーは呆気《あっけ》にとられた。口がぽかんとひらく。何が起きたのか、理解できない。

爆音が耳をつんざいた。ハイパーモトのそれだ。

反射的に体をひるがえし、リッキーはバズーカ砲のトリガーボタンを押した。轟音を響かせてロケット弾が飛び、リッキーに向かって突っこんできたハイパーモトを瞬時に粉砕した。ライダーが吹き飛び、路面に落ちてもんどりうつ。と、そのライダーもまた激しい炎に包まれた。

見る間に燃えて、ライダーは灰と化す。

「リッキー!」

ジョウがきた。そのうしろにタロスとアルフィンもつづいている。リッキーがジェットヘリを撃墜するのと同時に、三人は緩衝壁の蔭から飛びだした。ハイパーモトの本隊が、リッキーに迫っている。勝負は、かれらがリッキーとすれ違う、その刹那《せつな》だ。

すさまじい爆音とともに、ハイパーモトの群れがリッキーをめがけて突っこんでいく。

ジョウがアサルトライフルを連射した。タロスは左腕の機銃を撃ちまくり、アルフィンもレイガンでハイパーモトのライダーを狙った。

ハイパーモトはミサイルを放てない。それどころか、うろたえている。ライダーは、ジョウたち三人を完全に見逃していた。まさか横から撃たれるとは思っていなかった。

ハイパーモトのライダーはリッキーへの攻撃を諦め、そのまままっすぐにハイウェイを突き進む。

誰かの一弾が、一台のハイパーモトの燃料タンクを撃ちぬいた。

炎が噴出する。ハイパーモトは停まらない。火炎の尾を引いて疾走する。

途中で爆発した。ライダーが路面に転がり、炎上する。ごうごうと燃える。

ジョウたちの奇襲をかわしたスーパーバイクが三百メートルほど先で急制動をかけ、いっせいにUターンした。どうやら、今度は距離を置いてミサイルを発射する気らしい。

「ジョウ！」

タロスの声が響いた。背後を指差している。ハイパーモトとは逆の方向だ。何かがやってくるそれを知らせようとしている。

新手？

ジョウは首をめぐらし、瞳を凝《こ》らした。

違う。エアカーだ。

エアカーが数台、こちらに向かって近づいてくる！

7

二四八一学園都市〈ピラミッド〉の研究所に所属している学生、ペドロがラルバルサルⅡ宇宙港に着いたとき、ロビーはデボーヌにやってきたクラッシャーの噂《うわさ》でもちきりだった。

「クラッシャーがきてるんだってさ」

噂を聞いたペドロは、仲間のひとりにそれを伝えた。ペドロは同級生十八人と休暇で近くの保養惑星に行き、ついいましがたデボーヌに戻ってきたところだった。

「クラッシャー？　デボーヌをぶち壊すのかい？」

仲間がまぜっ返した。十九人はどっと笑った。

手続きを終え、宇宙港をでた十九人は、五台のエアカーに分乗してピラミッドに向かうハイウェイにのった。先頭車の操縦レバーを握ったのは、ペドロだった。ハイウェイはがら空きである。先行車は一台もない。エアカーは時速三百キロで快調に進んだ。

「ん？」

しばらく走ったころ、ペドロは行手で異変が起きていることに気がついた。はるか先だが、そこで黒煙が立ちのぼっている。卓越した視力が自慢のペドロには、それがはっきりと見える。

事故かな？

そう思った。しかし、そうではないようだ。オートパイロットが事故の警報を流していない。それに煙の源がハイウェイ上から少しそれている。

黒煙は、リッキーが撃墜したジェットヘリのそれだった。が、そのことをペドロは知らない。

ハイウェイが大きくカーブしていた。そこをまわりこんだ。カーブが終わった。ペドロの目に何かが映った。路上だ。黒い塊が転がっている。

事故だよ！

ペドロは身構え、軽く逆制動をかけた。急停止すると、後続車に追突される。うしろの連中はペドロほどの視力を持っていない。

道路の端に、揺れる炎があった。

「火だ！」

ペドロは叫んだ。

「どこに？」

助手席のエリーが訊いた。エリーにはまだ炎が見えていない。

ペドロはさらに減速した。後続のエアカーがクラクションを鳴らす。

「どうした？」

後部シートのランサムが、身を乗りだして尋ねた。その問いに、ペドロは答えない。視線は正面に釘づけだ。言葉を交わす余裕がない。

事故現場とおぼしき場所が迫ってきた。もう炎はどこにもない。かわりに、ふたりの人間がハイウェイの隅で手を振っているのが見える。停まれという合図だ。さらにかれらの先、三百メートルほどのところにも何かがいる。小さな乗物だ。四台くらいだろうか。遠いので、さすがにディテールまではわからない。ただ、その乗物にはたしかに車輪がついている。

エアカー専用のハイウェイに、車輪付きの乗物。

ペドロはいやな予感をおぼえた。近づいてはだめだ。かれの第六感がそう警告した。しかし、後続車がいる。すぐには停まれない。

ペドロはエアカーを緩衝壁ぎりぎりに寄せて後続車に視界をひらいた。これでうしろの連中も異常に気がつくはずだ。そう考えた。が、後続の四台は、さっさとペドロのエアカーを追い抜いていってしまった。減速する気配すらない。

目が悪いにもほどがある。

ペドロは舌打ちした。そのときだった。

とつぜん甲高い金属音が、耳をつんざいた。先行したエアカー同士が衝突する音だ。ペドロのエアカーを追い抜いたあとで停止の合図を送っているふたりにようやく気がつき、あわてて急制動をかけたために、つぎつぎと追突した。

が、その制動はもう遅すぎた。速度はまだ二百キロ以上でていた。簡単には停まれない四台のエアカーは一丸となって路上の黒い塊――ジョウが乗っていたエアカーの残骸と横転したハイパーモトに突っこんでいった。四台は破片に激突し、数珠《じゅず》つなぎになったままスピンした。緩衝壁にぶつかって、跳ね飛ばされる。車体はハイウェイの中央に戻り、そこで動きを止めた。

　そこへ。

　ハイパーモトが射出したミサイルが驀進《ばくしん》してきた。

　轟音とともに、火球が広がる。

　ペドロは、四台のエアカーの燃料タンクが衝突のショックで爆発したと思った。だが、そうでないことは明らかだった。ペドロの稀有《けう》な視力は、空中を疾駆するミサイルの姿をはっきりと捉えていた。

「せ、戦争？」

　ペドロはエアカーを停め、ひとり転がるように外にでた。他の者は車内に残った。仲間が乗っていた四台のエアカーが、燃えさかる炎の中にある。ペドロはその方向に駆け寄ろうとした。視野の端に、傷だらけの顔をした大男が映った。男は、エアカーのドアパネルらしき破片の下敷きになっている。だが、その状態で、男はペドロに向かってしきりに手をまわし、「くるな」と身振りで言っている。ペドロは歩を止めた。

ふいに背後で爆発が起きた。

ペドロは爆風に打たれた。前のめりに倒れ、路上にひっくり返った。意識は失わない。背中に激痛が走る。腕で上体を支え、身を起こした。

自分が乗ってきたエアカーが、どこにもない。かわりにクレーターがある。ハイウェイの路面がえぐられ、直径十メートルほどの窪地《くぼち》が生じた。かれのエアカーはそこにあった。

ペドロはへたへたとすわりこみ、ゆっくりとうしろを振り返った。

飛来するミサイルが見えた。

自分に向かってまっすぐに突き進んでくる。

爆発した。

ジョウは額から血を流していた。

横にアルフィンが倒れている。ぴくりとも動かない。爆発したエアカーの破片が飛んできた。ジョウもアルフィンも、それに打ち倒された。ジョウはアルフィンの呼吸を確認した。息がある。死んではいない。破片が腰のあたりに当たったのだろう。クラッシュジャケットは防弾耐熱機能を持っているが、ショックは吸収できない。だから、アルフィンは衝撃で気を失った。

ジョウの目に、炎上する数台のエアカーが映っている。

公道だから当然のことだが、このタイミングでエアカーがやってきたのは予想の外であった。

市民を巻き添えにしてしまった。

ジョウは唇を噛む。深い悔恨が胸の裡《うち》を満たす。

太い音が、どおんと響いた。ジョウは視線を移した。炎の向こうに、リッキーがいた。リッキーはバズーカ砲を放り投げた。最後のロケット弾で、ハイパーモトをもう一台屠《ほふ》ったらしい。ジョウはアルフィンを見た。アルフィンの右手には、レイガンがしっかりと握られている。そのレイガンをジョウはもぎとるように指から外した。

「リッキー！」

声をかけ、リッキーに向かってレイガンを投げた。と同時に、ジョウはアサルトライフルを構え直した。ダッシュして、燃えさかるエアカーの前へとでた。

リッキーがレイガンを受け取った。ジョウはアサルトライフルを連射した。その目の前に三体の人影があらわれた。ハイパーモトの襲撃者たちだ。ミサイルを撃ちつくしたため、逃げようとして、いっせいにハイパーモトから離れた。プロポーションは三人とも、間違いなく人間のそれだ。しかし、みな全身を黒い素材で覆い隠している。顔どころか、性別すらわからない。ジョウのライフルが、そのうちのひとりを撃ち倒した。影はもんどりうち、路上に倒れて燃えあがった。たちまち灰となる。

あとふたり。

反撃してきた。どちらも、大型の拳銃を持っている。

リッキーがレイガンを撃った。その光条を襲撃者はかわした。かわして、拳銃のトリガーを引いた。弾丸がリッキーの腹部に命中した。リッキーは小さく呻《うめ》き、仰向けに転がった。拳銃弾の衝撃はプロボクサーのストレートパンチよりも大きい。リッキーは失神し、動かなくなった。

「野郎！」

とつぜん、炎が割れた。その奥からタロスが飛びだしてきた。すさまじい形相をしている。タロスは爆発したエアカーのドアパネルに直撃されていた。が、サイボーグの肉体は、そのショックに耐えた。身を起こすのに少し手間どったが、強引にドアパネルを跳ね飛ばし、立ちあがった。そして、ここまで走ってきた。そのとき、リッキーが襲撃者に撃たれた。

タロスは左腕を真正面に突きだした。仕込み機銃を乱射する。

襲撃者のひとりが、タロスの機銃弾でずたずたになった。リッキーを撃った襲撃者だ。ずたずたになるのと同時に、そのからだが発火した。

撃つのをやめ、タロスは体をめぐらす。襲撃者は、もうひとりいる。絶対に逃がさない。

いた。すぐ近くだ。腕を右手に薙《な》いだ。

最後の襲撃者が拳銃を発射した。タロスが機銃掃射を再開した、その瞬間だった。

タロスの腕の中で火花が散った。拳銃弾が機銃の隙間に飛びこんだ。

「ぐわっ」

一声吼え、タロスは上体をのけぞらせた。

機銃の弾丸が、襲撃者の頭部を砕く。タロスはバランスを崩し、横ざまに倒れる。左腕の火花が消えない。煙が噴きだしている。

小さな爆発が起こった。腕の機銃部分が吹き飛んだ。

「タロス！」

ジョウが駆け寄った。しゃがみこみ、路上で苦悶するタロスのからだを押さえつけた。

左腕がない。肩の下からもぎとられている。

電子音が聞こえた。パトカーのそれだ。いつの間にきたのだろう。ジョウの周囲で大きく反響している。

ジョウは頭上を見上げた。報道関係のヘリや警察の垂直離着陸機《VTOL》が、何機も空を舞っている。

「おい！」

背後から、誰かがジョウの肩を叩いた。ジョウはうしろを振り返った。

警官がふたり、そこに立っていた。ふたりとも、ジョウの顔を険しい表情で覗きこんでいる。

「何があった？」警官は訊いた。

「きさま、いったい何ものだ？」

声がうわずっている。

「俺はクラッシャージョウだ」ジョウは答えた。

「いきなり暴漢に襲われた」

静かにそう言った。

「クラッシャー！」

ふたりの警官は互いに顔を見合わせた。

「誰が頼んだんだ？」ひとりがつぶやいた。

「クラッシャーにハイウェイを壊してくれと……」

第二章　ドン・グレーブル

1

襲撃者の正体は、わからなかった。

ジョウは警察署への同行を求められた。応じるほかはない。

警察署で事情聴取を受けた。ジョウはこれまでの経過をすべて話した。ただし、データディスクのことは黙っていた。そのため、デボーヌへきた理由があいまいになった。ジョウは、かれにデータディスクを託した老人が、最後に「デボーヌ」と言い残したことにした。それを調べるため、ジョウはここまでやってきたというわけだ。

すぐに裏付けがとられた。

ドミンバからは、調査不可能という返事が届いた。当局に、それをおこなう能力がない。メールには、そう記されていた。

やむなく、デボーヌの警察はジョウたちがかれらの星域内に入ってきてからの行動だけを詳細に調べた。結果は、無罪であった。申し立てどおり、ジョウたちは正体不明の宇宙船に、一方的に攻撃されていた。惑星デボーヌに到着してからも、怪しいところはひとつもない。すべての動きが供述と合致している。

十時間近い拘束の後に、ジョウは釈放され、自由の身となった。リッキー、アルフィン、タロスは病院に収容されていて、事情聴取には立ち会っていない。ジョウひとりが拘束されていた。

警察署を離れるとき、ジョウは襲撃者の正体について、何かわかったことがないか、担当捜査官に尋ねた。しかし、無駄だった。襲撃者の身許《みもと》は完全に不明だった。肉体そのものが灰になってしまっていて、骨のかけらひとつ残っていない。おそらく衣服になんらかの仕掛けがしてあったのだろう。生体反応が絶えたら発火するとか、いろいろな手が考えられる。

ハイパーモトと、ジェットヘリは、盗難品だった。ハイパーモトは大学のロードレースクラブの倉庫から、ジェットヘリは、なんと警察署の格納庫から、襲撃開始の数時間前に盗まれていた。むろん、どちらも、ミサイルランチャーは装備されていない。盗んでから改造して取りつけたものだ。が、ランチャーなどの装置はまったく手懸りにならなかった。それもまた、他星系での盗難品だったからだ。

警察署をでたジョウは、病院に向かった。すでに陽は落ちた。データディスクを読むために図書館に行くのは、あした以降にするしかない。それにいまは、仲間の身のほうが気にかかる。

病院は警察署のすぐ近くにあった。徒歩で数分の距離である。

着いた。受付で病室を教わり、ジョウはエレベータに乗った。十二階の七号室である。

病室に入ると、タロスひとりがベッドで横になっていた。その左右にアルフィンとリッキーがいる。ふたりとも、椅子にすわり、タロスの様子を見ていた。

「具合はどうだ？」

ジョウが訊いた。リッキーとアルフィンが椅子から立ちあがり、タロスは上半身を起こした。頭にはプラスチックテープがぐるぐると巻かれ、左腕は付け根からもぎとられている。

「みっともないマネをさらしました」

タロスは苦笑を浮かべ、小さく肩をすくめた。

「かわりの腕は、あるのか？」

「ありません」タロスは首を横に振った。

「あいつはドルロイで誂《あつら》えた二百万クレジットの特注品です。そこらあたりの代用品じゃ、ちょっとかわりがつとまらない」

「いまから発注しても、完成までに数か月かかるんだってさ」

リッキーが言った。

「それよりも」タロスが言葉を継いだ。

「警察のほうはもういいんですかい？　けっこうしぼられたんじゃないんですか？」

「大丈夫だ。あっちは完全にかたがついた。真相はまるっきり不明だが、俺たちの嫌疑は晴れた」

タロスの問いに答えてから、ジョウはアルフィンに目をやった。顔色が、あまりよくない。少し蒼ざめている。

「あたしは平気よ」ジョウの視線に気づき、アルフィンは口をひらいた。

「背中にあざがあるけど、これもじきに消えるみたい。怪我はしてないし、骨にも異常がなかったわ」

「俺《おい》らも、問題ないぜ」リッキーが横から言った。

「たまたまみぞおちに一発くらっちまったんで、ひっくり返っちゃったけど、それだけのこと。ぴんぴんしている」

「造りが単純なやつは便利だねえ」

タロスが言った。

「なんだよお」

リッキーはむくれた。むくれたが、何もしない。さすがにこの状況では、できるのは軽い口喧嘩までである。

「ジョウはどうなの？」心配そうに、アルフィンが訊いた。

「額が割れたって話だったんだけど」

「大袈裟《おおげさ》な情報だ」

ジョウは前髪をあげて、額をアルフィンとリッキーに見せた。眉間の上あたりに、小さなテープが貼られている。

「かすり傷だね」

リッキーが言った。

「ああ」ジョウはうなずいた。

「それよりも、無関係の学生を巻き添えにしてしまったことのほうが、痛い」

「十九人が犠牲になったわ」視線を落とし、アルフィンが言った。

「こんなひどいこと、はじめて」

「誰が相手かは知らないが、この報いは受けてもらう」低い声で、ジョウがつづけた。

「それには、まずデータディスクを読む必要がある。——タロス」

ジョウは、首をめぐらした。

「俺はあした、ひとりで図書館に行き、データディスクを解読してくる。リッキーとアルフィンは、俺が確保した学園都市のホテルに入り、そこで待機だ。おまえは、ここで治療を続行。二、三日ほど養生しろ」

「あっしひとりが病院泊まりですか？」タロスは世にも情ない顔をした。

「そりゃ、殺生だ」

「文句は聞かない」ジョウはぴしゃりと言った。

「不死身のタロスにも、たまにはオーバーホールが要る。これはチームリーダーの命令だ。拒否しても、無視する」

ジョウはきびすを返した。

「リッキー。アルフィン。行くぞ」

ふたりに声をかけた。

「おまえら、俺を見捨てるのか？」

タロスが悲鳴をあげる。

「仕方がないよ」リッキーが言った。

「チームリーダーの命令なんだもん」

リッキーはジョウのあとを追った。

「じゃあね、タロス」アルフィンはタロスに向かい、手を振った。

「朝になったら、またお見舞いにきてあげる。だから、おとなしく寝ているのよ」

スキップしながら、病室を去る。

「ひでえ」

タロスは半べそをかいた。


翌朝。

ジョウは、図書館に行った。

学園都市の中央にあるピラミッド型の建物だ。この建物の形状が、二四八一学園都市の愛称となった。

ホテルをでたあと、ジョウは大きくまわり道をした。電気駆動のシティカートを借り、いったん都市の最外縁地区にでる。そして、そこからまた中央部へと戻る。それを、二回繰り返した。

尾行してくる者はいない。

図書館の手前一キロの場所でシティカートから降り、徒歩でピラミッドに入った。

巨大な建造物である。立ち並ぶ研究施設の中でも、ひときわ目立つ存在だ。蔵書数と蓄積されたデータが銀河系一という噂は、嘘ではないらしい。

館内に進んだ。その途中でも、ジョウはしばしば背後をうかがう。

受付で、専用コンピュータの使用を申し込んだ。予約はすぐにとれた。部屋を指定され、ジョウはそこに向かった。椅子と端末しかない、小さなブースだった。

ジョウは椅子に腰を置き、スピーカーテープを頬骨のあたりに貼った。口の中に指を入れ、前歯の裏側にはさみこんであったデータディスクを取りだした。

データディスクを端末のスリットに挿入する。

声が聞こえてきた。スピーカーテープから流れる音が骨を伝わって、ジョウの鼓膜に届く仕組みだ。

声は、男性のそれだった。しかし、かすかに金属的な響きがある。通常のデータディスクへの複写もできたが、それはしなかった。保存するには、このデータは危険すぎる。

声は言った。

「このメッセージを聴いているのが、クラッシャージョウであることを期待している。わしは、ドン・グレーブルだ」

「！」

ジョウの表情に緊張が走った。

ドン・グレーブル。

意外な名であった。ジョウはその名を知っている。いや、銀河系でその名を知らぬ者は、おそらくひとりもいない。ドン・グレーブルは、百を越える企業を支配する、銀河系最大の大富豪だ。

貧しい鉱夫から身を起こした立志伝中の人物。それ以外の経歴はいっさいつまびらかでない謎の男。それがドン・グレーブルである。年齢も風貌も、そして、どこに居を構えているのかも明らかにされていない。それでいて、その名は誰もが耳にしている。

ドン・グレーブルからのメッセージ。

ジョウの額に汗が浮かんだ。やはり、ただごとではなかった。

声がつづく。

「クラッシャージョウ、きみに仕事を依頼したい。これは困難な仕事だ。しかし、その内容をいま語ることはできない。この仕事は極秘を要する。わしはきみと直接会い、このメッセージを受け取ったのが間違いなくクラッシャージョウであったことを確認してから、すべてを明らかにしたい」

「ごたいそうなことで」

ジョウはつぶやいた。

「が、これだけは伝えておこう。報酬は十兆クレジットだ」

ひゅうとジョウは口笛を吹いた。信じられない報酬である。桁外《けたはず》れというには、あまりにも莫大な金額だ。相場など、最初っから無視している。さすがにドン・グレーブル。尋常《じんじょう》ではない。

「この条件に異存がなければ、ぜひわしに連絡をとっていただきたい」声は言う。

「超空間通信《ハイパーウェーブ》で、周波数は以下のとおりだ」

数字が読まれた。ジョウはそれを脳裏に刻みこんだ。

「きみからの通信が届いたら、折り返し、わしはある座標をきみに送る。その座標は、わしがいる場所ではない。わしのポジションを簡単に教えることはできないからだ。しかし、その座標にたどりつくことができれば、きみは自動的にわしのもとへと至ることができるようになっている。はっきり言っておこう。そこは危険な場所だ。だが、わしはクラッシャージョウならば、その危険を克服してわしのもとにきてくれると信じている。もしも、その試練に打ち勝ち、わしのもとにやってきたのがクラッシャージョウでなくても、わしはその人物をクラッシャージョウとして扱う。わしが欲しているのは、仕事ができる男だ。そうであれば、身許はいっさい問わない。クラッシャージョウ。至急、わしに連絡をとってくれ。わしはきみを心待ちにしている」

声が途切れた。

メッセージが、そこで終わった。もうこのディスクにデータは入っていない。

ほおと大きなため息をつき、ジョウはスピーカーテープをはがした。少し搏動が高い。軽い昂奮状態にある。

「うまい言い方をするぜ」

ジョウは薄く笑った。尊大な内容に、大仰《おおぎょう》な物言い。それをいやみを感じさせないよう、合成音声に淡々と語らせている。このメッセージを聴いただけで、ドン・グレーブルがどういう人物か、ジョウには想像できた。成功すべく、この世に生まれてできた典型的な野心家だ。

データディスクがスリットから弾きだされた。ジョウはそれを指先ではさみ、握りつぶした。ディスクは細かい粉になり、端末脇にある処理ポッドの中へと消えた。

ジョウは図書館をあとにした。

2

四人は〈ミネルバ〉のリビングルームにいた。

ソファの中央にジョウがすわり、その左右にアルフィンとリッキーが着く。タロスはジョウの正面にあるスツールに腰をおろしている。

ドン・グレーブルの依頼を協議するため、ジョウはタロスを退院させた。そして、四人そろって〈ミネルバ〉に戻った。タロスの病室ではセキュリティに難がある。盗聴されたり、あらたな襲撃にさらされる可能性も皆無とはいえない。

〈ミネルバ〉に行くと聞いて、いちばん喜んだのは、重傷を負っていたタロス本人であった。陰気くさい病室にあきあきしていたタロスは、医者の反対などおかまいなく、さっさと起きあがってクラッシュジャケットに着替え、病院から飛びだした。

「——というわけだ」

ジョウの報告が終わった。データディスクの内容を、余すことなく、ジョウは三人に伝えた。

「…………」

三人は、何も言わない。茫然として、言葉を失っている。まさか、ドン・グレーブルがからんでいたとは、誰も思っていなかった。

「やな予感がします」

長い沈黙の間を置き、タロスがぼそりと言った。

「どんな予感だ？」

ジョウは訊いた。

「犯罪ですね」上目遣いに、タロスはジョウを見た。

「非合法の匂いが、そこはかとなく漂っています」

「ドン・グレーブルにか？」

「大富豪といえば、聞こえはいいんですが、実際のところは、正体不明の成金です」タロスは言った。

「へたをすると、クラッシャーの掟《おきて》を破ることにもなりかねません」

ワープ機関が完成し、人類が新天地を求めて宇宙へと進出しはじめた直後の二一二〇年ごろ。

クラッシャーと呼ばれる宇宙生活者の一群が、忽然と銀河系に出現した。

地球が人口の飽和状態に陥り、人びとが先を争って移民船に乗りこむ。そんな時代の話だ。

しかし、植民星の開拓は困難を極めた。宇宙船の航路はまったく整備されていない。大気や土壌などの生存環境が、完全に人類に適している惑星もほぼ皆無。そういう状態だったからだ。デボーヌは例外中の例外である。ほとんどの惑星が、植民するためには、なんらかのテラフォーミングを必要とした。

人びとは、移民者に代わって惑星を改造したり、遊星や宇宙塵塊を破壊してくれる専門の技術者を欲した。

この要請に応えたのが、クラッシャーだった。ジョウの父、クラッシャーダンが率いるクラッシャーたちは、つぎつぎと難事を解決していった。人跡未踏の惑星を大胆に切りひらき、航路を整備した。初期宇宙開発の礎《いしずえ》を築いた者。それがクラッシャーである。

そして、四十年が過ぎた。

人類は高度な惑星改造技術を手中にし、銀河系にその数、八千にも及ぶ太陽系国家を建設した。人類の絶頂期といっていい勢いだ。クラッシャーの概念も大きく変わった。四十年の間に質の淘汰《とうた》がおこなわれ、優秀な技術を獲得できた宇宙生活者だけが、クラッシャーとして残った。

変化は、仕事の内容にも反映されている。多様化し、さまざまな仕事をこなすようになった。宇宙開発の初期から手がけていた惑星改造や宇宙塵破壊はもちろん、いまでは、宇宙船の護衛、危険物の輸送、救助、惑星調査、捜索など、およそ宇宙で考えられるありとあらゆる仕事を、クラッシャーは請け負う。クラッシャー、すなわち宇宙の壊し屋という考え方は影をひそめた。今日においてクラッシャーといえば、金のためならどんな依頼でも引き受け、受けたからには必ずやり遂《と》げる宇宙生活者のことを意味している。

だが、金のためであっても、クラッシャーは非合法な仕事にだけは手をださない。これはクラッシャーダンが定めた、クラッシャーの掟だった。クラッシャーは巷間噂されているようなならず者の集団ではない。専用に改造した宇宙船や武器、機械類を操り、宇宙軍将校すら陵駕《りょうが》する通信、戦闘、探索、捜査などの知識と能力を持った宇宙のエリートだ。それが、クラッシャーダンの信念であった。それがゆえに、かれは厳しい掟を定めた。

もちろん、掟を破って非合法な仕事に手を染めるクラッシャーも、中には存在した。しかし、そういったクラッシャーは、すべて仲間の手で処断され、追放された。ときには、だまされて密輪を手伝わされたクラッシャーもいたが、その密輪団は後にクラッシャーによって壊滅させられている。

クラッシャーの掟は、厳格にして容赦がない。そうやって、クラッシャーの地位は保たれてきた。タロスが合法的な仕事か否かを気にかけたのは、当然のことである。その部分が曖昧《あいまい》な依頼は、何があっても受けることはできない。

「おまえの懸念《けねん》はわかる」ジョウはタロスをまっすぐに見た。

「しかし、俺にはあの黒ずくめの連中が、どうにも気にかかる」

「ハイパーモトのライダーですな」

「そうだ」ジョウはうなずいた。

「例の円盤機に乗っていたのも、あいつらだろう。あいつらが何ものかは、ドン・グレーブルのメッセージにも入っていなかった。完全に謎の敵だ。正体が、まるでわからない。わからないが、ひとつだけはっきりしている。あいつらから逃げたくないということだ。このまま引きさがったら、俺たちはあいつらを恐れたということになる。ドン・グレーブルは、間違いなくそう思う。俺はそれが我慢できない」

「たしかに」タロスもあごを大きく引いた。

「そいつは業腹だ。容認するのはむずかしい」

「だろう」ジョウは言葉をつづけた。

「ここはひとつ、馬鹿を承知で首を突っこむってのが、筋じゃないか？」

「そうですな」

タロスは考えた。ジョウは返事を待つ。答は、すぐにでた。

「やりましょう」

タロスはきっぱりと言った。

「決まりだね」

リッキーが勢いよく立ちあがった。アルフィンは肩をすくめて微笑んでいる。ジョウの性格だ。こうなることは、ほとんどわかっていた。

四人は操縦室に移った。

シートの脇から、一台のロボットがでてきた。身長一メートルほどの細長い円筒形のボディに、卵を横にしたような頭部をのせたロボットだ。名前はドンゴ。頭部正面に並んでいるのは、レンズや端子、LEDなどである。それが顔の造作を思わせる配列で装着されている。ボディは首にあたる位置で段になっていて、そこが伸びると、身長は約二メートルになる。腕は細い。指は三本。ボディ下面には、足の代わりに車輪とキャタピラがついている。これは時に応じて使い分けられる。整地では車輪で走行し、最高時速は百キロに達する。不整地ではキャタピラ走行となり、最高時速は三十キロ以下に落ちる。船内ではキャタピラ走行だ。

じゃりじゃりと金属音をうるさく響かせて、ドンゴはジョウたちの前に立った。

「キャハハ、整備ハ完了シテイマス。キャハハ」

ドンゴは言った。顔のLEDが明滅する。いかにも合成音らしい甲高い声だ。

「ジャストタイミング」リッキーが言った。

「出発だぜ。ドンゴ」

「キャハ、了解」

リッキーが動力コントロールボックスのシートに飛びこんだ。アルフィンも空間表示立体スクリーンのシートに入る。

そして。

「メインはおまかせします」

ジョウに向かい、タロスが言った。

「ああ」

ジョウは主操縦席に着いた。いまのタロスに宇宙船の操縦はできない。操船はジョウがおこなう。それが最善の選択だ。

タロスが副操縦席に腰を置いた。右腕一本でコンソールデスクのキーを叩く。

「発進！」

ジョウが低い声で言った。メインエンジンに火が入った。

轟音を響かせ、〈ミネルバ〉が離陸する。滑走路を走り、宙に舞う。

あっという間だった。

視界からラルバルサルⅡ宇宙港が消えた。


ドン・グレーブルのメッセージに、発信地点の指定はなかった。

どんなに辺境の惑星であっても、人類が移民しているかぎり、そこにはドン・グレーブルの支配する企業の支社、あるいは営業所が、必ずひとつは設けられている。ジョウの呼びかけがどこから発信されようとも、いずれかの支社、営業所で、時間差《タイムラグ》なしにその通信をキャッチできるという自信を、ドン・グレーブルは持っているのだろう。

〈ミネルバ〉はトゥラン星域外縁にでて、二十光年の小ワープをした。どこかへ行くというのではない。人目を避けるため、ただ航路を外しただけである。

茫然と広がる宇宙空間の中に〈ミネルバ〉はいた。

通信内容の指定もなかったので、ジョウは星間共通信号の『ワレ、ココニアリ』を、クラッシャージョウ名義で発信した。超空間通信《ハイパーウェーブ》に指向性はない。発信は一回きり。送信したあとは、ただ返信を待つのみとなった。

標準時間できっかり二時間後。

応答があった。

ハイパーウェーブで、星間座標が届いた。

座標を解析し、航宙図で位置を確認する。

竜骨座宙域の一角だ。しかし、周囲数光年にわたって、恒星がない。漆黒の闇以外、何もない場所である。

「受信ミスじゃないの?」

首をひねり、リッキーが言った。

「いや」ジョウがかぶりを振った。

「エラーはでていない」

「ドン・グレーブルほどのものが誤送信するとは思われねえ」タロスが言った。

「受信ミスでないのなら、ジョウ、このポジションは信じていいと思いますぜ」

「何を考えているのかは知らないが」ジョウはつぎつぎとキーを打った。

「ここにこいと言うのなら、行ってやる」

ワープ機関がスタンバイに入った。

「動力、オッケイ」

リッキーが計器をチェックした。

「ワープポイント、CAR4920H9。ワープ距離、五百二十四・三七光年」

スクリーンに表示された数字を、ジョウが読んだ。

「座標同調完了」

アルフィンがジョウに準備完了を告げた。

「ワープイン」

〈ミネルバ〉がワープした。

窓外の光景が、大きく変わった。宇宙空間の色が褪《あ》せていく。闇が薄められ、色彩が乱舞しはじめる。虹色の光が船内を照らす。ワープボウだ。〈ミネルバ〉がワープ空間に進入した。

メインスクリーンで星が流れる。後方に向かって、星々が猛烈な速度で流れ去っていく。ワープ空間から見た通常空間の光景だ。

ふいに星の流れる勢いが鈍化した。窓の外では虹色の光が輝きを失いつつある。

闇に戻った。スクリーンの星空も、動きを止めた。

「ワープアウト」

ジョウが静かに言った。

3

「6E816に質量！」

ワープボウの消失と同時に、アルフィンが言った。声に驚きの響きがある。

「人工天体よ！」アルフィンは言を継ぐ。「宇宙船なんかじゃない」

「距離、約一万二千キロ。大きいわ。宇宙船なんかじゃない」


タロスが素早く反応した。右腕でメインスクリーンの映像を切り替えた。画面の中央に、銀色の光が小さく映った。一気にズーミングする。

「なんだ？」

ジョウの右眉が、ぴくりと跳ねた。

「宇宙ステーションです」

タロスが言った。

「スケールをだしてくれ」

ジョウが言った。画面の上部にスケールが入った。

「八千三百メートル」リッキーが数字を読んだ。

「でっけー」

リッキーは丸い目をいっそう丸くした。

タロスの言葉どおりである。

それは、巨大な宇宙ステーションだった。宇宙ステーションがワープしてきた。

ジョウはステーションに向かい、〈ミネルバ〉を進めた。

距離一千キロにまで接近する。

「うーん」

操縦レバーを握ったまま、ジョウはうなった。

見れば見るほど、面妖な構造物である。たしかに宇宙ステーションだが、近くで見ると、そういった雰囲気はまったくない。その全体は、細かい表面処理がびっしりと施された直方体や球体が複雑に絡み合う形で、組みあげられている。どこかの大都市を上空から眺めているかのような感じだ。いや、それは正しくない。どこかの都市ではなく、どこかの要塞だ。これは、まさしく宇宙軍の要塞そのものである。地上に築かれた要塞が浮遊し、宇宙空間に躍りでた。そう表現するのが、もっともふさわしい。

「通信が届いています」タロスが言った。

「あのステーションからです。音声信号なので、記録しました」

タロスは手もとのスイッチを軽く弾いた。スピーカーから、ノイズのような音が流れた。

「星間共通信号だ」ジョウは耳を澄ませた。

「〝ドッキング、コウ〟。それだけだ」

「中へ入れってことですな」他人事のように、タロスが言った。

「信号にビーコンがつづいています。この発信源を目標にしろと言っているんでしょう」

「俺《おい》ら、やな予感がする」

リッキーが言った。声がかすかに震えている。

「どうした？　一丁前に怖いのか？」

「うるせえ！」

「騒ぐな、ふたりとも」ジョウが鋭い目でタロスとリッキーを睨んだ。

「行くぞ」

ジョウは操縦レバーを握り直した。いったん停止していた〈ミネルバ〉のメインロケットが、再び火を噴いた。

〈ミネルバ〉があらためて宇宙ステーションに向かう。弱い加速だ。彼我《ひが》の距離はもう千キロを切っている。

「距離九百キロ」

アルフィンが言った。緊張感に満ちた船内で、彼女の声だけが凛(りん)と響く。

「距離八百キロ」

異常はない。ステーションが着実に近づいてくる。

「距離七――」

「あっ」

タロスが小さな声をあげた。

ビーコンが切れた。いきなりだった。〈ミネルバ〉を誘導しているものとばかり思っていたビーコンが、唐突に途絶えた。

「こいつは？」

ジョウの表情が硬い。距離七百キロ。この数字がひっかかる。

ジョウは、スクリーンの中の宇宙ステーションを凝視した。

と。

ふいにステーション表面のそこかしこが、パパパッと光った。

「ビーム砲だ！」

ジョウの髪が逆立った。長射程のビーム攻撃。ジョウの手が素早く操縦レバーを倒した。

〈ミネルバ〉が反転する。弾かれたように動き、急角度で針路を変える。ステーションから離脱をはかる。

大きな弧を描き、〈ミネルバ〉はステーションの反対側へまわりこもうとした。そこへさらに数条のビームが襲いかかってきた。〈ミネルバ〉は反撃できない。通常のビーム砲では対抗不可能だ。

〈ミネルバ〉が再反転した。いま一度、ステーションへと向かう。今度は捨て身の突入だ。なんとしても〈ミネルバ〉は自身の射程距離内にもぐりこまなくてはならない。逃げるという選択肢もあったが、それはジョウの脳裏に浮かばない。ジョウはドン・グレーブルに挑戦された。そして、それを受けた。ならば、もう背を向けることはない。ビームが幾条もくる。〈ミネルバ〉の外鈑を擦過する。相手はちっぽけな円盤機ではない。巨大な宇宙ステーションである。ビーム砲にこの程度のパワーを持たせることは十分に可能だ。

しかし……。

タロスが動きを止めていた。その目は、ジョウの挙措《きょそ》に据えられている。落ち着いたまなざしだ。この非常時において、動揺の影は微塵もない。

いまから九年前。

ジョウの父、クラッシャーダンが現役を引退し、ジョウが十歳でクラッシャーとなったとき、タロスはダンに頼まれて、かれの補佐役となった。パイロットとして〈ミネルバ〉に乗り組み、ジョウのチームの一員となった。操船技術を誇るクラッシャーの中にあって、腕前比類なしと謳《うた》われた名パイロットのタロスだ。タロスがついていれば、ジョウは必ずトップクラスのクラッシャーに成長する。ダンは、そう信じていた。

ダンの期待を、タロスは裏切らなかった。タロスと、いまは亡きクラッシャーガンビーノの力を得て、ジョウは銀河系随一のクラッシャーへと育った。タロスに操船を委《ゆだ》ね、ジョウが指揮をとれば、中途で頓挫《とんざ》する仕事はどこにもなかった。だが、不幸な事故で、タロスの左腕が失われた。このとき、この瞬間、〈ミネルバ〉の操縦を担っているのは、ジョウだ。ただ単純に宇宙船のパイロットということなら、ジョウの腕は並み以上のレベルにある。連合宇宙軍のエース級と互角にわたりあえる。が、それでも、タロスの技《ぎ》倆《よう》には遠く及ばない。

この危難、ジョウの操船で脱することができるのか？

タロスは自問した。

できる！　答はすぐにでた。タロスは確信している。余人ならいざ知らず、タロスが心血そそいで育てたジョウである。脱せられないはずがない。

〈ミネルバ〉が機体をよじり、加速した。まばゆい光条が、船体をかすめて後方へと抜けていく。〈ミネルバ〉に致命傷はない。ジョウの操船は、ぎりぎりのところでビームを確実にかわしている。

「距離四百キロ」

アルフィンが言った。

タロスはビーム砲のトリガーレバーを起こそうとした。まもなく反撃可能距離に入る。

「ミサイルだ。タロス！」

ジョウが怒鳴るように言った。

「え？」

意表を衝《つ》かれ、タロスはジョウを見た。

「射程いっぱいで撃っても、効果はない。ミサイルで向こうのビーム砲を遮断し、もう一息、相手の懐《ふところ》に飛びこむ」

ジョウは言った。

「了解」

タロスはトリガーレバーを変えた。右手で、あらたに起きあがってきたレバーのグリップを握り、トリガーボタンを押した。

ミサイルが虚空《こくう》に躍りでた。多弾頭ミサイルだ。弾頭が数十基に分かれ、ステーションへと突っこんでいく。そのあとを追うように、〈ミネルバ〉も加速する。

幅《や》のようなビームが、ミサイルを薙《な》ぎ払った。火球が広がる。つぎつぎと爆発する。

タロスはミサイルを発射しつづける。トリガーボタンをリズミカルに押す。

「距離三百！」

アルフィンが叫んだ。みごとに間合いが詰まった。この距離なら敵にダメージを与えられる。

タロスのコンソールに、ビーム砲のトリガーレバーが立ちあがった。タロスはグリップを握り直した。

「行けっ！」

ビームがほとばしった。〈ミネルバ〉の放つ必殺のビームだ。標的が大きい。どこでも撃つことができる。

「タロス。５Ｆ６８１」

ジョウが言った。タロスは照準スクリーンを切り換えた。宇宙ステーションの横腹が、画面いっぱいに映った。そこにハッチがある。そのハッチがひらき、いましも何かがでてこようとしている。

「搭載艇だ」ジョウがつづけた。

「だすな」

言われるまでもなかった。タロスはすでに照準をセットし終えている。ジョウの声と同時に、トリガーボタンを絞った。ビームがハッチの周辺を灼《や》いた。タロスはミサイルの発射トリガーも押した。ビームにつづけて、弾頭をまとめてハッチの中に叩きこむ。

搭載艇が爆発した。ハッチの奥には、後続機がいたらしい。誘爆が起きた。ハッチの周囲一帯が炎を散らして吹き飛び、ステーションの横腹に巨大な穴が生じた。

ステーションの攻撃が熄《や》む。

ビームが消えた。一気に鎮まった。

「距離五十キロ」

アルフィンがカウントした。もうステーションは目と鼻の先だ。スクリーンの全面が、銀色に輝くステーションの金属壁で覆われている。

「ジョウ」タロスが言った。

「通信です」

「これまでということか」

つぶやくようにジョウが言った。通信文は、先ほどとまったく同じだ。〝ドッキング、コウ〟である。

「ビーコンも復活してるぜ」

リッキーが言った。

「あれでしょう」

タロスがあごをしゃくった。ステーションの横腹だ。搭載艇がでてこようとしたハッチから少し離れた位置に、べつのハッチがある。そこが大きく口をあけている。

「入れと言ってます」

「ふざけやがって」

タロスとジョウが顔を見合わせた。タロスは小さく肩をすくめた。

〈ミネルバ〉が船首を転じる。ひらいているハッチへと向かう。

ハッチから、ステーションの内部へと飛びこんだ。強い光が〈ミネルバ〉を包んだ。

〈ミネルバ〉のまわりに壁がある。その壁が、白く発光している。

逆制動をかけ、〈ミネルバ〉は瞬時に減速をおこなった。ステーションと相対的停止状態に移行し、メインエンジンを切った。ランディングギヤをだし、降下する。弱いが、重力がある。

着陸した。

気がつくと、ハッチが閉まっていた。

4

周囲をサーチした。

そこは広大なホールだった。三百メートル四方は、優にある。

〈ミネルバ〉の背後で閉じたハッチの壁面も、いまは他の面と同様に、発光する壁となっていた。光は予想以上に強い。あまりにまぶしく光っているので、細部が消されてしまっている。スクリーンで映像を拡大してみても、ホールの輪郭すら判然としない。ただ、〈ミネルバ〉の前方、突きあたりの壁の下辺あたりに、小さな黒い矩《く》形《けい》が存在しているということだけがわかった。ジョウは、その部分をさらに拡大させた。

「通路です」

タロスが言った。

それは高さ三メートルほどの通路の入口だった。下船し、この奥に進め。そういう意味で、そこに口をあけているのだろう。

「このステーション、ひょっとして俺たちをテストするためだけに建造されたんじゃないのか？」

ジョウが言った。表情が険しい。

「ドン・グレーブルは、よほど金の使い途《みち》に困っているんでしょう」

タロスが言った。

「俺らにくれればいいのに」

リッキーが唇を尖らせた。

「ジョウ」タロスが、また口をひらいた。「新しい通信が入っています」

声が流れた。届いた通信は音声信号だった。

……エス。イマヨリ千二百秒後ニすてーしょん内デ、半径一万めーとるニせっとサレタ素粒子爆弾ガ作動スル。クリカエス……

「なに？」

ジョウの顔色が変わった。頬がひきつり、腰が浮いた。

素粒子爆弾は、そのように呼ばれているが、厳密な意味においては爆弾ではない。作動すると、素粒子爆弾は音も光も熱もださず、その本体が消滅する。そして、消滅後に周囲の質量も、すべて蒸発するかのように消え失せてしまう。消滅範囲は調整が可能だ。いま届いた通信の内容どおり、半径一万メートルにセットされたというのが事実なら、その本体がどこにあっても、この宇宙ステーションは完全に消滅する。それは間違いない。

「そうきたか」タロスが右手で、自分のあごを撫でた。

「作動前に、それを阻止しろという話ですな」

「くそ馬鹿野郎」

ジョウは拳を固め、コンソールデスクを殴《なぐ》った。

「ドン・グレーブル。顔を見せたら、ぼこぼこにしてやる!」

リッキーも罵声《ばせい》を飛ばした。

「あと千百秒よ。ジョウ」

アルフィンが言う。彼女ひとり、反応がまともだ。

「そんなことはわかっている。ドンゴ!」ジョウは背後を振り返り、ロボットを呼んだ。

「聞いたとおりだ。このステーションのどこかに素粒子爆弾がセットされている。千秒以内にそれを発見し、解体してくれ。探して位置がわかったら、連絡もしてほしい。俺たちもそこに急行する」

「キャハ。了解」

ドンゴはキャタピラを車輪に切り換えた。するすると動きだし、操縦室から飛びだした。通路を抜け、格納庫に行き、そこのハッチをひらいて、斜路を下った。〈ミネルバ〉の外にでた。

センサーをすべて最高レベルでオンにする。このホール内に、反応はない。

黒い矩形の通路に進んだ。速度は時速百キロだ。最高速度で移動する。この速度で疾駆していても、探索に支障はない。素粒子爆弾は特有の強い電磁波を放つ。あれば、必ずセンサーがその存在をキャッチする。問題は、宇宙ステーションの広さだ。ここを隈《くま》なく探しまわるには、千秒はあまりにも短い。発見できたとして、解体する時間があるかどうかは不明だ。

ドンゴを送りだしたジョウは、あらためてホールの内部をチェックし直した。ホールには空気がある。地球型の組成で、呼吸しても害はない。ジョウとタロスは船外にでることにした。ドンゴから連絡があったら、すぐに動くことができる。リッキーとアルフィンは操縦室に残り、待機する。

通路の前にジョウとタロスが立った。スクリーンでは黒く映っていたが、べつに壁も床も黒く塗られてはいない。通常の発光パネルである。ただ、ホールのそれよりもはるかに光量が低いので、相対的に黒っぽく見えただけだ。

ふたりはじっとドンゴからの通報を待った。

何も言ってこない。

ドンゴが猛スピードで宇宙ステーション内を奔走しているのはたしかだ。しかし、その結果をただ待つ身はつらい。苛立《いらだ》たしさが身中深くから激しく突きあげてくる。

端末で時間を確認した。

あと四百二十秒。

「ちいっ」

ジョウは壁を蹴る。

三百九十秒。

二百八十秒。

だめか。

ジョウは床にすわりこんだ。立っていると、暴れだしたくなる。

そのときだった。左手首の通信機から呼びだし音が甲高く響いた。ジョウは飛びあがった。

「キャハハ、発見シマシタ。解体ヲ開始シマス。キャハハ」

ドンゴの声だ。位置データも同時に届いている。

ジョウとタロスが同時に走りだした。通路に入り、全力疾走を開始した。

ホールの渦巻く光に慣れた目に、通路はやはり暗かった。ジョウは左手首の端末に視線を据えている。その画面上に、明滅する光点がある。ドンゴの現在位置だ。そこを目指して、ジョウとタロスは右に左にと通路を走る。どこをどう通ったのかは記憶しない。そういう余裕は皆無だ。ひたすらに走る。が、いくら走っても、ドンゴのもとにたどりつかない。発信地点は無限の彼方だ。搏動が高鳴る。心臓が痛む。

四十三秒。三十八秒。二十四秒。十一秒。八秒。

ふいに周囲が明るくなった。また壁面の光量が増した。出発点の大ホールに戻ったのかと思ったが、そうではない。もっと狭い部屋にジョウとタロスは飛びこんだ。ざっと見て、三十メートル四方くらいだろうか。その中央に、ドンゴがいる、ドンゴの横には直径一メートルほどの球体がふたつに割れて転がっている。

「ドンゴ！」

ジョウとタロスの声がきれいに重なった。

ドンゴはくるりと頭部をまわした。

「キャハハ、解体完了。キャハハハ」

けたたましく言った。

ふたりの足が止まった。そのままへたへたと腰が崩れた。

と。

「みごとなものだ。クラッシャージョウ」

頭上から、低い声が降ってきた。金属的な響きを持つ人工音声ではない。もっと張りのある重々しい声だ。

「わしは喜んできみと契約する。さっそくそのステーションから離脱したまえ」

その一言だけで、声は消えた。

あとはもう、何も言わない。

「ちっくしょう！」

ジョウが床を殴った。乾いた音が室内に反響《こだま》した。

タロスとジョウは、ドンゴとともに〈ミネルバ〉へと戻った。ドンゴが経路のすべてを記録していた。乗船し、操縦室に入った。

「また通信がきてるわ」帰ってきたジョウの顔を見て、アルフィンが言った。

「発進準備が完了したら、百メートル上昇。そのあとで、百八十度回頭しろって」

「やってやるさ。注文どおり」

ジョウとタロスがシートに着いた。指示に従い、〈ミネルバ〉を操船した。

ハッチが静かにひらく。壁の光が弱くなる。

〈ミネルバ〉は宇宙空間にでた。ステーションから離れる。

「あっ」

声があがった。四人そろっての驚愕の声だった。

フロントウィンドウのすべてを覆うように、惑星の表面が大きく広がっている。淡いグリーンの星だった。赤道に平行して、ほぼ均一幅の白い帯が幾条も浮きでている。典型的なガス状惑星だ。人類が住める星ではない。

ジョウはメインスクリーンに目を転じた。円盤状に輝く、黄色い恒星がある。

「太陽系」

リッキーがぽつりと言った。

「移動したんだわ。あの宇宙ステーション」

アルフィンが言葉をつづけた。

「CAR4920H9から通常航行で到達できる太陽系は存在しない」ジョウがうなるように言った。

「ワープしやがったんだ」

背後を、ジョウは振り返った。

「ふたりとも、気分に変わりはなかったか？」

リッキーとアルフィンに向かって、訊いた。ワープには不快感が伴う。リッキーやアルフィンのように、宇宙生活経験の浅い者だと、その不快感が顕著にでる。

「いや、ぜんぜん」

「何も感じてないわ」

リッキーとアルフィンは、首を横に振った。

「………………」

ジョウは口をつぐんだ。

あの不可解な技術だ。あれが、ここにも顔をだしている。長射程距離のビーム砲。人体への影響と、近接巨大質量による制限を排除したワープ航法。証拠や決め手はどこにもないが、この宇宙ステーションと謎の円盤機との間には、明らかに共通点がある。未知の超技術を仲立ちとして。

「ジョウ」タロスが言った。

「またまた通信ですぜ」

スピーカーから声が流れた。肉声ではない。金属的な人工音声だ。口調は管制塔係員のそれである。

「つぎに示す軌道に進入してください」

「針路指示ですな」タロスはメインスクリーンの映像を切り換えた。

「ふむ。この衛星に対する進入軌道か」

スクリーンに星が映った。眼前に浮かぶガス状惑星の衛星だ。岩の塊をハンマーで叩き割ったかのような、いびつな形状をしている。最大長はおよそ十二キロ。むろん、空気も水も有していない。

「どうします？」

タロスがジョウに訊いた。

「受け入れずにすむ方法があるか？」

「ありません」

タロスは肩をすくめた。

〈ミネルバ〉は指定された軌道を進み、衛星へと接近した。途中で加速を切り、慣性航行で距離を詰める。数キロまで近づいたとき、衛星の一角が動いた。表面が矩形にひらき、口をあけた。

「ハッチだ」

ジョウがうんざりしたように言った。

「入れってことでしょう」

タロスは苦笑した。笑う以外に、できる反応がない。

「俺たちは、言われたままに動くのみ」

自嘲するように、ジョウは言を継いだ。

〈ミネルバ〉が衛星内部に入る。

入った、つぎの瞬間。

「！」

四人は言葉を失った。

絶句し、全身を硬直させた。

操縦室の中で、光が乱舞している。

いま、かれらが見ている光景は。

壮麗な宮殿のそれだ。

〈ミネルバ〉の真正面に、宮殿の玄関と外壁がある。その外壁全面が、宝石と黄金で埋めつくされている。乱舞する光は、それらによって散乱させられたものだ。玄関の左右に聳《そび》え立つ太い柱も黄金の燦《きらめ》きを放っており、表面には宝石を用いたモザイク画がいくつもはめこまれている。

衛星ひとつをくりぬき、金にあかせて建設された絢爛《けんらん》たる黄金の宮殿。

そういうものが、ジョウたちの目の前にある。

「まいったわね」

小さくかぶりを振り、アルフィンが言った。アルフィンは元王女だ。だから、宮殿を住居としていたことがある。しかし、ここと較べたら、彼女の暮らしていたピザンの宮殿は、あまりにもみすぼらしい。あばら家も同然である。

〈ミネルバ〉は、宮殿前に設けられていた空地に着陸した。これも、もちろん通信による指示だ。装飾用のレーザー光線が華やかに渦巻いている空間だが、そこに降りろと言われたのだから、ジョウはいっさいかまわない。一気に降下させた。

「誰か、でてきたよ」

着地完了と同時に、リッキーが言った。スクリーンを指差している。

宮殿の玄関、大理石の階段の最上段だった。

そこに人影があった。

5

人影は、男のそれだった。

石段は百数十段はあろうかという豪華なものである。その頂上に、ひとりの男がふわりとあらわれた。男はゆっくりと石段を下った。

地上に降り立つ。地上といっても、岩盤剝きだしではない。きれいに樹脂で表面が固められている。

男が歩を運び、〈ミネルバ〉のすぐ下にきた。黒いスーツを身につけている。正装だ。

一瞥《いちべつ》した限りでは生身の人間にしか見えないが、実際は違う。動きに有機生命体の持つやわらかさが感じられない。アンドロイドだ。

船外にでろという指示が、通信で届いた。

タロスが立ちあがった。ジョウもシートから離れた。リッキー、アルフィンも、そのあとにつづく。外の大気分析はすでにおこなった。衛星内部の空間全体が、地球型の大気で完全に満たされている。

〈ミネルバ〉の外にでた。色彩が乱舞している。音はない。静かだ。

アンドロイドが、四人の前にやってきた。胸に右手をあて、丁寧《ていねい》に一礼した。

「主人ガ、待チカネテオリマス。ドウゾ、コチラニ」

石段を示した。ジョウがうなずくと、アンドロイドはまた一礼し、きびすを返した。

先に立ち、石段を登りはじめる。

四人は、アンドロイドの背後についた。

石段を登る。

登りきると、そこは宮殿の玄関だ。巨大な扉が、左右にひらいている。中に入った。

柱廊があった。壁が見えない。恐ろしく広い空間だ。天井も数十メートルの高さがある。

しばらく柱廊を進んだ。何本あるのか、よくわからない数の柱だ。行手に向かって、えんえんとつづいている。

また扉があった。今度も大きくひらいている。くぐると、広間にでた。百メートル四方くらいだろうか。広間の突きあたりに、一段高くなった場所がある。そこにテーブルと椅子がしつらえられているのが見てとれる。

椅子のひとつに、人が腰かけていた。男だ。黒いスペーススーツを身につけ、その上に濃茶のローブを羽織っている。アンドロイドではない。間違いなく人間だ。近づいていくと、それがはっきりとした。背はそれほど高くない。が、がっしりとした体格をしている。年齢は四十四、五歳。血色のいい中肉の顔の中心あたりで、険を含んだまなざしが鋭く炯《ひか》っている。銀色の髪に、薄い眉。雰囲気が、いかにもとげとげしい。椅子に腰を置いたまま、歩み寄るジョウたちをじっと見つめている。

と。

男がゆっくりと立ちあがった。

どこからともなく、金属的な人工音声が響いた。

クラッシャージョウ。二一四二年、おおいぬ座宙域、トールの第四惑星アラミスで生まれる。十九歳。父、クラッシャーダン。母、ユリア。身長、一メートル八十センチ。体重、七十・五キロ。髪、黒みの強いセピア。目、同色。人種、主としてモンゴロイド。使用船舶、百メートルクラス万能タイプ外洋宇宙船〈ミネルバ〉。チーム構成、操縦士

一、機関士一、航法士一、ロボット一。クラッシャー評価、ＡＡＡ。
「よくきてくれた、クラッシャージョウ」

男が言った。宇宙ステーションの中で聞いた、あの張りのある重々しい声だった。

「わしが、ドン・グレーブルだ」

腕を横に広げた。

ドン・グレーブルは、テーブルの席に着くようジョウたち四人に勧《すす》めた。四人は、それに従った。鏡のように磨かれた黒檀《こくたん》のテーブルには、塵《ちり》ひとつ落ちていない。リッキーが天板に手を置き、指紋をつけていいものかどうか迷って、そわそわとしている。結局、えいと手を置いた。誰も、とがめなかった。

「質問が山のようにあるはずだ」

一息おき、おもむろにドン・グレーブルが口をひらいた。

「当然だ」

ジョウは短く答えた。表情が硬い。ドン・グレーブルは大きくあごを引いた。

「順を追って、すべてを話そう。だが、その前に、わしのほうで二、三訊いておきたいことがある」

「…………」

ジョウは目で了承した。

「バルビエールが殺されたそうだな」

「バルビエール？」

「わしの執事だ。きみたちにデータディスクを渡した男だよ」

「あの爺さんか」ジョウは納得した。

「たしかに死んだ。俺の腕の中で」

「殺《や》ったのは誰だ？」

ドン・グレーブルはぐいと身を乗りだした。

「わからない」ジョウは無造作にかぶりを振った。

「俺が発見したときは、もう虫の息だった。ただ――」

「ただ？」

「その直後に、俺たちも襲われた」

「円盤機だな！」

ドン・グレーブルの声が高くなった。

「知っているのか？」

ジョウの目が強く炯った。

「あとで言う。それよりも、そっちの話が先だ」

「…………」

ジョウは、いったん口をつぐんだ。

「襲ってきたのは、小型円盤機の編隊だった」ややあって、ジョウは静かに言を継いだ。

「直径六十メートルくらいの宇宙戦闘機だ。しかし、そいつらは信じられないほど高度な科学技術の産物だった」

「デボーヌに降りてからも、襲われたそうだが」

「みんな知ってるじゃないか」リッキーが言った。

「訊くことないだろ」

「………」

ドン・グレーブルはジョウから視線をそらさない。

「どんなやつらだった？」

あらためて、訊いた。

「全身、黒ずくめの連中だ」ジョウは答えた。

「死んだら、発火し、燃えて灰になった」

「ふむ」

ドン・グレーブルは腕を組んだ。

しばし瞑目《めいもく》する。無言で考えこむ。

「すべてを話そう」数十秒の間を置いてから、腕組みを解き、ドン・グレーブルは言った。

「これまで、誰にも聞かせたことのない話だ」

目をひらき、しきりに唇を舐《な》めた。

「くじゃく座宙域にあるメリアンという植民惑星で、わしは生まれた。二一一六年。ワープ機関が完成して間もないころだ。両親は第一期の移民だった。公募に応じて、完成したばかりの外洋宇宙船に乗り、地球を離れた。もちろん、クラッシャーなど、どこにもいない時代だ。移民は、何もかも自分でやらなくてはならなかった。惑星改造も、開拓も、町づくりも。メリアンに着いた両親は、必死で働いた。それこそ、夜も昼もなく、ただひたすらに働いた。しかし、生活は楽にならなかった。過酷で、苦しい日々がつづいた。ノウハウも技術も持ち合わせていなかった第一期の移民にとって、まるごと未開発の惑星は、歯の立つ相手ではなかったのだ」

「………」

「忘れもしない。わしが七歳のときだ」ドン・グレーブルは言葉をつづけた。

「第二期の移民がメリアンにやってきた。クラッシャーの一団を引き連れて。かれらは、第一期移民が何年もかかって細々と切りひらいてきた土地をしりめに、クラッシャーを使って原野のほとんどをわずか数か月で開発しきってしまった。技術の差、後発の強みといってしまえばそれまでだろう。しかし、開発競争に敗れて取り残され、メリアンに懸けた将来のすべてを横から奪われてしまった第一期の移民団はみじめだった」

「…………」

「翌年、両親は、まだ八歳でしかなかったわしを惑星ギオルスの鉱山に売った。自分たちは食べなくても、子供たちだけは飢えさせまいとする両親だったが、それすらかなわぬほど生活が行き詰まっていた。鉱山に行けば、つらい労働に明け暮れることになろうとも、食いはぐれることはない。餓死することはない。両親はそう思い、わしを売った。だが、わしは行きたくなかった。両親のもとから離れたくなかった。飢えて死んでもいいから、メリアンにいたかった」

テーブルの上で、ドン・グレーブルは両の拳《こぶし》を強く握りしめた。拳は血の気を失い、指が白くなった。

「成功し、ひとかどの地位と財産を得てから、わしはメリアンに戻った。両親の消息を知るためだ。ふたりとも、とうに死んでいた。わしを売っても食うことができず、その翌年にわしの妹を売り、さらにその翌年に弟を売った。そして、つぎの年にふたりそろって疫病で死んだ。ふたりの弟妹の行方は、いまに至るもわかっていない」

「…………」

「わしが売られた鉱山は、想像を絶する場所だった。地獄がこの世に存在するとすれば、それはあの鉱山のことだ。いまでは考えられないことだが、あの鉱山のオーナーは八歳の子供を坑道に入れた。人の生命など、虫けらのそれほどにも思っていないやつだった。わしはありとあらゆる辛酸《しんさん》を嘗《な》めた。事故や病気で、何度も死にかけた。が、わしは生き延びた。歯を食いしばって、あの境遇に耐えた。地獄があるのなら、必ずどこかに天国もある。それがわしの信念だった。その信念が、わしを死から救った」

「…………」

「天国はあった。本当に存在した。十六歳になった直後だった。わしは最下層の坑道で、一枚の金属板を見つけた。千二百メートルという深さの地中に埋まっていたにもかかわらず、その金属板は、ついさっき磨かれたばかりのようにまぶしく光り輝いていた。ただの金属板ではない。金属板の表面に、細かい文字のようなものが刻まれていた。わしはそう思い、土を払った。むろん、これは違法行為だ。坑道からでたものは、石のかけらひとつであろうと、鉱山の所有物となる。しかし、地獄の底に放りこまれた十六の若造に、違法もくそもない。わしは、その金属板がほしかった。その文字を自分の力で読みたかった」

テーブルの上に、飲物の満たされたカップとソーサーがせりあがってきた。ドン・グレーブルは、カップをとり、それを一口飲んだ。手がひどく震えている。カップをソーサーに戻すとき、糸底の縁が当たって、かちかちと音が響いた。

「鉱山には、けっこう学のある人間がいた」呼吸をととのえ、ドン・グレーブルは話を再開した。

「つまらぬことで身を持ち崩し、莫大な借金を背負って、どこかから流れてきた連中だ。わしはかれらから文字を習った。金属板を読みたい。その一心でだ。が、読むことはできなかった。金属板に刻まれた文字が、人類のそれではなかったからだ。わしは絶望した。夢がはかなく消えていくのを感じた。そこへ、ひとりの男があらわれた。鉱山へくる前には、大学の講師をしていたという男だった。かれは、わしに文字だけでなく言語学を教えてくれた。言語がどのように体系づけられ、組みあげられているのかを基礎から叩きこんでくれた。わしは金属板の解読に、かれから学んだ言語学を応用してみた。幸いにも、金属板に刻まれていた文章は、それほどむずかしいものではなかった。三か月かかったが、ついにわしは金属板の刻文を読むことができた。それは、人類出現以前に銀河系で栄えたある知的生命体の種族が、銀河系の全域にわたって隠した秘宝のありかのひとつを記したものだった」

「………」

「秘宝。その言葉に、わしの胸は高鳴った。予想はたがわなかった。金属板はまさしく天国に至る扉の鍵だった。わしは必死で金を貯《た》めた。年季はとっくに明けていた。働けば、その賃金はわしのものになる。そうなっていた。十八歳のとき、わしは鉱山を去り、金属板によって示されていた惑星に赴いた。その星に、秘宝があった。秘宝は、しかし、想像していたような黄金や宝石などではなかった。それは技術だった。いまなら誰でも知っている技術。エネルギー等価交換装置の実物。それが秘宝だった。そして、その場所に、つぎの秘宝の位置を刻んだ金属板もあった。わしはエネルギー等価交換装置のパテントを取得し、その権利を売って、つぎの秘宝を探した。秘宝はまたも見つかった。それは重力波コンバータだった。もちろん、あらたな金属板もあった。これが何度も繰り返され、わしは次第に財をなしていった。はじめのうちはパテントを売ることで金にしていたが、後には自分で商品化するようになった。会社を興《おこ》し、研究所もつくった。わしの経歴の一部が隠されている理由が、これでわかるだろう。わしの財産は、そのすべてが鉱山の地下で我が物とした一枚の金属板からはじまっているからだ。それを公開することはできない」

ドン・グレーブルは、言葉を切り、四人の顔をゆっくりと見渡した。

6

「いまから十年前のことだ」また、しばしの間を置いてから、ドン・グレーブルは言葉をつづけた。

「わしはついに最後の秘宝に行きあたった。秘宝が無限にあるなどとは思っていなかった。いつか尽きるはずだった。しかし、それは予想よりも少し早かった」

「…………」

「百二十八番目の秘宝を探しにいったときのことだ。秘宝とともに、金属板ではなく、巨大な金属塊がでてきた。〝銀河系最後の秘宝の位置をここに記す〟。金属塊の表面には、そう文字が刻まれていた。そのころのわしは、もう数十社のオーナーになっていたから、〝銀河系最後の秘宝〟などという大仰な能書きを見て胸躍らせても、おいそれと探しにいける立場ではなかった。百二十八番目の秘宝探しは、むりやりつくった短い余暇を利用して行ったのだ。これればかりは他人まかせにはできない。わしが直接、現地に赴く必要がある。そのための時間を捻出するのには、さらに九年の歳月が費《つい》やされた」

「九年」

ジョウがつぶやいた。

「去年のことだ」ドン・グレーブルは薄く笑った。

「わしは執事のバルビエールと腹心の部下三名、そして数体のロボットだけを引き連れて、金属塊に記されていた星に向かった。だが、わしはそこで銀河系最後の秘宝を発見することができなかった」

「円盤機だな」

ジョウのまなざしが鋭くなった。

「そうだ。不意を打たれた。激しい攻撃だった。必死で宇宙船に戻り、ようやく逃げのびることができたが、助かったのは、わしとバルビエールだけだった。まさか、襲撃されるなどとは夢にも思っていなかった」

「で、俺の仕事は？」

「秘宝の探索とわしの護衛。両方だ」

「他人まかせにはできないことじゃなかったのか？」

　ジョウはかすかに皮肉をこめて言った。

「事情が変わった」ドン・グレーブルは軽く肩をそびやかした。

「わしはもう秘宝を必要としていない。少なくとも、事業に関しては、そうだ。しかし、意地がある。これだけはべつだ。わしには秘宝を探してきた者としての意地がある。ここで諦めて、画龍点睛《がりょうてんせい》を欠きたくはない」

「なるほど」ジョウは小さくあごを引いた。

「それで積年の恨みは忘れ、クラッシャーの手を借りることにしたのか」

「クラッシャーに恨みはない！」ドン・グレーブルの表情が、少しこわばった。

「あれは時代の流れだった。誰も時を恨むことはできん」

「…………」

「報酬はデータディスクにあったとおり、十兆クレジットだ」口調をあらため、ドン・

グレーブルはまっすぐにジョウを見た。

「採算などは考えていない。頼む、ジョウ。ぜひ、引き受けてほしい」

「返事の前に、訊いておきたいことがある」ジョウは、ドン・グレーブルの視線をふっと外した。

「知りたいのは、秘宝の中に長射程のビーム砲と小型のワープ機関及び、その動力装置があったかどうかだ」

ドン・グレーブルの眉が、ぴくりと跳ねた。

「あったのか？」

「あった」

かすれた声で、ドン・グレーブルは答えた。

「俺たちを襲った円盤機は、そのふたつを備えていた」ジョウは言う。

「断言はできないが、あんたの宇宙ステーションにも、それに似たものが搭載されているらしい。両者の間には、何か隠れたつながりがありそうだな」

「わからん」

つぶやくように、ドン・グレーブルは言った。

「わからない？」

「そうだ！」ドン・グレーブルは平手で強くテーブルを叩いた。

「わしには、わからん。円盤機に襲われたときも、たしかにそのことが気になった。秘宝はわしが独占していた。その多くは製品として世にでている。だが、ビーム砲とワープ機関はコスト面で問題があり、まだ製品化していなかった。その技術を持つ者が、わし以外にいるはずはない」

「他の企業はどうなんです？　競争相手の」

タロスが言葉をはさんだ。

「それは真っ先に調査した」

「結果は？」

「シロだった」ドン・グレーブルは渋面をつくり、言った。

「その兆候は、かけらもなかった」

辣腕《らつわん》でもって鳴るドン・グレーブルの調査グループがだした結論だ。間違いがあるとは思われない。

「わかった」ジョウが言った。

「この件は、これでいい。敵が正体不明であることを責めるわけにはいかない」

「では」ドン・グレーブルの表情がゆるんだ。

「引き受けてくれるのか？」

「まだだ」ジョウは右手を挙げ、ドン・グレーブルを制した。

「もうひとつ、重要な質問が残っている」

「む」

ドン・グレーブルは、小さく呻いた。

「クラッシャーには掟がある」ジョウは言った。「違法行為には関与しないという掟だ。先史文明の金属板をくすねることではじまった、この秘宝探しは違法行為になるんじゃないのか？」

「そのことか」ドン・グレーブルの表情から、緊張が消えた。

「それなら、問題ない。すでに弁護士に確認済みだ。金属板を我が物にしたのはたしかに犯罪だが、それはすでに刑事、民事ともに時効が成立している。そのあとの秘宝の所有権については、法律上はかなり微妙だ。しかし、それも解決した。わしが、あの鉱山を開発会社ごとすべて買収してしまったから。したがって、きみがわたしの依頼で秘宝探しを手伝ったとしても、それは完全に合法的だ。いっさい法に触れることはない」

「なるほど」

「納得してもらえたかな？」

「私設軍隊をお持ちでしたよね」

横から、タロスがべつの問いを放った。

「なに？」

虚を衝《つ》かれ、ドン・グレーブルは絶句した。

「ドン・グレーブルは私設軍隊を持っている。これは有名な話です」タロスは言を継いだ。

「あれは護衛にもってこいだ。そういうものがあるのに、とんでもない額の礼金を支払ってクラッシャーをわざわざ雇う。おおっぴらにやれないことなので、手駒《てごま》を使えない。そういうことですかい？」

「違う」ドン・グレーブルは、あわててかぶりを振った。

「それは違法行為をしないためだ。誤解するな」

「誤解？」

ジョウが眉をひそめた。

「ああ……」

ドン・グレーブルはローブのポケットからハンカチを取りだし、額に浮かんだ汗を拭った。何かためらっているような様子がある。

言葉が途切れた。間があいた。

「引き受けてもらえたら、話すつもりだった」やがて、思いきるようにおもてをあげ、ドン・グレーブルは口をひらいた。

「だが、隠しておくことはできん。話そう。銀河系最後の秘宝があるのは、太陽系アルームだ」

「アルーム？」

「そうか！」タロスが合点し、叫んだ。

「オオルルがひっかかっていたのか」

「オオルル！」

ジョウの目が大きく見ひらかれた。

恒星アルームの第三惑星オオルル。そこには、原始的な穴居生活を営む人類型の知的生命体、オオルル人が居住している。このことを知らない宇宙生活者は皆無だ。広大無辺の銀河系で、ただの一例である。オオルル人以外に、人類型の知的生命体が発見された例はひとつもない。

銀河連合は、オオルル人発見と同時に、この太陽系を封鎖した。開発、移民を禁止し、学術研究目的以外の人類立ち入りを固く禁じた。また、学術研究目的に付随していても、軍隊もしくはそれに類似した組織の派遣、駐留もいっさい認められていない。

クラッシャーは軍隊ではなかった。集団行動をした場合でも、公式には、そう扱われない。

「秘宝探しが学術研究になるのかなあ」

リッキーが首をひねった。

「古代遺跡調査発掘として銀河連合に対し、正式に申請がだされ、受理されている。手続きに不備はない」

「発掘ですか」

タロスがうなった。

「そんなことより」ドン・グレーブルは覗きこむように、ジョウを見た。「もういいだろう。返事を聞かせてくれ」

「オッケイだ」

ジョウはあっさりと言った。

「え?」

ジョウが、あまりにも軽く答えたため、ドン・グレーブルは一瞬とまどった。

「オッケイだよ。何か、まずいのか?」

「いや、違う。いきなり簡単に言われたので、拍子抜けしただけだ。引き受けてもらって、喜んでいる」

「聞くことを聞けば、クラッシャーは即断即決さ」ジョウは立ちあがった。

「いつ出発する? こっちは、いつでもいい」

タロス、リッキー、アルフィンも椅子から腰をあげた。

「すぐにでる」ドン・グレーブルは言った。

「しかし、ちょっと待ってくれ」

「まだ何かあるのか？」

ジョウは動きを止めた。

「プレゼントだ。わしからの。受け取ってほしい。――おい」ドン・グレーブルはアンドロイドの執事を呼んだ。

「あれを持ってこい」

アンドロイドがきた。手に、長さ一メートルを超える細長いケースをかかえている。

「タロス、きみに渡す。あけてみたまえ」

「俺？」

タロスはきょとんとした。アンドロイドが、ケースをタロスの前に置いた。タロスはケースの蓋《ふた》をあけた。

「これは！」

タロスの目が丸くなった。ついでに、短く口笛を吹く。

ケースの中に納められているのは。

精巧なロボット義手だ。

「グラバース重工業の研究所でつくらせた」ドン・グレーブルは言う。

「ドルロイの特注品ではないが、性能的にはそれ以上だという自信がある。ぜひ使ってもらいたい」

タロスは義手を手に把《と》り、その手首を外してみた。

「へっ、ちゃんと機銃が仕込まれている」

「当然だ。デボーヌの惨劇を耳にして、急ぎ発注したのだ。気に入っていただけるかな?」

「ああ」

タロスは強くうなずいた。

「では、さっそく装着させよう」

ドン・グレーブルは、アンドロイドに合図した。

四人が〈ミネルバ〉に戻ったのは、それから一時間後のことだった。

7

〈ミネルバ〉は、ドン・グレーブルの宮殿衛星を離脱した。

太陽系をまるごと個人が所有することは、法律で禁じられている。しかし、企業が開発を目的として一時的に所有するのは、その限りではない。宮殿衛星のある太陽系はドン・グレーブルが筆頭株主になっているウーロン惑星開発という企業が所有していた。

とはいえ、実際は開発する気などさらさらなく、ちっぽけな衛星ひとつがドン・グレーブルの居住に供されているだけだ。したがって、この太陽系はドン・グレーブル個人の所有物といっても過言ではない状態となっていた。

「よくよく法律の網をくぐるのが好きな男なんだなあ」

リッキーが言った。

「そうだな」

ジョウが生返事をした。声に抑揚がない。原因は、そのとなり、副操縦席にあった。そこに、タロスの姿がない。ジョウの目はメインスクリーンに釘づけになっている。

メインスクリーンには、一隻の宇宙船が映っていた。全長は二百メートル。魚雷に似たフォルムの、垂直型宇宙船である。船体が、ウーロン惑星開発のシンボルカラーである黄色と青で塗りわけられている。

ドン・グレーブルの専用宇宙船、〈マイダスII世〉だ。

タロスはいま、その〈マイダスII世〉の艦橋にいる。操縦士として、連れていかれてしまった。

〈ミネルバ〉の発進準備が完了した直後だった。ドン・グレーブルから通信が入った。ジョウとタロスは呼びだされ、宮殿に戻った。

ドン・グレーブルはふたりの男を背後に従えて、ジョウとタロスの到着を待っていた。

ひとりは、身長百六十センチくらいの小柄な男だ。肌が白く、顔だちが少女のようにととのっていて、美しい。そして、もうひとりは、タロスにも匹敵する巨漢だ。浅黒い肌で、こぶをいくつか寄せ集めたかのように奇怪な風貌をしている。しかし、このふたり、どうにも釣り合いがとれない。見た目は、いかにも異質である。が、ジョウはかれらに、ある共通点を見出だしていた。冷酷な光をたたえた、カミソリのように鋭い双眸《そうぼう》だ。その四つの瞳に、ジョウはなぜか見覚えがあった。

「わしの部下だ」ドン・グレーブルが、ふたりをジョウとタロスに紹介した。

「ロイとヒル」

小柄なほうがロイだった。

「用件はなんだ？」

紹介には応じず、ジョウは質問を放った。あわただしいところをいきなり呼びつけられ、ジョウは機嫌が悪い。ヒルが、じろりとジョウを見た。

「わしの船のことだ」わずかに表情を曇らせながらも、ドン・グレーブルはジョウの問いに答えた。

「わしは自分の船、〈マイダスⅡ世〉でアルームに行く。もちろん、このふたりも同行する」

「…………」

「しかし、その、なんだな」

ドン・グレーブルの口調が、唐突に鈍くなった。歯切れが悪く、何を言いたいのかが判然としない。

「しかし、どうした？」

ジョウの目つきが、さらに厳しくなる。

「つまり、タロスを〈マイダスII世〉に貸してほしいということだ」

やむなく、ドン・グレーブルはずばりと言った。

「うーん」

意表を衝かれ、ジョウは宙を振り仰いで、うなった。高価なロボット義手を気前よく提供してくれた裏には、こんな思惑があった。なるほど。最初からタロスを自分の船の操縦士にと考えていたのなら、ロボット義手のひとつくらい安いものだ。

結局、ジョウはひとりで〈ミネルバ〉に帰るはめになった。

〈マイダスII世〉から、航行予定表が届いた。発進して星域外縁に行き、すぐにワープする。アルームまでの距離は、二万八千四百五十一光年だ。〈ミネルバ〉のワープ機関では少なくとも、六回のワープが必要となる。しかも、星域外縁まで、まず移動しなくてはならない。対して、〈マイダスII世〉が搭載しているワープ機関は、例の最新型である。巨大質量に近接していてもワープできる上、一回のワープで軽く一万四、五千光年はジャンプできる。屈辱の申し入れだったが、ジョウはワープ開始地点とワープ回数を〈ミネルバ〉のそれに合わせてもらうことにした。

「気持ち悪くならずに、長距離ワープができちゃうのか」

リッキーがうらやましそうに言った。

星域外縁に至った。

さっそく六回連続のワープがおこなわれた。

アルームの星域外縁にでた。

連続ワープで、アルフィンが倒れた。ひどいワープ酔いだ。コンソールデスクに突っ伏している。だが、まだ旅は終わっていない。これから、まっすぐにオオルルへと向かう。

「ドンゴ、アルフィンと替われ」

ジョウが言った。アルフィンを休ませる。ナビゲートはドンゴにまかせる。そうしようとした。

そのときだった。アルフィンが、ふいにおもてをあげた。

「重力波に異常」

かすれた声で、苦しげに言った。

「なに？」

ジョウはスクリーンの映像を切り換えた。同時に、〈マイダスⅡ世〉を呼びだす。タロスがでた。

「重力異常は六か所です」

通信にでたタロスが言った。〈マイダスⅡ世〉も異常を捉えていた。

「近いぞ！」

リッキーが叫んだ。アルフィンに替わって、センサーをチェックしている。

ジョウはメインスクリーンを六面マルチに切った。そのうちのひとつには、恒星アルームが映っている。そのアルームの輪郭がはっきりとわかるほどに大きく揺らめいている。明らかな空間のひずみだ。距離は約九百キロ。六か所とも、ほとんど同じだ。

ワープアウトである。

円盤機が出現した。ダークグリーンの機体が、いくつかの画面に映る。やつらだ。

「ジョウ！」通信スクリーンの映像がドン・グレーブルの顔に変わった。

「迎撃態勢に入れ」

よけいな命令をする。ジョウは小さく舌打ちした。言われるまでもない。だが、問題があった。〈ミネルバ〉が搭載する火器の有効射程距離だ。九百キロも離れていては、迎撃など不可能である。

「急げ。撃て！」

スクリーンの中で、ドン・グレーブルがわめいた。ジョウはうんざりした。最初からこれだ。こんなことでは先が思いやられる。

「キャハハ、円盤機ハ周回行動ヲ開始。相対距離ヲ九百きろニ維持。キャハハ」

ドンゴが言った。どうやら、リッキーが手を貸して、ドンゴとアルフィンが役目を交替したらしい。アルフィンは補助シートを起こし、そこに身を委ねている。

ジョウはレーダー画面を確認した。たしかにドンゴの報告どおりだ。円盤機は一方的に攻撃できるのに、何もしようとしない。ただ〈ミネルバ〉と〈マイダスII世〉を距離九百キロで包囲している。

「なんだ。こいつは？」

通信スクリーンのドン・グレーブルが、叫び声をあげた。ジョウは視線を移した。マルチに切った画面のひとつに、得体の知れぬものが映っている。〈マイダスII世〉のメインスクリーンにも、これが映ったのだろう。ジョウはマルチをオフにして、その画面ひとつをスクリーン全体に拡大させた。

顔が広がる。

黒い仮面をつけた、異形の顔だった。性別はわからない。輪郭は人間のそれだ。虹彩が青いのと、頭髪が金色に輝いていることが見てとれる。女性で、もっと髪が長ければ、仮面をかぶったアルフィンに似る。宇宙空間にガスを噴出し、そこに立体映像を投影させているらしい。

　とつぜん。

　スピーカーから、けたたましいノイズが飛びだした。

　ジョウは耳を押さえかけた。が、その動きが途中で止まった。空電ノイズそっくりの雑音だが、これは音声だ。それも銀河標準語を用いている。意識して聴けば、たしかにその音は言葉になっている。

「ワ……レワレハドウットントロ……ウパノコダ」

　ノイズのような声は、そう言った。

「なにいっ？」

　またもやドン・グレーブルが叫んだ。今度は金切り声に近い。ジョウは通信スクリーンを見た。ドン・グレーブルの顔から血の気が失せている。蒼白になり、唇をわなわなと震わせている。異様な光景だ。敵に遭遇し、怯《おび》えているのは理解できる。しかし、この反応はふつうではない。ほとんどパニック状態に陥っている。

　言葉がつづく。ざらざらと反響する。

「ワレワ……レハ……ドウットン……トロウパノコ……ダ。シン……ニュウ……シャヨサレ。ギ……ンガケ……イサイゴノヒホ……ウニチカヨルナ。……シンニュウシャ……ヨ……サレ」

立体映像が消えた。ふいに闇が戻った。ノイズに似た音声も絶えた。何も聞こえなくなった。

「か――」

蒼ざめたまま、ドン・グレーブルが口をあけようとした。だが、あごが震えて、うまくひらかない。声もでてこない。

「か、か、加速しろ」ようやく言葉になった。「円盤機に突っこめ」

ジョウに言っているのではない。視線の方向で、それがわかる。ドン・グレーブルは、タロスに指示を放っている。

「むちゃだ」

タロスが言った。

「突っこめ！　攻撃しろ。あいつらを叩きつぶせ！」

ドン・グレーブルは声を荒らげる。タロスの言は聞かない。本気だ。本気で戦うよう命令している。

タロスは鼻を鳴らし、雇用主の命令に従った。

〈マイダスII世〉が加速する。すさまじい加速だ。弾かれるように飛びだし、円盤機に向け、一気に突き進んだ。

一瞬にして、相対距離が七百キロを切った。円盤機からビーム砲がほとばしった。〈マイダスⅡ世〉はひらりという感じで、これをかわした。と、同時に反撃を開始した。ビーム砲が疾《はし》る。円盤機が一機、それに射抜かれた。火球となり、円盤機は爆発した。

「くそっ」

ジョウが歯を噛み鳴らした。いっさい連絡がないまま、〈マイダスⅡ世〉がいきなり加速して戦闘状態に入った。あれよあれよという間だ。〈ミネルバ〉に、そんなマネはできない。

〈マイダスⅡ世〉が反転した。さらに二機を撃墜した。残りは三機だ。〈マイダスⅡ世〉の後方にいる。三機は〈マイダスⅡ世〉を包囲するように動いた。〈ミネルバ〉は、完全に無視された。エンジン全開で、接近をはかろうとするが、〈ミネルバ〉のパワーでは、相手の動きにまるで追いつかない。

〈マイダスⅡ世〉がやられる。三方から攻撃され、集中砲火を浴びる。

と、ジョウが思ったつぎの瞬間。

〈マイダスⅡ世〉が消えた。

煙幕とか、そういう小細工を使ったのではない。まさしく宙に溶けこむようにふわりと消えた。

ワープ。

ジョウが、そう気がついたとき。

〈マイダスII世〉があらわれた。円盤機の包囲の外側にワープアウトした。距離わずか千キロにも満たない、非常識な短距離ワープだ。

円盤機が目標を見失い、もたついた。その隙を〈マイダスII世〉は見逃さなかった。弧を描いて間合いを詰め、〈マイダスII世〉は猛禽《もうきん》のごとく三機の円盤機へと襲いかかった。

ミサイルとビーム砲の光条が宇宙空間で錯綜《さくそう》する。

円盤機が吹き飛んだ。三機いっせいに炎の塊と化した。

通信機で、ジョウは〈マイダスII世〉を呼んだ。

「タロス！」

「ジョウ」

タロスがスクリーンに映った。青白い顔が、さらに色を失している。

「驚いた船ですぜ」タロスはかすれ声で言った。

「まるで連合宇宙軍の戦艦だ」

「どうかね？」

横からドン・グレーブルが割りこんできた。尊大な口調が戻っている。態度も大きい。

先ほどの取り乱した様子が、いまはもうどこにもない。

「出番がなくて、悪いことをしたかな?」

ドン・グレーブルはジョウに向かい、皮肉っぽく言った。

その一言で、ジョウの気力が萎《な》えた。ノイズまがいの声のことで、ドン・グレーブルを問いつめようと思っていたが、何も言う気がなくなった。

ジョウは黙って肩をすくめた。

〈ミネルバ〉と〈マイダスⅡ世〉は、アルームの第三惑星、オオルルへと針路をとった。

第三章 アルーム星系

1

ゴードンが、いつから〝食人鬼《ザ・グール》〟と呼ばれるようになったか、それは定かではない。

しかし、かれが最初に犯した犯罪の記録は、惑星タボルの警察にいまでも残っている。

二一四一年、ゴードン・ザ・グールが十四歳のときだ。単独犯である。ある大企業の社長宅に押し入り、家族八人をレイガンで射殺して、逃走した。ゴードンは、事件発生の三日後に逮捕された。奪った二千万クレジットは遊興に使い果たしていた。未成年だったため死刑にはならず、少年刑務所へと送られた。

ゴードン・ザ・グールは、みなし子同然の境遇で育った。学者であった父親は賭博に身を持ち崩して、ゴードンが四歳のときに失踪し、その借金に泣いた母親も、三年後に男をつくって、かれを置き去りにした。

身寄りのないゴードンは、施設に収容された。

二一三八年、十一歳のゴードンは施設を脱走した。それから二一四一年の強盗事件まで、ゴードンの記録は公式には存在していない。が、当時の仲間の証言によって、それはうかがい知ることができる。

「ゴードン？　知ってるぜ。やつと出会ったのは二一三八年だ。ふらっと俺っちの町にあらわれた。ガキのくせに、すっげえ眼つきしてやがってそれで声をかけたんだが、なんて言うか、こう、ただ者じゃねェって雰囲気があったな。でもって、まず、どっからきたか訊いたんだ。野郎、しゃあしゃあとバルロンから密航してきたとぬかしやがった。できるわけねえ？　そうよ。船内質量計ですぐバレちまう。ところが、やつはやってのけたんだ。不可能なんて、どこにもねえと思ってる野郎だった。気に入ったよ。最高だと思ったね。だから、ゴードンをブラッド団のボス、あひる《ダック》のスミスのとこに連れていった。〝ドック〟じゃねえぞ。ダック・スミスだ。ブラッド団？　ちんぴらの集まりだ。あのころは、俺もつっぱっちまって、かわいかったもんよ。——と、ゴードンの話だったな。ダック・スミスも、一目見て、やつに惚れちまった。さっそく乾分《こぶん》にした。それも、親衛隊への大抜擢《だいばってき》だ。すごかったな、ありゃあ。度胸があるとかないとか、そういうレベルじゃねえんだ。鉄砲玉だよ。あとも先も見ない。何かあったら、いきなり飛びだしていって、際限なしに暴れまくる。組織だの規律だのなんて、かけらも眼中になかった。さすがのダック・スミスも、これにはあきれた。ものには限度ってものがあるんだ。こんなことをしていたら、仲間は誰もついてこない。必ず孤立しちまう。仕方がないから、ゴードンを呼びだし、ちょいと説教をした。そうしたら、野郎、何をやったと思う。ダック・スミスを袋叩きにして仲間から追いだしちまったんだ。十一のガキが、十八のダック・スミスをだぜ！

それで、やつはブラッド団のボスになった。うまくいったかって？ 冗談こくなよ！ あいつはボスの器なんかじゃねえ。いやもう、ひでえのなんの。やることなすこと、めちゃくちゃだ。親分だなんて意識は小指の先ほども持っちゃいねえから、乾分もついていきようがない。とにかく、誰かともめて血が流れれば、それで気がすむってのが、ゴードンなんだ。当然、乾分からは総スカンだ。一年も経たねえうちにブラッド団は空中分解しちまった。

そのあとのことは、風の頼りにしか聞いていねえ。なんでも、ちっぽけな組織をつくってはつぶし、つくってはつぶししていたらしい。ま、あったり前だな。やつの性格では組織なんぞ五分と維持できねえ。そうこうするうちに、町からふっと消えた。どこにもいねえ。行方不明になった。また密航でもしたんじゃねえのかって噂してたら、例の八人殺しが起きた。いやもう、ぶったまげたぜ。二歳のジャリまで殺《や》ったっていうじゃねえか。そんなマネさらすやつが、タボルにいるとは思わなかった。そうしたら、殺しが起きて三日目にゴードンがパクられた。それ聞いて、仲間内でなんと言ったと思う？

〝ああ、やっぱり〟だ。

俺の知っているのは、そこまでだな。少年刑務所にぶちこまれたと聞いたが、でたかどうかも知らねえ。ブラッド団がつぶれてから、会ったこともねえし、会いたいとも思わなかった。いまでもそれは同じだ。会わないですむのなら、一生、会いたくねえ」

……以上は、現在、海賊行為で五十年の判決を受けて服役中の、忙し屋《スピーディー》ゲルドンの証言である。これをみても明らかなように、このころからすでにゴードン・ザ・グールは、組織を拒否し、単独で行動する性癖を有していた。

二一五一年。ゴードン・ザ・グールは恩赦で釈放され、少年刑務所から出所した。

ゴードンが、つぎに巷《ちまた》を騒がせたのは、それから三か月後のことである。

惑星パンドラの宝石商殺しだ。このときゴードンは、逃亡しながらつぎつぎと殺人を重ね、最終的には十七人もの人を殺害して、警察の追及をかわした。当時、警部として捜査にあたったアンドレアノフの話を聞いてみよう。

「ふつう、複数犯は衆を頼むため仕事が乱暴になり、単独犯は逆に慎重で緻密な仕事をする。しかし、ゴードンの場合は違っていた。単独犯とは思えないほど粗雑な手口だった。明け方に、レイガンでドアを灼き切って侵入し、住んでいた宝石商とその家族四人を射殺。持てるだけの宝石をひっつかんでエアカーで逃走するといういいかげんさだ。

これが、ゴードンの犯行だということは、指紋照合ですぐにわかった。逃げた方角も目撃者の証言で歴然としていた。逮捕は時間の問題と、誰もが楽観していた。だが、結果は警察当局の惨敗に終わった。

ゴードンに卓越したものがあるとすれば、それは動物的ともいえる勘だろうな。危険を嗅《か》ぎとり、即座に身を隠す反射神経だ。かれは追跡の跫音《あしおと》を聞くと、手近な家に侵入して家人を殺害し、それをやりすごす。そして、また外にでる。そういうことを平然とおこなう。エアカーでの逃走も同じだ。ナンバーや車種を手配されると、ドライバーを殺し、べつのエアカーに乗り換える。水も漏らさぬはずの包囲網は、こうしてあっさりと破られ、ゴードンは個人所有の外洋宇宙船を奪ってパンドラを脱出した。盗まれた宇宙船は選《よ》りに選って、ある国会議員のものだった。おそらく犯行前に目をつけておいたのだろう。そこでは、宇宙船の管理担当者三人が射殺された。

もちろん、警察はすぐに連合宇宙軍に対し、非常手配を要請した。が、宇宙船の航跡を捉えることはできなかった。ゴードンは、その行方をとうに絶っていた。わしは責任をとり、警察に辞表を提出した。怒り狂う国会議員を前にして、わしのとる道はそれしかなかった」

パンドラの事件以後、ゴードンによるものと特定された〝仕事〟はひとつもない。だが、ゴードンの〝仕事〟ではないかと目された強盗殺人事件は、二一五九年末までの九年間に五十数件をかぞえている。殺害された被害者は三百人近い。ゴードンが〝食人鬼《ザ・グール》〟と暗黒街で呼ばれるようになったのは、このころであろう。それはかれの性格を的確に表現した、いわゆる恐ろしい綽名《あだな》であった。

二一六〇年、ゴードン・ザ・グールの消息は、ふいに絶えた。アンドレアノフ元警部に『粗雑』と判定された手口が、まったくしっぽをつかませないほど巧妙になり、暗黒街に確固たる地位を築きあげた直後のことである。

殺された、あるいは足を洗ったなどの噂が飛び交う中、かれの行方は杳《よう》として知れなかった。

明けて二一六一年。ゴードン・ザ・グールは失踪したときと同様、忽然《こつぜん》とその姿をあらわした。場所は惑星ゴレスドン。襲われたのは、マルコフ宇宙船販売。警備担当者五人が殺され、最新鋭の外洋宇宙船が奪われた。この〝仕事〟は、生き残った警備担当者の目撃により、実に十年ぶりにゴードン・ザ・グールの犯行と確認された。

「あたしは、ほかのふたりと一緒に宿直室で寝てました。警備は二交替でしてねえ、その時間を担当していた三人は、電子警報装置のスクリーンの前にすわっていました。

あれは、たしか夜中の三時ごろだったと思います。ものすごい音が響きました。ドカーンという爆発音です。同時に警報が鳴り渡りました。あたしは飛び起き、警備管制室に行きました。担当の三人が右往左往してましたよ。それで、何ごとだっ、て叫んだら、わからんっ、て答えるんです。スクリーンを見たら、これが真っ白。いや、故障じゃありません。火が映っていたんです。大火災。宇宙船の展示場が火の海です。ごうごうと燃えさかっています。あわてました。あとのふたりも起きてきて、あたしたちは六人全員がレーザー銃をかかえて、外に飛びだしました。で、展示場につくと、前を走ってた三人が、いきなりバタバタって倒れたんです。狙撃？　ええ、そうです。あせりました。あわてて地面に伏せたら、またひとりが倒れるのが見えた。火で明るくなっていたので、はっきりと視認できました。何があったか？　宇宙船を展示場の真ん中に着陸させ、ヒートガンでそこらじゅうに火を放ったんですよ。むちゃくちゃですわ。まともな人間のやるこっちゃないす。

あたしは、しばらく腹ばいになって固まっていました。そうしたら、待てっという声が聞こえたんです。同僚のアビルの声でした。あたしはそれを聞いてがばと跳ね起き、レーザーライフルを構えて立ちあがりました。アビルが右手にいます。離着床のほうですよ。試乗する人がいるので、新型機は離着床に駐機してあるんです。あたしは、そっちに向かって走りだしました。全速ダッシュです。二百メートルも走ったかなあ。とつぜん、アビルが吹き飛びました。撃たれたんです。あたしゃ、仰天してレーザーライフルを闇雲に撃ちまくり、前進をつづけました。やつを見たのは、そのときです。なんといいましたっけ。そう。ゴードン！　ゴードン・ザ・グールの顔を。炎はありません。

そっちは無事でした。離着床のまわりはライトアップされていて、いつも昼間のように明るくなってますから、何もかもよく見えるんです。あたしはあっと声をあげました。その瞬間です。肩を射抜かれました。レイガンのビームですね。あたしはひっくり返り、そのまま気絶しちゃいました。あとは、なんにもわかりません。意識を戻してから話を聞いたら、宇宙船を一隻、持ってかれたって言われました。盗まれた宇宙船ですか？ そりゃあもう、ばりばりの新鋭機です。百二十メートルクラスの垂直型で、先端が針のようにとがってるやつ。売りもんだから、まだ塗装してなくて、KZ合金の地肌が剝きだしになってました。あの黄金色《きんいろ》、あたしゃ好きだね。へたな色をベタベタ塗るよりも、地肌そのまんまのほうが、なんぼか上品です。うん」

ただひとりの生存者であるチェルネンコ警備員の談話だ。

ゴードンがなぜ最新鋭の宇宙船を必要としたのか、それはわからない。が、とにかく、再び姿をあらわしたゴードンには、一歩誤れば猛火に包まれるという危険を冒してでも新型宇宙船を手に入れねばならないという事情があった。それは間違いない。

宇宙船が目立ったため、ゴードンのその後の足どりは、おおむね把握されている。最新の情報では、デボーヌ総合大学に立ち寄ったことが確認された。凶悪犯人に大学とは、おかしな取り合わせだが、この情報はたしかである。ゴードン・ザ・グールはトゥランの第四惑星にあるデボーヌ総合大学の宇宙航法研究所に顔をだした。理由は判然としていない。そして、四日後にいずこともなく去った。

連合宇宙軍は、あらたに重要指名手配情報を配布した。有力な手懸りが得られたからだ。ゴードンの駆る宇宙船の船腹に描かれた〝SALAMANDER〟の文字である。周到なゴードン・ザ・グールにしては不用意なことをした。ひょっとしたら何かのカモフラージュ、もしくはおとりではないかという説もある。

指名手配に対する反響は、少なくなかった。ただし、どれもはっきりと確認できない情報ばかりだった。しかし、その中に、アルームへと向かう航跡をキャッチしたという通報がひとつ、まじっていた。ある惑星国家の宇宙軍に所属する艦船からの緊急報告である。その宇宙船は、ワープトレーサーを備えていた。

いま現在、連合宇宙軍はこの情報をもっとも重視している。

2

恒星アルームは毒々しい血の色を思わせる、赤色巨星であった。年老いて、死を間近にした星。それが赤色巨星である。生まれた当初は白熱して四方にエネルギーを放射し、無限の輝きを保つかのごとく見える恒星も、何十億年という歳月を経れば、内部の水素を燃やしつくして巨大な老廃物の塊と化す。直径は何十、何百倍というレベルで膨れあがるが、逆に表層密度は小さくなり、温度も下がって暗赤色に鈍く光る星になる。ここまでくれば、あとに待つ運命はふたつしかない。爆発して新星《ノヴァ》、もしくは超新星《スーパーノヴァ》になるか、あるいはそこで寿命が尽きて縮んで冷えるか、そのいずれかだ。見るものの心をひどく萎《な》えさせる、死の時を迎えた老齢の星だった。

〈ミネルバ〉と〈マイダスII世〉はオオルルの衛星軌道に入った。

アルームには、七つの惑星があった。内側からそれぞれ、イイラ、ララロン、オオルル、アイロロ、エパパポ、ゴゴバ、ダダルと名づけられている。命名は地球人によるものだが、その言葉は、オオルル人の伝説からとられていた。

ドン・グレーブルの話によると、発見した金属塊には、アルームのポジションしか記されてなかったという。惑星や衛星についての記述は皆無だった。これではまるで、雲をつかむような話である。恒星の中に秘宝が隠されているはずがない。

しかし、わずかながらも、あてはあった。積み重ねられてきた経験が、そのあてだった。これまでに発見した秘宝はすべて、惑星の地中深くに埋められていた。衛星や小惑星にはなかった。

捜索範囲は、惑星にのみ絞ることができる。

ドン・グレーブルはそう判断した。だが、それでも惑星単位で七つもある。ドン・グレーブルは特注でつくらせた最新の探査装置を多数、〈マイダスII世〉に搭載してきたが、それにしても根気のいる、気の長い作業になる。そのように思われた。

二隻の宇宙船は、オオルルの大気圏内に突入した。

どれとは特定できないのだから、どの惑星に着陸してもよかった。が、しかし、ドン・グレーブルはオオルルを選んだ。それにはふたつの理由があった。

まず、地球型の大気があるということだ。厳密にいえば、大気構成成分の割合はかなり異なっているのだが、べつに呼吸に支障があるわけではない。秘宝の有無にはかかわらず、とりあえずのベースキャンプとするだけであっても、それは都合がいい。

そして、もうひとつの理由がオオルル人の存在だ。

原始的な集団穴居生活を営むとはいえ、オオルル人は、間違いなく知的哺乳類である。単純で幼稚なものではあったが、文化や言語も有していた。

言語があれば、宗教、伝説が生じる。重要なのは、それだ。

宗教の儀式や伝説の中には、ときとして遠い過去の事実をそのまま取り入れたものがある。仮に「天より降りてきた神が、神器を地中に埋めた」などという言い伝えがあったとすれば、それは大きな手懸りとなる。地球型大気だけなら、オオルルだけでなく、第五惑星のエパパポにもあったが、エパパポには知的生命体がいない。そのことひとつをとっただけでも、オオルルにベースキャンプをおく価値が十分にあった。

オオルルの表面は、三つの大陸と、それを取り巻く大洋に覆われている。

それら大陸の中で、もっとも面積の大きい、赤道一帯に広がっているトトラフ大陸に向けて、二隻の宇宙船は高度を下げた。西海岸の中ほど、長大なデメトト川の河口を中心とした大平野を目指して飛行する。人類と接触したことのあるオオルル人の一部族がテリトリーとしているその一帯が、ドン・グレーブルの目標とした着陸地点であった。〈ミネルバ〉と〈マイダスⅡ世〉は、平野に低く盛りあがっている小さな台地の山頂に着陸した。滑走路はもちろんない。〈ミネルバ〉も垂直降下する。

ドンゴを残して、ジョウ、リッキー、アルフィンが船外にでた。早朝を狙って着陸したため、まだ夜が明けたばかりだ。ひんやりとした風が頬をなぶる。三人がしばらくオオルルの清浄な空気を味わっていると、ドン・グレーブルとタロス、それにロイ、ヒルがやってきた。

どこからか、木を打つ甲高い響きがかすかに聞こえてくる。

「オオルル人だ」ドン・グレーブルが言った。

「オオルル人が、わしらの到着を仲間に知らせている」

ドン・グレーブルはジョウを見た。口調が少し変わっている。よくいえばざっくばらん、悪くいえば横柄《おうへい》な雇い主の口調になった。もっとも、他人行儀な言葉をわざとらしく使われるよりも、クラッシャーにとってはこのほうがやりやすい。

「よく知ってるな」

ジョウが言った。

「きたのは二度目だ」ドン・グレーブルは、遠くに目をやった。「この音を昨年も耳にした。わしはオオルル人の集落に行き、伝説を聞かせてくれとかれらに頼んだ。長《おさ》というやつがでてきて、語《かた》り部《べ》が他の集落に行っている、話は明朝にしてほしいと答えた。その晩、わしらは円盤機の襲撃を受けた」

「奇妙だな」

ジョウの眉が小さく跳《は》ねた。

「どこがだ?」

ドン・グレーブルは、視線をジョウに戻した。

「オオルル人と接触した他の学術調査隊が、円盤機に襲われたという記録はない。襲われたのは、秘宝探しにきたあんたたちだけだ。それもオオルル人と会った直後に。オオルル人がこの件に絡んでるんじゃないのか。俺には、そういう気がする」

「馬鹿を言え」ドン・グレーブルは、鼻先で笑った。

「やつらは低劣な野蛮人だぞ。会ってみればわかる。オオルル人が、あんな高度な技術を持っているはずがない」

「………」

ジョウは口をつぐみ、足もとの石を爪先で軽く蹴った。ドン・グレーブルの態度が不快だ。いかに原始的な知的生命体とはいえ、あまりにもオオルル人を見下しすぎている。

木を打つ音が止んだ。ふいに静かになった。

「さて、行くか」

おもむろに、ドン・グレーブルが言った。

「歓迎の準備ができたらしい」あごをしゃくった。

「わしらはエアカーで行く。定員にはまだ余裕があるから、きみたちも同乗できるが、どうする？　ガレオンとかいう地上装甲車をだすか？」

「乗せてもらう」ジョウは低い声で言った。表情が暗い。

「ガレオンは宇宙海賊との一戦で破壊された。まだ補充をしていない」

「そうか」ドン・グレーブルはうなずいた。

「それは災難だったな」

七人は大型エアカーに乗り、台地を下って南へと向かった。デメメト川上流の方角である。操縦はタロスが受け持った。

台地を降りると、そこは一面の大草原である。エアインテイクに草がつまらないよう、少し高度をとった。ハイウェイでは、エアカーの高度は十五センチと定められているが、こういう場所でそれを遵守《じゅんしゅ》していたら、むしろ危険である。

時速三百キロで十分ほど進むと、行手に小さな森があらわれた。細い川もある。デメメト川の支流だ。また、木を打つ音が聞こえてきた。今度はかなり近い。リズミカルに響く。

「集落は、あの向こう側だ」

ドン・グレーブルが森を指し示した。

エアカーには操縦席のほかにシートが四脚ずつ二列あった。ドン・グレーブルは、最前列左側に腰を置き、ジョウはそのすぐうしろにすわっている。

エアカーは、森を迂回《うかい》した。

森の外れに大きな崖があった。幅が広い。高さは数十メートルだが、横は数キロにわたって長くつづいている。その崖の下部に、直径二、三メートルの穴が無数にある。ずらりと口をあけて並び、まるで蜂《はち》の巣のような様相を呈している。崖の前は土が剝きだしになった広場だ。草地ではない。

「あの穴、なんだと思う?」ドン・グレーブルが訊いた。

「オオルル人の集落だ」

森の中から響いていた、木を打つ音がふっと終わった。タロスもエアカーを停めた。

森の木立ちのあいだから、人影が出現した。ひとりではない。十人ほどの集団である。

オオルル人だ。

オオルル人が、ゆっくりと近づいてきた。背が低い。身長は一メートル五十センチから七十センチくらいだろうか。外見、プロポーションは、ほぼ人間のそれである。肌は青みがかった白で、その痩《や》せこけた体軀とともに、幽霊のような印象を見るものに与える。ぼさぼさの髪の毛は赤茶けていて、長い。目は細く、まつげはあるが眉はない。鼻は低く、形状は人類のそれに酷似している。口に唇がない。一瞥《いちべつ》した限りでは、ただの裂け目のように見える。眉がないためか、顔に表情が乏しい。耳は髪に隠れている。たぶん、あるのだろうが、見えない。指の数など、細かいところも確認できない。しかし、これは事前に読んだ調査レポートの記述で、五本とわかっていた。

オオルル人の集団は、エアカーに十メートルと近づいたところで歩を止めた。先頭のオオルル人が、右手を上に挙げた。挨拶《あいさつ》のしぐさらしい。全員が植物の繊維で編《あ》んだ、目の粗い貫頭衣を着ている。裸ではない。レポートには裸族とあったから、これはおそらく人類の影響を受けた可能性がある。学術的には、好ましいことではない。

「エアカーから降りたほうがいいんじゃないのか？」

ジョウが言った。

「そうだな」

ドン・グレーブルはシートから腰をあげた。

七人は車外にでた。

手を挙げて待っていたオオルル人のひとりが、それを見てジョウたちに向かい、歩み寄ってきた。歩きながら、声をだす。美しい、澄んだソプラノだ。驚いたことに、それは銀河標準語だった。

「わたし、メ・ルォン。言葉、学者に習った。助手やってた」

「長《おさ》はどうした？」ドン・グレーブルが訊いた。

「去年、会ったはずだが」

「長、この前、死んだ。つぎの長、太陽、五十回まわらなければ、決められない」

「うーん」

ドン・グレーブルは小さくうなり、肩をすくめた。

「すると、きみが仮の長なのか？」

今度はジョウが訊いた。

「違う。長、いない。わたし、言葉しゃべれる。だから相手する」

「なるほど」

ジョウはあごを引いた。

「わしらは、きみたちの伝説を聞きたい」ドン・グレーブルが言った。

「語り部がいるだろう。そいつを呼んでくれ」

「語り部、いる」メ・ルォンは、目をぱちくりさせた。

「もう、きてる」

「なんだと?」

オオルル人の返答に、ドン・グレーブルはあわてた。

「あれ、語り部だ」

メ・ルォンは、背後を指差した。集落の方角だ。見ると、いつの間にか数百人のオオルル人が、すぐそこにまで集まってきている。十人のオオルル人につづいて、いっせいに洞穴からでてきたのだ。女とおぼしきオオルル人もいれば、子供もいる。

その中から、ひとりのオオルル人がよたよたと前に進みでた。恐ろしく年をとっているオオルル人だ。髪がほぼ完全に抜け落ち、青白い皮膚にはシミが黒く浮きでている。腰も大きく曲がっていて、足もとがおぼつかない。

「語り部のラ・ロオル」

メ・ルォンが老人を紹介した。

3

陽は中天に高かったが、気温はさほどでもない。赤道地帯に属しているにもかかわらず、三十度をわずかに切っている。赤色巨星の輻射熱《ふくしゃねつ》は、その見かけよりも、さらに低かった。

メ・ルォンとラ・ロオルを広場の中心において、七人は車座になった。そのまた周囲を、何百人というオオルル人がもの珍しそうに取り巻いている。かれらは一言も口をきかない。静かだ。

「なに、知りたい？」

メ・ルォンが訊いた。ラ・ロオルは銀河標準語が話せない。

「伝説だ」ドン・グレーブルは身を乗りだして言った。

「たとえば神とか、あるいは、われわれのようなふつうの人間でもいいのだが、そんなものが、大きな船――わしらが乗ってきたようなやつで大昔、このオオルルにやってきて……そのなんだな、何かを地中深く埋めた、などという伝説はないか？」

メ・ルォンは、ドン・グレーブルの質問を訳した。ソプラノで早口だから、オオルル人の言葉は、まるで鳥のさえずりのように聞こえる。

ラ・ロオルの返答は一言で終わった。やはり甲高いソプラノだが、高齢のためかメ・ルォンの声よりも、かすれた感じがある。その意味は、通訳を待つまでもない。すぐにわかった。

「ない、言ってる」

「そうか」

ドン・グレーブルの肩ががくりと落ちた。

「俺が訊いてみる」ジョウが言った。

「そうだな。なんでもいい。ものでも人でも星でも船でも、本当になんでもいい。そういうものがオオルル——いや、オオルルだけじゃないな。ほかの星、ラランとかアイロロとかエパパポとか、あんたがたが知ってる星ならどこでもいいから、そこにやってきたっていう話はないだろうか？」

再び鳥のさえずりが行き交った。ラ・ロオルが答える。またしても、一言だった。しかし、先ほどとは言葉が違った。

「ある、言ってる」

メ・ルォンが訳した。

「！」

ジョウとドン・グレーブルは、互いに顔を見合わせた。

「すごいぞ。ジョウ」

ドン・グレーブルが感心した。

「たいしたことじゃない」ジョウはかぶりを振った。

「コンピュータとの会話と同じだ。質問を単純にして、答えられる範囲の幅を広くする。その積み重ねが回答を呼ぶんだ。あんた、言語学をやっていたんだろ？」

ジョウは軽く言った。

「それがどうした！」

いきなり、ドン・グレーブルが立ちあがった。顔が真っ赤だ。激怒している。

唐突な怒りの発露《はつろ》に、ジョウは唖然《あぜん》となった。ジョウだけではない。なぜドン・グレーブルが怒りだしてしまったのかがわからず、タロスもリッキーもアルフィンも、口をぽかんとあけている。ロイとヒルだけが無関心だ。ふたりは、そっぽを向いている。

ドン・グレーブルは、さらに何か言おうとした。拳《こぶし》を握り、肩で息をする。声がでてこない。激情が肉体を縛っている。しばらく声を振り絞ろうとあがき、それからドン・グレーブルははっとなった。

我に返る。自分が場違いな反応を示したことに、ドン・グレーブルは気がついた。

落ち着かない風情《ふぜい》で、ドン・グレーブルはあたりを二、三度、きょろきょろ見まわした。ばつが悪そうな表情をつくる。

あらためて、地面にすわり直した。

視線がはっきりしない。

ややあって。

弱々しい声で、ドン・グレーブルはぼそりと言った。

「話のつづきを聞こう」

それで、この不可解な一件は、落着した。

ラ・ロオルが唄うように伝説の中身を語り始めた。哀調を帯びた調べだ。聞く者の胸を打つような響きがある。

メ・ルォンが通訳した。

「遠い、遠い、遠いむかしのこと。五十万チララもむかしのこと。闇の彼方にいくさあって行っていた火の神クリューラポス、アルームに帰ってきた。火の神クリューラポス、しかし傷ついていたので、アルームの中、入れなかった。アルーム、目の前にしてクリューラポス、ふたつに裂けた。上半身、いちばんアルームに近い国に落ち、下半身、いちばんアルームに遠い国に落ちた。その日から、アルーム輝きを失い、赤い星になった」

これで全部、とメ・ルォンが言った。短い伝説だ。しかし、たしかになんらかの意味が含まれている。

しばらくは、誰も何も言わなかった。

最初に口をひらいたのは、ドン・グレーブルだった。

「本当にそれだけか？」

そう尋ねた。

メ・ルォンは小さくうなずき、

「ほかに似た話はないのか？」

とラ・ロオルにオオルル語で訊いた。返事は〝ない〟であった。

ドン・グレーブルはジョウを見た。

「どう思う？」

「火の神は宇宙船、ふたつに裂けたのは二機の搭載機、いちばん近い国はイイラ、いちばん遠い国はダダル。そういう解釈が成り立つ」

「秘宝を二か所に埋めたということか」

ドン・グレーブルは腕を組んだ。

「秘宝じゃなくて、その手懸りを隠したということかもしれない。こじつけだが、ありそうな話だと思う」

「たしかに、ありそうな話だ」

ドン・グレーブルはふんふんと鼻を鳴らした。

「となれば、二手に分かれて探すという手もあるな」思いついたように言葉をつづけた。

「幸いなことに、船も二隻ある」

「それは、まずい」ジョウが大きくかぶりを振った。

「例の〝ドウットントロウパの子〟とかいう連中がいる。あいつらは、いまでも俺たちを狙っているはずだ。安全のことを考えたら、ひとつに固まっていたほうがいい」

「だが、能率が悪いぞ」

ドン・グレーブルが言った。

「能率なんかくそくらえだ」ジョウは鋭く応じた。

「命あっての秘宝だぜ。遺影の前に秘宝を飾りたいのか」

「…………」

ドン・グレーブルの機嫌が悪化した。また表情が険しくなった。口をへの字に曲げている。

「おまえはどうだ？」

ドン・グレーブルは右手に首をめぐらした。そこにタロスがいる。

「俺はチームリーダーに従います」

タロスは即座に答えた。

「ちっ」

ドン・グレーブルは舌打ちした。機嫌はいよいよ悪くなる。

「俺らもチームリーダーに従うぜ」

「あたしもよ！」

訊かれもしないのに、リッキーとアルフィンが言った。ドン・グレーブルの顔が激しく歪んだ。すさまじい怒りの形相である。それを見て、オオルル人がいっせいに怯えた。

「ロイっ、ヒルっ！」ドン・グレーブルは大声で怒鳴った。

「おまえらはどうなんだ？」

「ノーコメント」

小柄なロイが物憂げにつぶやいた。

「…………」

ヒルは、じろりとドン・グレーブルを一瞥する。反応はそれだけだ。

「くっ」

ドン・グレーブルの顔面が蒼白になった。拳を固く握る。それがわなわなと震える。

「悪いことは言わない」ジョウが声をかけた。

「誰も死にたくないんだ。あせる気持ちはわかるが、無理はやめろ」

「いくじなしども」

ドン・グレーブルは悪態をついた。さらに、かなりひどい罵詈《ばり》雑言《ぞうごん》をつづけた。が、
それで気がすんだらしい。しばらくすると、おとなしくなった。

「どっちが先だ？」

低い声で、ぽつりと言う。

「何がだ？」

「行く惑星だ！　イイラかっ、ダダルかっ！」

おもてをあげ、ドン・グレーブルはわめいた。ジョウはわざとらしく耳を押さえる。

どうやら、ドン・グレーブルには怒鳴り癖がついてしまったようだ。

「行くとしたら、イイラだな」

ジョウは言った。

「理由は？」

「赤色巨星だ」

「なに？」

ドン・グレーブルは目を剝いた。予想だにしていなかった言葉だった。

「アルームは最初っから赤色巨星だったわけではない」ジョウは言を継いだ。

「遠い、遠い、遠いむかし、五十万チララもむかしには、直径がいまの数十、数百分の一の青白色巨星だった」

ジョウはメ・ルォンの口調をまねて、言った。

「仮にその直径がいまの数百分の一だったとしてみよう。ざっと計算しても、アルームとイイラとの間には、最低あと五つ以上の惑星があったはずだ」

「それでっ？」

「もしそうだとすれば、イイラは第六惑星だったことになる。アルームの恒星規模からみて、それはもっとも生命体が発生しやすい位置だ」

「戯言《ざれごと》だな」

ドン・グレーブルは、吐き捨てるように言った。

「なんだと！」

今度は、ジョウが少し気色《けしき》ばんだ。

「いいか。秘宝を探すため、いままで百二十八もの太陽系をまわって、ただの一度も赤色巨星がなかったのだぞ」ドン・グレーブルは猛々《たけだけ》しく言う。

「それに秘宝が埋まっていた地層の年代も、せいぜい数万年のオーダーだった。そこに、いきなり何十億年も前のことを持ちだされても得心がいかない。なんの根拠にもならん！」

「話は最後まで聞け！」

負けじとジョウも怒鳴り返した。心の中では「このくそ早とちり！」とつけ加えている。

「伝説では、火の神クリューラポスはもともとアルームにいたんだ。それがいくさに行き、永い時をおいて戻ってきた。そうなっている。つまり、クリューラポスはアムールの先住民族だったのだ。それが何かの事情でアルームを離れ、アルームが赤色巨星になったころに帰ってきて、滅んだ。そのように解釈することができる。最後の秘宝は、かれらが滅ぶ直前、故郷の星のどこかに埋めたんだ」

「ご都合主義だな」ドン・グレーブルは口の端でせせら笑った。

「ひとつの生物種が、何十億年ももつはずがない。それは夢物語だ」

「何十億年ももっちゃだめなのか？」

「だめとは言ってない。ありえないと言っているのだ！」

「どうして、決めつける？」

「どうしても、こうしてもないっ！」

ふたりは睨《にら》み合った。目の端が高く吊りあがり、髪がほむらのように逆立つ。

視線と視線のあいだに、激しく火花が散った。

4

ジョウとドン・グレーブルの言い争いは、しばらくつづいた。

うなり声をあげ、互いに罵り合っている。譲る気配は、まったくない。

「まあまあまあ」

見かねて、タロスが割って入った。

「ドン・グレーブル」

ジョウが言う。

「なんだっ！」

「要するに、あんたはイイラに行くのがいやなのか？」

「それは……」ドン・グレーブルはうろたえた。

「そういうわけではない。しかし――」

口ごもる。

「ダダルを優先する理由はなんだ？」

「優先しているわけではない。ただ」

「ただ、なんだ？」

「…………」

ドン・グレーブルは言葉を失った。さきほどまで真っ赤に染まっていた顔が、いまは蒼白になっている。

肩を落とし、ドン・グレーブルは上目遣いに左右を見た。視線がメ・ルォンを捉えた。

「メ・ルォン」しわがれた声で、ドン・グレーブルは言った。

「あした、イイラに行く。同道してもらえるか？」

「メ・ルォン、できる」

オオルル人は甲高く答えた。

「よし」

ドン・グレーブルは立ちあがった。

「きょうは、これまでにして、明朝イイラに発つ」ジョウに目をやる。じろりと見る。

「それでいいんだな？」

ぼそぼそと訊いた。

「ああ」

ジョウは肩をすくめた。

くるりときびすを返し、ドン・グレーブルがエアカーに向かって歩きはじめた。ロイとヒルがふわりと動き、そのあとに従った。

「俺たちも〈ミネルバ〉に戻ろう」

ジョウが言った。

「あっしは、また〈マイダスⅡ世〉です」

タロスが情ない声を発した。

四人が腰をあげた。メ・ルォンとラ・ロオルに手を振り、広場から去ろうとした。そこへ、オオルル人の子供が集まってきた。おとなと違い、子供たちは服を着ていない。ほとんど半裸で、泥だらけだ。川か沼で遊んでいたのだろうか。木を打つ音を聞き、あわてて集落に帰ってきた。そんな感じである。

その子供たちが、いきなりアルフィンを囲んだ。泥まみれの手をいっせいに伸ばし、風になびく長い金髪を軽くつかんだ。

「いやっ」

アルフィンが叫んだ。驚き、反射的に子供たちの手を払った。子供たちがわっと散り、アルフィンから離れた。

ジョウの左手首で、通信機の呼びだし音が鳴った。スイッチをオンにすると、ドン・グレーブルの声が飛びだした。

「何をしている。置いてくぞ」

「すぐに行く」

ジョウは答えた。

エアカーで台地に戻った。

その夜、襲撃があった。


深夜、〈ミネルバ〉の船内に電子音が響き渡った。

警報である。

急を知らせたのは、ドンゴだった。ジョウ、リッキー、アルフィンは、操縦室に駆けつけた。メインスクリーンに映像が入っている。映っているのは、船外の光景だ。しかし、妙に明るく、白っぽい。増感映像である。淡い星明かりを数百倍にも増感し、夜景を昼間のように見せている。

画面に円盤機が映っていた。何機かいるらしい。距離はおよそ七、八百メートル。目と鼻の先だ。

「いつの間に、ここまで？」

ジョウが唇を噛んだ。完全に包囲されている。センサーは、円盤機がこの距離に接近するまでまったく反応しなかった。

「キャハハ、円盤機、距離二千百八十二めーとるデ草原ヨリ浮上。ソレ以前ニハ徴候ナシ」

ドンゴが言った。

「徴候なし？」

〈ミネルバ〉の警備システムに異常はないはずだ。となると、あの円盤機の編隊は地中にでももぐっていたとしか思えない。

「兄貴、通信だ。〈マイダスII世〉から」

リッキーが言った。

通信スクリーンにタロスの顔が入った。

「ジョウ、迎撃が間に合わない！」

タロスも、少しうろたえている。こんな不意打ちは、かれにしてはじめてのことだ。

「ありったけの武器を抱えて外にでろ！」ジョウは言った。

「船は恰好の目標になる。白兵戦がいい」

「了解」

「リッキー、武器をだせ！」

背後を振り返り、ジョウは言を継いだ。

「もう、運びだしてるわ」

アルフィンが答えた。たしかにリッキーの姿がない。

「ドンゴ。おまえはここに残って船のビーム砲を操作しろ」

「キャハッ」

ジョウとアルフィンは〈ミネルバ〉の外にでた。

外は闇の世界だった。オオルルには衛星がない。星明かりだけでは視界が皆無だ。ほとんど何も見えない。ジョウは暗視ゴーグルを装着した。横に目をやると、白く光る、輪郭のはっきりしないリッキーとアルフィンが、すぐ近くにいた。ふたりとも暗視ゴーグルをつけている。

閃光が疾《はし》った。

土と草の灼《や》かれる臭いが、あたりに強く立ちこめた。円盤機が攻撃を開始した。三人は身を低くし、地面に伏せた。

また光が疾った。

数条のビームだ。今度は、円盤機を狙った光線である。〈マイダスⅡ世〉に搭乗している誰かが反撃したのだろう。

「兄貴、これ」

リッキーがジョウに武器を渡した。バズーカ砲である。円盤機相手にレイガンやビーム砲では歯が立たない。これくらいの火器が要る。

「散開しろ」

ジョウは言った。

リッキーとアルフィンが動いた。左右に分かれ、闇の中に走って消えた。

ジョウはバズーカ砲を構え、照準装置をセットした。円盤機が小さなスクリーンに映る。トリガーボタンを絞った。

轟音が響いた。と同時に、ロケット弾が射出された。円盤機めがけて、ロケット弾が疾駆する。

命中した。円盤機のメインエンジンをえぐった。暗視ゴーグルにフィルタがかかる。

円盤機が爆発した。火球が広がり、炎が四方に散った。

爆発がつづく。

リッキーとアルフィンも攻撃をはじめた。タロスもどこかで大型の火器を撃ちまくっているらしい。円盤機が、つぎつぎと撃墜されていく。

円盤機は、〈ミネルバ〉と〈マイダスII世〉を標的にしていた。ビーム砲が船体をしきりに灼いている。かなりの損傷だ。しかし、致命傷はまだ蒙《こうむ》っていない。

ジョウはさらに一機を撃墜し、〈ミネルバ〉の反対側へとまわりこんだ。撃っては移動、撃っては移動を繰り返す。

アルフィンと遭遇した。少し先だ。ジョウから二十メートルほど離れたところで、盛んにバズーカ砲を発射している。

やってるな。

ジョウは薄く笑った。自分もバズーカ砲を構え直した。円盤機はさほど数を減じていない。新手が加わっている。相当に攻撃がしつこい。

トリガーボタンに指をかけた。

そのとき。

悲鳴があがった。アルフィンの声だ。絶叫である。

ジョウは体をめぐらし、アルフィンを見た。

淡い光が闇を薄めていた。その光の中に、アルフィンがいる。光輪が彼女の全身を包み、それが細い円錐状になってアルフィンの頭上へと燦《きらめ》きながら伸びている。ジョウは空を振り仰いだ。いつの間にか、そこに円盤機がきていた。アルフィンのからだが、ふわりと浮きあがる。反重力フィールドだ。まだ実用化されていない技術である。

　ジョウはバズーカ砲の砲口を円盤機に向けた。が、撃てない。アルフィンがいる。光の輪の中でもがいている。その位置はもう三十メートル以上の上空に達している。いま撃ったら、アルフィンは墜落し、地表に叩きつけられる。

　照準スクリーンに、円盤機の下面が映った。そこにハッチがあり、それが大きくひらいている。

　光がハッチの奥に収斂《しゅうれん》されていく。アルフィンも、もちろん一緒だ。円盤機の内部へと、アルフィンが吸いこまれる。アルフィンはしきりに抗《あらが》っているが、その抵抗はまったく役に立たない。

　アルフィンの姿が消えた。

　ハッチが閉まった。

　円盤機が高度をあげる。急速上昇する。

　闇に機体が溶けこんだ。輪郭が虚空にまぎれた。

　ジョウは、戦闘が熄《や》んでいることに気がついた。ここから離れたのは、アルフィンを捕獲した円盤機だけではない。すべての円盤機が、攻撃を終了させ、いっせいにこの場から去った。

　周囲には誰もいない。ジョウひとりが、闇の底にたたずんでいる。

「くっそう！」

ジョウは、叩きつけるようにバズーカ砲を投げ捨てた。船外スピーカーをオンにした。

〈ミネルバ〉の船内に駆けこむ。操縦室に入った。

「全員、〈マイダスII世〉の蔭に入れ！」ジョウは怒鳴った。

「俺は〈ミネルバ〉で円盤機を追う。アルフィンを奪い返すまでは帰らない。タロス、リッキー。あとはまかせた。よろしく頼む」

それだけ声高く言い、ジョウは操縦席に着いた。

「ドンゴ、動力起動」

ビーム砲を操るため、副操縦席にもぐりこんでいたドンゴは、あわてて動力コントロールボックスへと移った。動力装置のスイッチを入れた。

「発進！」

ジョウは叫んだ。炎を噴射し、〈ミネルバ〉が急上昇を開始した。タイムカウンターに、視線を走らせる。すでに百数十秒の遅れをとった。悠長な加速をしている余裕はない。上昇加速は、限界いっぱいだ。

「動力を全開にしろ」ジョウはドンゴに指示を発した。

「それと空間表示立体スクリーンの映像をメインによこせ！」

ドンゴは三人ぶんの仕事をしなければいけない。また、あたふたと操縦室内を移動した。

スクリーンに映像がきた。レーダーのパターン表示と光点が、画面全体に広がった。円盤機がいる。レーダーの範囲ぎりぎりの位置だ。かなり離されている。両者の加速にわずかでも差があれば、機影を見失ってしまう。そういう彼《ひ》我《が》の距離だ。

〈ミネルバ〉は一気に衛星軌道へと躍りでた。

オオルルの重力圏を離脱した。

5

円盤機は星域の外へ向かっていた。ジョウは、〈ミネルバ〉の加速を百二十パーセントにあげた。星域内としては、あまりにも非常識な加速だが、円盤機の加速がそのレベルなので、下げることができない。

アイロロの軌道ラインを過ぎたころだった。

とつぜん異常が生じた。

〈ミネルバ〉の加速が低下した。全開状態のまま、いきなり百パーセントを切った。

まずいと、ジョウは思った。ここで円盤機に引き離されたらおしまいだ。追跡不可能になる。

ジョウはシステムをチェックした。動力の出力が急速に落ちている。

「ドンゴ、チェックしろ！」

ジョウは怒鳴った。あせりが表情にでている。

ドンゴは動力コントロールボックスに飛びこんだ。マニピュレータでキーを叩いた。

「キャハ、動力機関ヲびーむデ射抜カレテマス。おおるるデ被弾シタモヨウ。出力低下ヲ防ギキレマセン。キャハハ」

「ちくしょう！」

ジョウはコンソールパネルを力いっぱい殴った。拳の皮膚が裂け、血が流れた。

円盤機の光点がレーダースクリーンにない。圏外に去った。もはやこれまでだ。アルフィンを救いだすすべは、もうどこにもない。

加速は四十パーセントで、なんとか安定するようになった。あてはないが、ジョウは見失った時点までの円盤機の航跡を追うことにした。

歯がゆく、つらい、手探りの航行だ。

あっという間に、オオルルを発進してから二十数時間が経過した。

フロントウィンドウに第五惑星のエパパポが大きく広がっている。距離はおよそ八万七千キロ。レーダーで確認した円盤機の航跡は、ここまでである。

ジョウは途方に暮れた。

アルフィンを連れ戻すまでは帰らない、と叫んで飛びだしてきたものの、有効な方策は何もない。しかも、〈ミネルバ〉は動力が不調ときている。前途は暗い。暗澹《あんたん》としている。

ジョウは焦点の定まらぬ目で、レーダースクリーンを見た。

からだに電撃が走った。

なぜかは、すぐにわからなかった。あらためて、まじまじとレーダースクリーンを覗きこんだ。エパパポの端だ。そこに光点がある。

この光点は？

宇宙船だ。しかも近い。

どうして、いままで気がつかなかったんだろう。

ジョウはいぶかしんだ。が、その理由は、瞬時にわかった。〈ミネルバ〉がエパパポに接近しすぎていた。宇宙船は、エパパポの向こう側からこちらへとまわりこんできた。その航路がたまたま〈ミネルバ〉の死角と重なった。捕捉が遅れたのは、そのためだ。

ジョウの不注意ではない。

ジョウは〈ミネルバ〉の針路を、その宇宙船へと向けた。

宇宙船は、スイングバイを利用してアルームの中心部へ進もうとしている。その動きからみて、円盤機でないことは明らかだ。しかし、円盤機ではなくても、このような場所に宇宙船がいる。それだけでも不審な存在だ。また、たとえ無関係であっても、この近辺で途切れた円盤機の消息をその宇宙船が知っている可能性があるかもしれない。とにもかくにも、いま現在、手懸りは皆無なのだ。ジョウは、藁《わら》にでもすがりつきたい心境に陥っている。

窓外のエパパポが、さらに大きくなった。オオルルと同じく、地球型の大気をもつエパパポは、鮮やかなブルーに白い雲が渦巻く美しい星だ。直径は八千八百キロ強。表面のほとんどが海で覆われ、陸地は細かい島をのぞけば、大陸は赤道のやや北寄りにひとつきりしかない。

〈ミネルバ〉と正体不明の宇宙船は、エパパポから九千二百キロのポイントで、互いをはっきりと視認した。

メインスクリーンに映った宇宙船を見て、ジョウは、あっ、と声をあげた。

針のようにとがった百二十メートルの船体、KZ合金の黄金色の地肌。そして、船腹には赤く描かれた〝SALAMANDER〟の文字がある。

あの船だ。

トゥランの星域内で出会った、あの宇宙船だ。

ジョウは通信機で呼びかけた。

「〈サラマンダー〉応答せよ。こちら〈ミネルバ〉。ゴードン、聞こえるか？　こちら〈ミネルバ〉だ」

スクリーンに、ゴードンの顔が入った。頬のそげ落ちた、幽鬼のごとき風貌である。前に見たときと、どこも変わっていない。

「おまえだったのか」

ゴードンは無表情に言った。これも同じだ。低い、きしむような声である。

「どうして、あんたがここにいる?」

ジョウは訊《き》いた。よけいな質問だが、どうしても尋ねてしまう。ゴードンのような男に、アルームはまったく似合っていない。

「クラッシャーがくるよりも自然だ」

ゴードンは、ぼそりと答えた。

「いや、俺は自分の意思できたんじゃない」ジョウは言った。

「雇われたから、同行してきただけだ」

「雇われた?」ゴードンの目が、それとわからぬほど、かすかに炯った。

「誰に、かな?」

「誰でも知っている男だ。ドン……」

そこまで言って、ジョウは口をつぐんだ。背すじを冷たいものが流れる。まずいことをした。いくらあぶないところを救ってもらったことのある相手とはいえ、雇い主のことを簡単にしゃべろうとするなど、クラッシャーとして失格である。これまで、こんなミスをしたことはなかった。どうやら円盤機を見失って気落ちしているときに、知った顔に会ったため、心に隙が生じてしまったらしい。

気をつけろ。ジョウは自戒した。

「ドン？」

ゴードンの表情に、いぶかしげな色が浮かんだ。

「いや、そうじゃない」ジョウはあわてて言葉を打ち消した。

「とにかく、仕事の途中で仲間が拉致《らち》されたんだ」

話の方向を変えた。

「例の円盤機に、また襲われた。円盤機は何機かの編隊で航行していたはずだ。そっちのレーダーに映らなかったか？」

「いや」ゴードンは即座に否定した。

「俺のレーダーには何も映っていない」

「そうか」

ジョウは肩を落とした。

「そうがっかりするな」

ゴードンが言葉をつづけた。意外な物言いである。

「なぜだ？」

　ジョウは訊いた。

「レーダーに捕捉できなかったことが手懸りになることもある」

「…………」

「俺は第七、第六惑星をかすめて、ここにやってきた。その俺のレーダーがキャッチしなかったのだ。円盤機の編隊は、エパパポに着陸したか、アルームの星域外に抜けたか、そのいずれかの道を選んだ。そういうことになる。少なくとも、ゴゴバとダダルは捜索対象に含む必要がない」

「なるほど」

　納得できる意見だった。

「助かったぜ、ゴードン」ジョウは礼を言った。

「まずエパパポを探してみる」

「気をつけて、行きな」

　通信が切れた。

〈ミネルバ〉は〈サラマンダー〉と別れ、エパパポへの進入軌道に入った。〈サラマンダー〉の船体が窓外を流れ、視界から消えていく。

と。

　ジョウの意識がふいにざわついた。いやな予感だ。何か〝気〟を感じる。

これは。

殺気だ。

そう思うのと同時だった。船体が、激しく揺れた。突きあげるようにショックがきた。

ジョウはメインスクリーンに〈サラマンダー〉の映像を入れた。

〈サラマンダー〉が強い光を放っている。爆発ではない。ビーム砲の閃光だ。

〈サラマンダー〉が〈ミネルバ〉を攻撃した。

「ゴードン！」

ジョウは怒鳴った。先ほど「気をつけて、行きな」と言ったその男が、数秒後に攻撃を仕掛けてきた。信じられる話ではない。

「ゴードン！」

もう一度、ジョウは怒鳴った。応答がない。

スクリーンが白光し、つぎにブラックアウトした。画面全体が真っ暗になった。〈サラマンダー〉を撮《と》っていた船外カメラがビーム砲に射抜かれた。ジョウはカメラを切り換えようとして、コンソールデスクに手を伸ばした。そのとき、〈ミネルバ〉がまた激しく鳴轟《めいごう》した。

「非常事態発生！　機関停止。機関停止！」

ドンゴが、けたたましく叫んだ。メインエンジンをやられたらしい。ジョウは補助動力のキーを拳で叩いた。しかし、反応がない。

「動力停止！　予備動力ハ出力ガ不十分！」

ドンゴが報告する。悲観的な内容ばかりだ。

「くっそう！」

ジョウは姿勢制御ノズルをいくつか噴射させた。問題なく使用できるのは、これしかない。

エパパポが眼前にあった。もう重力圏に侵入している。離脱は不可能だ。いまの〈ミネルバ〉に、それだけのパワーはない。

エパパポの地表に向かい、〈ミネルバ〉は急速降下を開始した。

惑星エパパポ。

その名は、オオルル人の伝説にでてくる〝奇妙な神〟に由来している。エパパポ神は定まった形を持たず、何かを司《つかさど》っているわけでもない。ただ、暑ければ寒い、寒ければ暑いと、反対のことだけをいつも言っている。まさに奇妙としかいいようのない存在だ。

エパパポは、その名のとおり不思議な惑星だった。

まず奇妙なのは、地球型の大気が存在することだ。オオルルにエパパポ。ひとつの太陽系に地球型大気を有する惑星がふたつあるというのは、ほとんど例がない。ひじょうに稀《まれ》だ。もしかすると一例報告かもしれない。

つぎに奇妙なのは、エパパポの気温だ。

気温が異常に高い。赤色巨星のアルームは輻射熱がひじょうに低く、エパパポよりはるかに太陽に近い第三惑星オオルルでも、赤道付近の年平均気温は二十二度前後である。第四惑星のアイロロに至っては、十度にも満たない。

ところが、エパパポ唯一の大陸、トルルタンの西海岸での年平均気温は、実に三十度を超えている。

大気中の二酸化炭素濃度が高くなると、気温はあがる。火山の噴火により多量の塵灰《じんかい》が上空を覆っても、気温は上昇する。いずれの場合も、熱の外部放散が遮断されるからだ。

しかし、エパパポはそのどちらのケースにも該当していない。

探検隊の簡易調査では、局部的な地熱の高温がその原因であるという結論がだされた。おかしな話である。人為的な雰囲気が強い。となれば、大気が存在しているのも、テラフォーミングによるものではないかと思われる。だが、アルームは銀河連合の保護下にある星系だ。それを証明するためには、保護指定を一時的に解除してもらい、広汎《こうはん》かつ大規模な再調査をおこなわなくてはならない。しかし、それは許可されなかった。

ジョウは必死になって姿勢制御ノズルを操った。それが効を奏した。ぎりぎりのタイミングで、〈ミネルバ〉はエパパポの衛星軌道にのった。動力機関が爆発したり、制御不能のままエパパポに墜落したりしなかったのは、単なる僥倖《ぎょうこう》である。それほどにあやうい操船だった。

一息つき、ジョウはレーダースクリーンを見直した。

光点がなかった。〈サラマンダー〉は、もうどこかに消え失せていた。

6

ジョウは、〈ミネルバ〉の高度を下げた。それに伴い、航行速度も減じていく。眼下は、ただひたすらに海だ。どこまでも海原がつづいている。陸地が見えない。島ひとつない。

ジョウは補助動力の出力をチェックし、垂直降下による着陸は不可能であると判断した。となると、エパパポ唯一の大陸、トルルタンまで飛び、そこで滑走路として使える平坦地を探す必要がある。しかし、そんな場所が都合よく見つかるとはとても思えない。また、そういう場所が見つかるまで、悠長に飛行している余裕もない。大気圏航行に入った以上、いつ失速するかわからない状態に〈ミネルバ〉は陥っている。

安全を最優先とするのなら、海面に着水するのがいちばん簡単だった。だが、それは

〈ミネルバ〉を失うことを意味している。ジョウに、その選択は採れない。危険を承知の上で、ジョウは飛行高度を千二百メートルまで落とした。映像ではなく、肉眼で平坦地を探す。発見次第、即座に着陸態勢に入る。

海が終わった。トルルタンの上空に至った。

トルルタンは、起伏に乏しい、なだらかな大陸だった。大地が盛りあがっていても、ほとんどが数百メートルのオーダーである。山ではなく、丘程度だ。これはジョウにとって、天の助けといえた。こういう地形だと、予期せぬ乱気流の発生が大幅に抑えられる。満身創痍《そうい》で飛行している〈ミネルバ〉の失速を回避させるためには、それはひじょうに重大なことだ。

それでも、ときどき強い上昇気流にあった。そのたびに、ジョウは慎重に操縦レバーを操った。大陸の地表は、ジャングルとおぼしき濃い緑色で、ほぼ完全に覆われている。いわゆる「緑のカーペットを敷きつめた」という感じだ。その濃緑色のところどころに、丸いほころびがある。ジャングルが円形にえぐりとられていて、そこに、褐色の地肌が顔を覗かせている。上昇気流が起きているのは、その上空だ。

「調査団ノ報告ニアッタ、局地的高温部デス。キャハハ」

ドンゴが説明した。

ジャングルのほころびは、直径にして数キロから数十キロもある。一瞥した限りでは、平坦な地形に見えるが、気流に逆らい、そこに着陸をするのは無理だった。いまの〈ミネルバ〉には、強い上昇気流をねじ伏せるだけのパワーがない。

〈ミネルバ〉の航行速度が失速ぎりぎりにまで低下した。高度が安定しなくなってきている。じりじりとさがり、少し前に千メートルを切った。どうやら、墜落が目の前に迫ってきたらしい。

ジョウは〈ミネルバ〉を海岸線にだした。いざとなれば着水して、船体を砂浜に乗りあげさせる。それしかない。

「?」

ジョウは何度かまばたきをした。海岸線を凝視していたときだった。一瞬、海岸から内陸に延びる道路のようなものが見えたような気がした。

「まさか?」

〈ミネルバ〉を反転させた。いま一度、じっと目を凝《こ》らす。

あった!

それはたしかに人工の道路だった。石を積み、並べただけの原始的なものだが、間違いない。あれは道路だ。幅は二百メートル前後。海岸から一キロほどまっすぐに延びていて、その先がジャングルの中に消えている。

滑走路として使えそうだ。距離的には、ぎりぎりで足りる。

そう思ったとき、船体が急角度で降下した。失速である。もう逡巡《しゅんじゅん》している時間はない。

〈ミネルバ〉が大きく弧を描いた。着陸態勢に入った。地上がかなりの勢いで迫ってくる。石の継ぎ目までが肉眼ではっきりと見てとれるようになった。

ジョウはキーを叩き、ランディングギヤを降ろした。

強い衝撃がきた。通常の着陸よりも、ショックが大きい。降下角度が、いまひとつだった。少し急すぎた。

ジョウは姿勢制御ノズルをブレーキに使った。瞬時に、一キロを走りぬけた。あっという間だ。〈ミネルバ〉が緑のトンネルの中に突っこんだ。

行手にジャングルの壁がある。〈ミネルバ〉はそれを弾き飛ばす。〈ミネルバ〉の両翼が木々の幹をえぐり、巨木をつぎつぎと薙《な》ぎ倒していく。それが感覚でわかる。

ふいに〈ミネルバ〉が揺れた。つづいて船体が勢いよく突きあげられた。石積みの道路に、陥没があったらしい。そこにはまって、ランディングギヤが折れた。メインスクリーンに警告が表示される。しかし、どうしようもない。ジョウは前のめりにつんのめった。甲高い金属音が響き、〈ミネルバ〉が激しく跳ねまわる。すさまじい振動だ。ジョウは両手でからだを支えようとしたが、支えきれない。

視界のすべてが緑色に染まった。

つぎの瞬間。

無数の星が意識の中で散った。

気がつくと、コンソールデスクに突っ伏していた。頭、肩、腕が激しく痛んだ。ジョウは額に手をやった。てのひらが鮮血で赤くなった。血がしたたっている。デボーヌで切ったところだ。ゆっくりと身を起こし、床に降りた。足もとが少しふらつく。ドンゴが飛んできて、ジョウの腰にマニピュレータを置いた。

「どれくらい、寝ていた？」

ジョウは訊いた。

「キャハ、千五十四秒」

ドンゴは、即座に答えた。

「ちっ」ジョウは舌打ちした。

「〈ミネルバ〉の被害はどうなっている？」

問いを重ねた。

「キャハハ、動力機関停止。補助動力機関停止。左舷姿勢制御のずる破損。先端部外鈑ト同位置ノのずる、トモニ破損。らんでぃんぐぎや、スベテ破損。翼上縁部破損。下面はっち……」

「もういい！」

ジョウはドンゴの報告を強引にさえぎった。聞いていると、気が滅入ってくる。ドンゴは顔のLEDを激しく明滅させ、報告中断に対する不満を表明した。

「怒るな。〈ファイター2〉は無事か？」

ドンゴが気分を害していることを察したジョウは、話題を変えた。搭載機の状況を尋ねた。

〈ミネルバ〉には、二機の小型戦闘機〈ファイター1〉と〈ファイター2〉及び、ガレオンという名称の地上装甲車が搭載されている。しかし、そのうちの〈ファイター1〉とガレオンは、宇宙海賊との戦闘で失われ、いまはない。〈ファイター2〉も破損していたが、こちらのほうはドミンバで修理をおこない、飛行可能になっていた。

「キャハハ、〈ふぁいたー2〉ハれーざーびーむニ貫通サレタ上、着陸時ノしょっくデ後尾のずるヲ破損。タダシ、被害ハ軽微。キャハハ」

「じゃあ、すぐに直るんだな」

「キャハ、甘ィ。直ッテモ、〈みねるば〉ノ下部はっちガ接地シテイテ、搬出不能」

「！」

ジョウはものも言わずに、ドンゴを蹴とばした。だが、特殊合金でできているドンゴはびくともしない。かえってジョウのほうが足を痛め、空間表示立体スクリーン横でうずくまるというはめになった。

「？」

だが、転んでもただでは起きない。うずくまるとき、ジョウの視界に空間表示立体スクリーンが飛びこんできた。その半球状の３Ｄ画面だ。そこに光点がある。何かが通過している。〈ミネルバ〉の真上を。

ジョウは身を起こし、コンソールデスクのスイッチを押して、サブスクリーンに拡大映像を入れた。映しだされた画面の大部分はジャングルに繁茂している奇怪な植物の群れだ。が、そのわずかな木の間越しに飛行物体が見える。ジョウは映像をさらに拡大した。

円盤機だ。

例の円盤機が、いま密林の上空をまっすぐに飛行している。

「野郎、こんなところに」

ジョウは奥歯を嚙み鳴らした。映像はしばらく円盤機を追った後に、その姿を見失った。カメラの視野から外れた。しかし、レーダーがある。こちらは、まだその位置を捉えている。ジョウは光点の動きを確認した。円盤機は、そのまま直進している。

と。

光点がふっと消えた。〈ミネルバ〉から二十八キロ離れた地点だ。レーダーの有効範囲は、たとえ地上からであっても、数千キロのオーダーに及ぶ。今度は見失ったのではない。円盤機が二十八キロ先で着陸した。

「ドンゴ！」

ジョウは首をめぐらした。

「円盤機の着陸地点に行ってくる。おまえは、〈ミネルバ〉の修理をしろ。ビーコンを発信させておく。修理完了次第、追ってくれ」

「キャハハ、〈みねるば〉ノ修理ニハ、少ナク見積モッテモ、十九時間ガ必要デス。キャハハ」

「上等だ」ジョウは凄みのある笑いを口の端に浮かべた。

「おまえが修理を終えるのが早いか、俺が円盤機を奪うのが早いか、競争しよう」

「ナニ、賭ケマス？」

「ぶっ！」

ジョウは吹いた。倒れそうにもなった。

気をとり直し、行動に移る。

下部乗降ハッチが使えないので、ジョウは船体側面にある非常ハッチを使った。背中に赤いクラッシュパックを背負い、右手にアサルトライフルを持って、船外にでた。

外は、不気味なほどに静かだった。

石積みの道路は、アーケード状になった緑色のジャングルにすっぽりと覆われていた。頭上を振り仰ぐと、木漏《こも》れ日の淡い光が点々と見える。こんなささやかな光では、照明のかわりにもならず、まわりは暗闇に近くなるはずなのに、なぜか、そこらじゅうがぼおっと明るい。どうやらジャングルの植物それ自体が、みずから発光しているようだ。旺盛《おうせい》に広がるジャングルの浸食が、このあたりで文明の所産である石積みの道路を呑みこんでしまったらしい。〈ミネルバ〉は道路の行手をふさぐ植物のぶ厚い壁に、ぐさりと突っこんでいた。ジョウはほんの少しだけ口をあけている木々の隙間から、その奥を覗きこんでみた。

思ったとおりである。道路がその向こうにもつづいている。

ジョウは、強引に壁を押しひらき、ジャングルの中へと進んだ。

しん、と静まりかえったジャングルの深部に、ジョウが木の根や下生えを踏みしだく音が高く響き渡る。

陽光はほとんど差しこんでこない。植物が放つ、淡い緑がかった光だけが周囲を満たしている。明るいというほどではないが、慣れれば十分な光度だ。

ジョウは慎重に歩を運んだ。

道路は、密生する植物に隠されていて判然としないが、たしかに存在している。円盤機は、この道路に沿って飛行していた。道路が〈ミネルバ〉が停止した地点までのように直線で延びていれば、迷うことなく、ジョウは円盤機の着陸地点に到達できる。しかし、彎曲《わんきょく》していたらその目論見《もくろみ》はあっさりと潰《つい》える。どこに着くのかは、まったくわからない。

ジョウは強く頭を振った。悲観的な考えは要らない。追いだしてしまうに限る。ただ無心で歩く。それがいまのジョウに求められていることだ。

三時間ほどは、何も起きなかった。足もとにうねうねと這っている無数の根が邪魔をして、歩行速度をあげることができないが、それでも十キロ以上の距離を稼いだ。

そのとき。

とつぜん、ジョウの動きが止まった。直立し、腰をゆっくりと落とした。前傾して、身構える。注意深く、まわりの様子をうかがう。

物音を捉えた。かすかな、ジョウの足音にまぎれてしまいそうな音だった。しかし、ジョウの鋭敏な耳はその音を聞き逃さなかった。木の幹がこすれる短い擦過音だ。

気配を読む。感じられない。音も絶えた。

ジョウはそうっと上体を起こした。警戒は解いていない。一歩だけ、足を前に踏みだした。

眼前を何かが覆った。黒い塊だった。反射的に、ジョウは横に跳んだ。横にも黒い塊がいた。いや、それだけではない。前からもうしろからも、黒い塊は出現した。

鋭い爪がジョウの頬をかすめ、キイッという叫び声がジャングルの空気を激しく切り裂いた。

悪寒が走る。吐き気がこみあげてくる。

黒い塊は生命体だ。未知の生物だ。

全身が震えた。ジョウが未知の生物に出会って怖《お》じけづいたのは、これがはじめてだ。それほどにおぞましい生き物が、いまジョウの目の前にいた。

7

生理的な嫌悪感が、ジョウの動きを縛っていた。

風船のようにぶよぶよと膨《ふく》らんだ、直径五十センチくらいの生物だ。風船の上に丸い頭があり、その真ん中で巨大な双眸がらんらんと輝く。目の下はすぐに口だ。長いはさみのような牙が二本、そこから前方に向かって突きでている。全身は赤と緑のまだら模様で包まれ、表面が油でも塗ったかのようにぬめぬめと光る。脚は細くて長い。関節がいくつもある。その脚が頭と胴の付け根から十本、輻《や》のように広がって伸びている。爪先は、鋭利な刃物を思わせる剣呑《けんのん》な形状だ。ジョウの頬をかすめたのは、その切っ先である。

ジョウはゆっくりと頭を左右にめぐらせた。

数十匹という群れが、ジョウを囲んでいた。一瞬のうちに数が増えた。完全に包囲されている。あるものは木の幹にしがみつき、またあるものは、尻から伸ばした糸にぶらさがって、ジョウを鋭く睨む。そのさまは、まさに怪物としかいいようがない。

ジョウはライフルを構えた。

その刹那。

怪物がいっせいに襲いかかった。

ジョウはぐるぐると回転し、ライフルを連射した。何匹かの怪物が、ジョウの眼前で弾けとんだ。どろっとした、饐《す》えた臭《にお》いを放つ体液がジョウの顔に降りかかった。ジョウは悲鳴をあげた。体液が目に入る。ジョウはうしろに退った。ジョウは目を閉じて乱射をつづけた。肩口に脚が絡む感触があった。ジョウはうしろに退った。背中から立ち木に激突した。何かがつぶれる鈍い音がして、ジョウは頭から怪物の体液を浴びた。体液は、目にも鼻にも口にも流れこんでくる。ショックで、ジョウのからだが痙攣《けいれん》した。その痙攣で、足捌《あしさば》きが乱れた。踏みこたえようとして、根につまずいた。ジョウはもんどりうち、仰向けにひっくり返った。その上に、すかさず怪物の集団がのしかかってきた。ジョウはライフルを連射した。死骸と体液が塊になってジョウの上に降りそそぐ。ライフルを持つ手が、滑る。

ジョウは横に転がり、クラッシュジャケットのボタンをむしりとった。ライフルでは間に合わない。相手の数が多すぎる。

ジョウはアートフラッシュを投げた。右に左にと、がむしゃらに投げた。アートフラッシュは木に当たり、怪物に当たった。発火する。樹木も、怪物も燃える。炎が激しく湧きあがった。たちまち、一面を覆った。

すさまじい叫び声が、高々と響く。

怪物はうろたえた。脚や胴体に炎を引きずり、混乱している。かつて、このような目に遭《あ》ったことがないのだろう。ただひたすらに怯え、暴れまわっている。

ジョウは強まる火勢と煙を避け、ジャングルの奥へと身を移した。後先考えずに、走った。必死でダッシュする。ときおりうしろを振り返るが、あとを追ってくる怪物は、一体もいない。

二十分も全速で駆けつづけただろうか。息が切れた。心臓がきりきりと痛みはじめた。

ジョウの足どりが緩慢《かんまん》になった。惰性で前進している。その足もすぐに動かなくなった。ジョウは足を止め、崩れるように倒れた。仰臥《ぎょうが》してあえぐ。無防備だ。アートフラッシュを投げるときにライフルを投げ捨てたため、武器を手にしていない。いま襲われたら、たとえ相手が五歳の幼児であっても、ジョウは助からない。しかし、怪物はどこからもあらわれなかった。

一時間近く、ジョウは呻《うめ》き、苦しんだ。何度も吐き、ひくひくと痙攣した。ときどき

意識が遠くなる。それを気力で引き戻す。

ようやくのことで立ちあがったとき、ジョウの眼窩《がんか》は落ちくぼみ、頬はこけていた。肌は土気色だ。並みの人間なら、とうに体力が尽き果てている。だが、ジョウはその状態で前進を再開した。

自分はクラッシャーだ。そう言い聞かせる。アルフィンを救出するんだ。その思いが疲れきった肉体を支える。

ジョウは黙々と歩きつづけた。

さらに四時間が経過した。

途中で五分ほど、二回休んだ。それ以外はずっと歩いた。依然として、ジャングルの中だ。密生する巨木で視界は十メートルもないが、それがかえって果てしない印象をジョウに与えている。

体力は少し回復した。歩調にリズムが生まれ、ペースが一定になった。

ジョウはクラッシュパックからハンドブラスターを取りだし、それを右手に握った。ハンドブラスターは三十分近い連続射撃が可能で、先ほどの怪物のように熱や炎に弱い相手に威力を見せる。

歩きながら、ジョウは発光樹の異常に気がついた。奇形が多くなっている。ちょっと前までは、どの樹木もきれいな円筒状にまっすぐ伸びていたが、いま左右に並ぶ木々は、どれもがこぶだらけで、いびつな曲がりくねった姿になっている。中には暗緑色に枯れて、発光していない木もあるほどだ。

　ジョウの体内で警報が鳴った。研ぎ澄まされた第六感が無意識に何かを捉えた。怪物のときと同様、根拠のあるものではない。だが、油断してぶざまなマネをさらすのはもうごめんだ。

　ジョウはハンドブラスターを構え、トリガーボタンに指をかけた。

　周囲には何の気配もない。

　何かが弾ける、ビシッという音がした。右手のほうからだった。

　ジョウは反射的に体をまわし、ハンドブラスターを発射した。発光樹のこぶが裂け、その中から黒い影がわあんと飛びだしてきた。ハンドブラスターのオレンジ色の炎が、その影を真っ向から灼く。炭化した細かい虫が、塊のまま地面に落下した。

　ジョウは一回転する。背後のこぶも、左手のこぶも弾けている。ジョウはつぎつぎとトリガーを絞った。灼かれるたびに、影は強い酸の臭いを発した。

　こぶは弾けつづける。いまはもう目に入るほとんどのこぶが弾けた。何万匹という虫が空間のすべてを埋め尽くし、まるで黒雲のように影が大きくたなびいている。寄生アリか、寄生バチのたぐいだろう。虫が毒針を持っていることは、まず間違いない。

　ジョウはポケットから銀色の耐熱マスクをだした。それで頭部を覆う。手袋をはめているので、露出した肌はどこにもない。

ジョウは足を早め、退散することにした。虫の群れは、捕食するためにジョウを襲ったわけではない。テリトリーに侵入した異生物を追い払おうとしているだけだ。

ジョウは走った。

ときどき、追いすがる塊をハンドブラスターで撃ち、全力で疾駆した。火球が抜けると、影に丸い穴があく。それほど虫の群れは密集している。

無我夢中で逃げた。時間の感覚がどこかに飛んだ。何度も背後を見た。そのたびに黒雲が目に映る。

どれくらい走っただろうか。ようやく影が消えた。一匹の虫も見えなくなった。ジョウは立ち止まり、発光樹でからだを支えた。暑い。息が詰まる。気温三十度の中、全身を覆って全力疾走をした。熱射病寸前である。

ジョウは耐熱マスクをむしりとった。顔が汗でひどく蒸《む》れていた。肩でぜいぜいと呼吸する。一滴一滴歯を食いしばって貯えてきた体力が、根こそぎ失われた。

ジョウは発光樹に片手を置き、うつむいたまま息をととのえた。

ふと、異様なものを感じた。

雰囲気が違う。

ジョウはゆっくりとおもてをあげた。

ない。

ジャングルがない。いつ見ても鬱蒼として眼前に立ちはだかっていたジャングルが、いつの間にか終わっている。

抜けたのか。

そう思った。しかし、実感が湧かない。

ジョウは、よろめきながら前に進んだ。気がつくと、空が暗い。闇があたりを包んでいる。夜だ。その夜空を背景に、黒々としたシルエットが行手に聳《そび》え立っている。

しばらくは、それが何かジョウにはわからなかった。

「廃墟？」

夜目に馴れたところで、ジョウはつぶやいた。しわがれた、自分のものとは思えない声だ。

近づいてみた。

百メートルほど歩くと、壁に突きあたった。どうやら城壁のようなものらしい。ジョウは登るための手懸りを探した。石だけでなく、金属も用いられている。継ぎ目に指先が入った。ジョウは壁をよじ登った。高さはおよそ三十メートル。垂直に屹立《きつりつ》している。

壁のいただきにでた。

展望はひらけていない。巨大な建造物が視界のそこかしこを埋めている。予想以上に、広大な古代遺跡だ。

円盤機は、ここに降りたのだろうか？

違う。ジョウはかぶりを振った。壁の向こう側には石とも金属ともつかない材料で築かれた建造物が、ひしめくように並んでいる。ざっと見た感じでは、円盤機や宇宙船が着陸できるような場所はどこにもない。

ジョウはハンドブラスターを小型のレイガンに替え、それを構えて遺跡の内側へと降りた。

とつぜん、目の前が光った。

ジョウは横っ跳びに転がった。探照灯だ。石と石の隙間にもぐりこんだ。細いビームが敷石を灼いた。

やつらだ！

ジョウは直感した。やはり、ここが円盤機のアジトだった。

ジョウは、幅一メートルもない隙間の中を全力で走った。敵の姿はどこにもない。ジョウは石の蔭から身を乗りだし、探照灯をレイガンで撃つ。鋭い金属音が響き、あたりがまた闇に包まれた。

ジョウは石と石の隙間からでた。撃ち合いになれば、高い位置が有利になる。ジョウは階段状になった石壁を素早く駆け登った。足首をビームがかすめる。足がもつれた。ジョウのからだが宙に飛んだ。落ちる。ジョウは左手で石壁の角をつかんだ。壁の上にへばりつく形になった。無防備な体勢だ。背中にビームが当たった。クラッシュジャケットは防弾耐熱だが、ショックは吸収できない。全身が痺《しび》れた。指が石の角を離れた。数メートル、落下した。

腰を打った。激痛が全身を貫く。意識はあるが、からだが動かない。敷石を伝わって足音が響いた。誰かくる。やつらだ。あの黒ずくめが、戦果を確認にくる。ジョウは足音が近づくまで、動きを止めた。

足音が消えた。静止した。

ジョウは全身の力をふりしぼり、上体を起こした。レイガンを撃った。甲高い悲鳴がほとばしった。黒い影がいくつか、後方に跳ね飛んだ。さらに撃ちまくる。視界の中に敵の姿がない。ジョウは石壁に向かって移動しようとした。立つことができないので、這《は》って進む。

ふいにからだが軽くなった。

一瞬、あっけにとられた。何が起きたのか、理解できなかった。ややあって、自分が宙に浮いていることに気がついた。落とし穴だ。落とし穴に落ちた。全身が総毛立った。

ジョウの背中が壁に触れた。ぶつかったかと思ったが、そうではない。滑るように落下がつづいている。どうやら勢いを殺すため、落とし穴の内部が彎曲《わんきょく》しているようだ。とすると、これは陥穽《かんせい》ではない。一種の通路だ。

落下速度が鈍った。穴の角度が、なだらかになった。と同時に、周囲がいきなり明るくなった。

ジョウが放りだされた。また宙に浮かんでいる。通路の出口が壁の中腹にあいていたらしい。ジョウはそこから飛びだし、宙空を舞った。放物線を描き、落ちる。

ぎゃっという声があがった。ジョウが落ちたのは、何かやわらかいものの上だった。悲鳴は、そのやわらかいものがあげた。

まわりを見る。ジョウはがらんとした広い部屋の中にいた。大広間だ。中央とおぼしきあたりに豪華な祭壇がある。そして、その周囲を何十人という黒ずくめの人間が取り囲み、礼拝をしている。ジョウが落下したのは、そのうちのひとりの真上だった。やわらかいものは、黒ずくめの人間である。ジョウは無傷だったが、下敷きになった黒ずくめは、ぴくりとも動かない。

ジョウの目が、祭壇に釘づけになった。

祭壇の上には、金銀で飾られた玉座がしつらえてある。そこにほっそりとした人影がある。間違いなく、人間だ。しかし、黒ずくめではない。幾重にもなった、白く透きとおる薄絹のローブを身につけ、黒いマスクで顔を覆った女性だ。金色に輝く豊かな髪。おとがいが細い。

ジョウの脳裏に映像が浮かんだ。立体映像だ。アルーム星域に進入したとき出現し、ジョウたちに向かって立ち去れと警告した〝ドウットントロウパの子〟の映像である。

「ジョウ」

ふいに名前を呼ばれた。

「なに？」

ジョウは驚き、声の主を探した。

「ジョウ！」

玉座の女性だった。立ちあがり、ジョウを見つめている。その声は……。

「アルフィン！」

ジョウは黒ずくめを押しのけ、走りだした。黒ずくめの集団は、あまりにも意外な成り行きに茫然としているのか、ジョウを止めようとしない。

「ジョウ」

アルフィンもマスクをはぎとり、祭壇から駆けおりた。

「アルフィン」

ジョウの腕の中に、アルフィンが飛びこんだ。

「無事だったのか？　アルフィン」

ジョウはアルフィンを強く抱きしめた。

その後頭部に、何かの一撃が振りおろされた。鈍い音が響いた。

意識を失い、ジョウは昏倒した。

第四章　遺産を継ぐ者

1

目をひらくと、アルフィンの顔があった。

ジョウはがばと跳ね起きた。――つもりだったが、からだはまったく動いていない。頭がひどく痛む。首をめぐらした。わずかに動いた。そこではじめて、ジョウは、アルフィンの膝まくらで寝ていたことに気がついた。

飛び起きた。

なぜか今度は、あっさりとからだが反応した。

ジョウは、まじまじとアルフィンを見つめた。アルフィンはいつもの赤いクラッシュジャケットを着ている。透きとおった薄絹のローブではない。

「夢を見ていたのかな」

ジョウは目をしばたたかせた。

「ううん」アルフィンはかぶりを振った。

「みんな現実にあったことよ」

「現実に……」ジョウは首をひねった。

「最初から話してくれないか？」

「オオルルで捕まったとこからね」

「オオルル？　捕まった？」ジョウは遠い目をした。

「あっ！」

声をあげ、立ちあがった。

「そうだ。アルフィンがさらわれたんだ。それで俺は！」ジョウはアルフィンに目をやった。とまどった表情になった。

「アルフィン、どうしてここにいるんだ？」

「どうしてって、なによ」アルフィンは苦笑した。

「しっかりして。ジョウ」

「あ、ああ」

ジョウはうなずき、腰をおろした。記憶が錯綜《さくそう》している。どうにも判然としない。

「まだ、ぶたれたショックが残ってるのね」

アルフィンの手がジョウの後頭部にやさしく触れた。ジョウは顔をしかめた。

「黒スケどもは、ひどいことしかしないんだから」

ジョウの後頭部を撫でながら、アルフィンが言う。

「黒スケって誰だ？」

「あの黒ずくめの連中よ」アルフィンは唇を尖らせて、言った。

「正体を見たのか？」

「ぜーんぜん」

アルフィンは肩をすくめた。

「どうして、あんなおかしな恰好をしていた？」

ジョウは問いを重ねる。

「だんだん質問がまともになってきたわね」

「少し頭がはっきりしてきた」

「むりやり着せられたのよ」アルフィンは答えた。

「あたしが〝ドウットントロウパの子〟だって言われて」

「ドウットントロウパの子？」ジョウは腕を組み、考えこんだ。

「そういえば、その名を聞いたときにドン・グレーブルが異常な反応を見せたな」

「いつ？」

「アルームに着いたときだ。宇宙空間に立体映像が浮かんで、通信機から声が流れた」

「あのときね！」

アルフィンは、ぽんと手を打った。

「通信スクリーンで、俺ははっきりと見た。ドン・グレーブルが蒼ざめ、うろたえるのを」

「銀河系最後の秘宝の鍵は、〝ドウットントロウパの子〟にあるのかしら」

アルフィンは小首をかしげた。

「そうだな」ジョウはアルフィンに視線を戻した。

「で、あれは何かの儀式だったのか？」

「それが、わからないの」

アルフィンは小さくかぶりを振った。

「わからない？」

「ええ」アルフィンは、困ったような表情《かお》をした。

「だって、黒スケはぜんぜん知らない意味不明の言葉を使うのよ。たまに使う銀河標準語だって、例のノイズもどきだし。それに……」

「それに、なんだ？」

「肝腎《かんじん》の儀式が始まろうとするところに、ジョウが落ちてきちゃった」

「うーん」

ジョウは頭を掻いた。

そのときである。

「わたしが、すべてをお話ししましょう」

声が響いた。空電ノイズそっくりの声だった。

ジョウは背後を振り返った。

頑丈そうな金属扉が目に入った。その上部に小さな窓が設けられている。窓の中に黒ずくめの顔があった。室内を覗いている。ここに至って、ようやくジョウは自分とアルフィンが恐ろしく狭い部屋に閉じこめられていたことを知った。

金属扉が横にスライドした。

「こちらへどうぞ」

黒ずくめが手招きする。

ジョウとアルフィンは、小部屋からでた。黒ずくめは、ジョウたちの反応をさほど気に留めていない。ふたりの動きを監視することもなく先に立ち、どんどん通路の奥へと歩いていく。ふたりは、あわててそのあとを追った。

歩きながら、ジョウは手首に視線を向ける。さりげなく標準時間を読んだ。十七時間。〈ミネルバ〉をでてから、もうそれだけの時間が経過している。しかし、〈ミネルバ〉

の修理が完了するのは、まだまだ先のことだ。いますぐ呼びだすことはできない。なんとしても粘って時間を稼がないと。

ジョウはそう思った。〈ミネルバ〉さえ直れば、逆転のチャンスはいくらでもある。

角をいくつか折れると、通路が袋小路になっていた。その突きあたりで、黒ずくめが待っている。ジョウはわざとゆっくり歩いた。黒ずくめにじれる様子はない。

この通路は、あの廃墟の中にあるようだ。が、外観とは裏腹に、ここは近代的なセンスでつくられている。廃墟を利用して、黒ずくめたちが改造したのか、それとも内部だけは当初からこのように設計されていたのか、それがわからない。ジョウは後者だと予想した。廃墟のあの外観は、何か古い宗教儀式のスタイルを踏襲したためにああなっていたような気がする。

ジョウとアルフィンが、突きあたりに達した。壁が横にスライドした。三人はその中に入った。

壁の向こうは、三十メートル四方ほどの広い部屋だった。

入って左側の壁が三面のスクリーンになっていた。それに面して、三列のコンソールデスクが並んでいる。一列ぶんのデスクに据えられたシートの数は六脚。右側の壁は電子機器のコントロールパネルらしい。その表面はメーターとモニタースクリーンで、ほぼ完全に埋まっている。この部屋は、明らかに何かの装置かシステムの管制室だ。

入ってすぐ。

ジョウは奇妙な違和感をおぼえた。

室内に装置やパネルがひしめいているからではない。ジョウは、生まれたときから宇宙船のコクピットにいた、いわば生え抜きのクラッシャーである。それがこういう管制室にきて違和感を抱くとすれば、その理由はひとつしかない。管制室の基本設計概念《コンセプト》そのものが異質なのだ。

この部屋の設計者は、人類ではない。

ジョウは、そう思った。

もしかして、これが銀河系最後の秘宝なのか。

そうとも思った。ドン・グレーブルの話によれば、これまでの秘宝はすべて〝高度な科学技術〟だったという。だとすれば、この管制室が秘宝の正体であったとしても、不自然ではない。むしろ、ありうることだ。

「最前列の中央におすわりください」

黒ずくめが言った。

ジョウとアルフィンはコンソールデスクに向かうシートに着いた。黒ずくめは壁のスクリーン前に立つ。背が高い。優に二メートルはある。

「すべてを話すと言ったな」

ジョウが確認するように訊いた。

「そうです。あなたがたの力をお借りしたいから」

「じゃあ、立場を対等にしてからやろう。メ・ルォン」

ジョウは言った。黒ずくめのからだが、びくりと震えた。

「メ・ルォン？」アルフィンの目が驚きで丸くなった。

「どういうこと？　この人、体格も声もぜんぜん違うわ」

「黒い服、黒いマスクで覆われたからだつきなど、なんの目安にもならない」ジョウは首を横に振った。

「声も同じ。電気的にいくらでも変声できる。だが、その口調、微妙な言いまわしの癖《くせ》だけは、どんな機械、ソフトを用いても、変えることができない。そうだろ？」

ジョウは黒ずくめを凝視した。黒ずくめは何も答えない。黙って、ジョウに視線を返している。

が、しばらくして、黒ずくめはゆっくりとマスクをとった。メ・ルォンの顔が、その下からあらわれた。アルフィンがはっと息を呑んだ。

「二十七スポ前に追い払ったドン・グレーブルの腰抜けが、これほどの男を連れてくるとは、思いもよらなかった」メ・ルォンは口をひらき、無表情に言った。オオルル人特有の美しいソプラノである。

「ドミンバでも、デボーヌでも、阻止できなかったはずだ。わたしは攻撃部隊のミスだとばかり思っていた」

「いやいや」ジョウは薄く笑った。

「あんたの仲間の攻撃はすさまじかったぜ。ドミンバで逃げきれたのは単なる僥倖《ぎょうこう》だ。デボーヌでは無関係の学生も十九人、道連れにされた」

　ジョウの声が荒くなる。

「それがなんだ。いまさら力を貸せだと！」

　拳を固め、コンソールデスクを殴りつけた。

「諍《いさか》いの源は、種族概念《メンタリティ》の違いにある」メ・ルォンは、あくまでも冷静に応じた。

「そう思いませんか？　ジョウ。わたしたちには、あなたがた人類がおこなうことすべてが、常軌《じょうき》を逸《いっ》して見える。惑星の乱開発、貪婪《どんらん》な征服欲。果ては、食習慣から顔の造作まで。その一挙手一投足が、わたしたちの神経を逆撫でにする。これが、知的高等生物を標榜《ひょうぼう》するものとは、とても思えない」

「言ってくれるぜ」ジョウはうなった。

「揚《あ》げ足はとりたくないが、その言葉はそっくり、オオルル人にもあてはまる。調査隊のレポートによれば、あんたたちはずいぶんおかしな風習を持っているそうじゃないか」

「そのとおりです」メ・ルォンは、あっさりとジョウの言を認めた。

「それが、メンタリティの相違です。異なる種族間にあって、互いを認め合わないとする唯一の原因。それがこれです。ある種族のタブーを、ほかの種族が平気で侵す。この場合、理性では種族が違うからと理解できても、からだが受けつけようとしません。生理的嫌悪がどうしても発生します。軽蔑と呼ばれる感情ですね」

「ちょっと待ってくれ」ジョウは、メ・ルォンの言葉を制した。

「そりゃ、たしかに俺はレポートを読んで、その風習に不快感を持った。それは認める。しかし、オオルル人を軽蔑したことはなかったぜ」

「それは、あなたが訓練を受けた宇宙生活者だからです。他の者ではそうはいきません。――アルフィン」メ・ルォンは、アルフィンに向き直った。

「あなたは、オオルル人の集落を去るときに、あなたの髪の毛に触れたオオルル人の子供の手を強くはねのけましたね。なぜですか？」

「な、なぜって」アルフィンは、どぎまぎした。

「あたしはただ、その、ちょっとやだったから……」

アルフィンは頬を赤く染め、うつむいた。

「ごめんなさい」

小さな声でつぶやく。

「あやまることはありません」メ・ルォンは微笑み、ジョウを見た。

「これがメンタリティの相違です。いいも悪いもない。ドン・グレーブルになると、もっと極端に反応します。あなたがいなければ、かれはあの集落で二、三人は殺してましたよ。オオルル人が気に食わないという理由だけで」

「……………」

「そして、世間には、あなたよりもドン・グレーブルのような人間のほうが多いのです。オオルル人に、わたしよりも、わたし以外の者が多いように」

「どういう意味だ？」

ジョウの眉が小さく跳ねた。

「一から順序だてて、お話ししましょう」

床がせりあがり、スツールになった。メ・ルォンはそこに腰をおろした。

2

「わたしたちオオルル人は、〝ドウットントロウパの子〟として伝えられる、銀河系先住種族の末裔《まつえい》です」メ・ルォンは言った。

「もうおわかりでしょう。わたしたちの知能は、調査隊のレポートよりも、はるかに高い」

「よくだましたものだ」

ジョウはうなった。

「誤解の原因の半分は、わたしたちのメンタリティにかなった生活を原始的と勝手に判断した調査隊にあります。あとの半分はわたしたちの意識的な偽装です。そうしなければ、わたしたちは人類の手によって絶滅させられていました」

「…………」

ジョウとアルフィンは、黙って顔を見合わせた。

「信じられませんか？」メ・ルォンは言を継ぐ。

「しかし、これは間違いないことです。人類は同じ銀河系内において、高等知的生命体をもう一種、生かしておいてくれるほど、寛容ではありません。念のために申しておきますが、われわれオオルル人が人類の立場にあったとしても、結果に変化は生じません。オオルル人が、人類を滅ぼしていたことでしょう。皮肉なことに、メンタリティの相違は、常に同じ結果をもたらすのです」

「その感想は保留しておこう」ジョウは言った。

「先を早く聞きたい。なぜ正体を隠して、戦闘行為をしたのか。いちばん知りたいのは、そこだ。高等知的生命体という評価を捨てて、オオルル人は平和で安穏《あんのん》な生活を選んだんじゃなかったか？」

「そのとおりです」メ・ルォンはうなずいた。

「ドン・グレーブルがオオルルにやってくるまでは」

「銀河系最後の秘宝か」

「ええ。わたしたちは、その護人《もりびと》として存在しています。〝ドウットントロウパの子〟がそう定めたのです。そして、その任務をまっとうさせるため、数々の武器や宇宙船をわたしたちのもとに残していきました」

「護人だから、人類相手に武器を使い、大奮戦をしたってわけか。襲撃し、立体映像で脅し、誰かれかまわず殺す。種の異なる生物が死んでも、痛痒《つうよう》はなんら感じないということで」

「それはお互いさまです」

メ・ルォンはさらりと言った。わずかに、苦笑いしたかのように見えた。

「しかし、最後のやつだけは解《げ》せない」ジョウは首を少し傾けた。

「どうして、アルフィンをさらった？　その行動は理屈に合わない」

「簡単です」メ・ルォンは答えた。

「アルフィンが〝ドウットントロウパの子〟だったからです」

「冗談じゃないわ！」アルフィンが飛びあがって、叫んだ。

「あたしは人類よ。そんな得体の知れないものじゃない！」

「こらこら」あわてて、ジョウがなだめた。

「そこまで言うなよ。それこそメンタリティの違いからくる軽蔑だ」

「人類であっても、〝ドウットントロウパの子〟です」

メ・ルォンが重ねて言った。

「うっさいわねえ！」

ジョウがアルフィンの口を押さえ、ふさいだ。アルフィンはもがき、暴れた。

「読めたぞ、メ・ルォン」アルフィンを押さえつけながら、ジョウは言った。

「金髪と碧眼だな」

「そうです」メ・ルォンは、強くあごを引いた。

「これからおこなおうとしている儀式に、〝ドウットントロウパの子〟が要るのです。その存在を欠かすことができないのです」

「うう、ううう」

アルフィンが怒鳴る。が、声にならない。

「すると、力を借りたいってのは、俺に言ってるんじゃないんだ。アルフィンに言ってるんだ」

「そういうことです」

「ううううう（誰が貸すもんですか！）」

「となると、俺を生かしておく必要はなかったはずだ。なぜ、殺さなかった？」

「わたしが止めたのです」メ・ルォンは淡々とつづけた。

「わたしは、あなたと同様に心理的訓練を積み、人類のメンタリティもいろいろと調べてきました。あなたをアルフィンの眼前で殺したら、ひっきりなしにあなたの名前を呼びつづけていた彼女が、どんな反応をするか、わたしには想像できました。それは、双方にとって、よいことではありません。避けるべき手段です。だから、わたしは仲間に向かい、あなたを殺さず、すべてを話して協力してもらったほうがいいと主張しました」

「うううううう（協力なんかしないわよっ！）」

「メンタリティの違いを知る者の判断ってことか」

「ただ殺し合うだけでは、秘宝は守れません」

「で？」ジョウはメ・ルォンの目をまっすぐに見た。

「銀河系最後の秘宝とはなんだ？」

「知りません」

　メ・ルォンは即答した。

「知らない？」ジョウの瞳が強く炯《ひか》った。

「護人のあんたが、何を守っているか、知らないと言うのか？」

「知らなくても、守ることはできます」

メ・ルォンは言った。苦しげな表情が顔に浮かぶ。

「これじゃないのか？」

ジョウは右手を広げ、管制室全体を示した。

「違います。これは――」

と、言いかけたメ・ルォンの声が途切れた。

頭上から、オオルル語が甲高く響いたからだ。すさまじい音量である。ジョウは反射的に耳を覆った。

メ・ルォンの顔色が変わる。オオルル語を聞き終えた直後だ。すぐに、何ごとかをオオルル語で言い返した。また、べつのオオルル語が降ってくる。

メ・ルォンはジョウに向き直った。表情が硬い。

「攻撃です」銀河標準語で言った。

「この遺跡が攻撃を受けています」

ジョウは手首に目をやった。まだ〈ミネルバ〉の修理が終わる時間ではない。

メ・ルォンはコンソールデスクの前にまわりこみ、キーを叩いた。スクリーンに映像が入った。宇宙船が一隻、大きく映しだされた。

「あれは！」

ジョウとアルフィンが声をあげた。

ふたりの声が、きれいにそろった。


話を少し前に戻す。

アルフィンが円盤機に吸いこまれ、闇の中にジョウの声が響き、〈ミネルバ〉が発進して、視界から消え去ったときだ。

すべては、数秒間の出来事だった。

タロスは、〈マイダスⅡ世〉の蔭からでた。暗視ゴーグルはかけたままである。リッキー、ドン・グレーブルが、その背後につづいた。ロイとヒルも、どこからともなく姿をあらわした。

「勝手なマネをするやつだ」ドン・グレーブルが大声で罵った。

「この大事なときに、いなくなるとは言語道断だ。契約違反だぞ！」

がみがみと、わめきちらす。

「違うな」タロスが低い声で言った。

「そうはならねえ」

「なんだと？」

「契約書を見直してみろ。任務中の救援という一項が、ちゃんと入っているはずだ。クラッシャーは危機に陥った仲間を見捨てるようなことはしない。何があっても助けにいく」

「そうだよ」

横から、リッキーも言った。

「なるほど」ドン・グレーブルは、うなるように応じた。

「そういうことなら、わしも勝手にやらせてもらう。やつが戻ろうが戻るまいが、わしは予定を変えん。ジョウを待つ気などは、さらさらない。決定したとおり、明朝、イイラに発つ。もちろん、おまえらも一緒だ。拒否はできない。この方針は、契約にかなっている」

「そうだな」タロスが、吼えるように言った。

「あんたは正しい。こっちも、そんなことは百も承知だ。安心しろ。俺たちは地獄の果てまで付き合ってやる」

「ちっ！」

ドン・グレーブルは舌打ちし、きびすを返した。

〈マイダスⅡ世〉のタラップを登る。ロイとヒルも、それに従った。タロスとリッキーは、動かない。

「おい」ハッチの手前でロイが声をかけた。

「閉めちまうぜ」

「かまわん」タロスは答えた。

「俺たちはここでジョウを待つ」

「そうかい」

ハッチが閉まった。

「タロス」

リッキーが、か細い声をだした。

「なんだ。情けねえ声をだしやがって」

「兄貴、無事だろうか」

「けっ、てめえまでがそんなことを」

「そんなんじゃないよ。違うんだ。ただ……」

リッキーは、言いよどんだ。

「ただ、なんだ？」

タロスの声が荒い。

「兄貴、アルフィンのことになると無鉄砲もいいとこだから、俺《おい》ら心配なんだ」

「そんなことか」タロスはからからと笑った。

「大丈夫だ」

笑いながら、タロスはリッキーの背中を思いきりどやしつけた。

夜が明けた。

タロスとリッキーは一睡もしないで待ったが、ジョウは帰ってこなかった。

ドン・グレーブルがやってきた。

「戻らなかったな」

それだけ言った。

タロスは、ドン・グレーブルの顔をすごい形相で睨んだ。

大型エアカーが、〈マイダスII世〉の船腹から引きだされた。これで、メ・ルォンを迎えにいく。

再度の襲撃があるかもしれないので、ロイとヒルが〈マイダスII世〉に残り、ドン・グレーブルとタロス、リッキーが、オオルル人の集落に向かうことになった。

昨日とはうって変わり、集落は異様な雰囲気に包まれていた。広場に、直径十メートルを超すクレーターがいくつも口をあけている。崖の土は黒く焼け焦げ、きな臭い匂いが鋭く鼻をつく。

集落に、オオルル人の男がひとりもいない。女と子供だけが、泣き叫びながら右往左往している。

「これは、いったい」

ドン・グレーブルは絶句した。

エアカーで広場の中央まで進んだ。そのさまを見て、何人かのオオルル人が悲鳴をあげ、森の中に逃げこんだ。みな、ひどくおびえている。

三人は、エアカーから降りた。

ひとりのオオルル人が茫然とし、大地にぺたりとすわりこんでいた。ドン・グレーブルは、その女に声をかけた。

「メ・ルォンはどこだ？」

女に反応はなかった。言葉が通じていないことはわかっている。だが、名前だけなら聞きとれるはずだ。

ドン・グレーブルはもう一度、言った。

「メ・ルォン、どこだ？」

女は静かに首を横に振った。

「何があったんだ？」

いま一度、問う。

また、女は首を振った。さっぱり要領を得ない。

ドン・グレーブルは諦めた。肩をすくめ、うしろを振り返った。

誰もいない。

「タロス！　リッキー！」

あわてて、ドン・グレーブルはクラッシャーの姿を探した。ふたりは広場の端にいた。しゃがみこんで、何かをしている。ドン・グレーブルはふたりのもとに駆け寄った。

「どうした？」

肩ごしに覗きこみ、タロスに訊いた。

タロスの蔭に、オオルル人の子供がひとり、うずくまっていた。地面に棒きれで絵を描いている。逃げまどうオオルル人たちの上から、円盤が光線を振りまいているという感じの絵だ。稚拙《ちせつ》だが、その意味は見てとれる。

「どうやら、この集落も昨夜、例の円盤機に襲われたらしい」

ドン・グレーブルに向かい、タロスが言った。

3

「それで、どうなった？」ドン・グレーブルがせきこんで訊いた。

「メ・ルォンは無事か？」

「よくわからない」タロスはかぶりを振った。

「どうも、男がすべてさらわれたらしい」

「さらわれた」ドン・グレーブルの顔が大きく歪んだ。

「なんのためにだ？」

「そんなこと知るか！」

吐き捨てるように言い、タロスは立ちあがった。

「それより、どうする気だ？」逆に問い返す。

「メ・ルォン抜きで、イイラに行くのか？」

「当然だ」ドン・グレーブルは胸を張った。

「わしはこんなことで予定を変更したりはせん」

「ご立派な方針だぜ」

タロス、リッキー、ドン・グレーブルの三人は、〈マイダスII世〉に戻った。

もしやと思ったが、やはりジョウは、まだ帰っていなかった。通信機で呼びかけてみても、反応はない。ハイパーウェーブも沈黙している。動力機関が停止すると、超空間通信機は動作しなくなる。

まさか、〈ミネルバ〉に何かあったのでは。

タロスの脳裏を不吉な考えがよぎった。イイラ行きなど放りだして、すぐにでも捜索に行きたい。しかし、契約がある以上、それはできない。

〈マイダスⅡ世〉は、イイラに向かった。

イイラは、灼熱の惑星だった。

アルームからの距離は、近日点でわずかに二千三百万キロ。巨大な赤い火球の表面を、文字どおりのろのろと這いまわっている惑星だ。もちろん大気も水もない。昼の温度が一千度を超える惑星表面は、岩盤が溶けて、ガラスのようになっている。かつて文明があったとしても、その痕跡はもはやどこにもない。

「すげえや」リッキーが、驚嘆の声をあげた。

「あれじゃ、秘宝なんてどこにもないね」

「そいつはどうかな」

リッキーの背後で、低い声が響いた。リッキーは首をめぐらし、うしろを見た。

〈マイダスⅡ世〉の艦橋床面は円形になっている。直径はおよそ約十メートルといったところか。艦橋中央の径二メートルには、透明チューブのエレベータシャフトがはめこまれている。艦橋全体を囲む壁面はスクリーンやメーター類のパネルを担い、八面に分割されている。シートは全部で八脚。パネルに向かい、等間隔で設置されている。そのうち、用途が定まっているパネルは六面だ。タロスのすわる主操縦席から時計まわりに、通信、一般航法、特殊航法、動力、副操縦席と並ぶ。あとの二脚はゲスト用の予備シートだ。通信、一般航法、特殊航法の各シートにはロボットが着き、動力にはリッキーが腰を置いた。予備のふたつはロイとヒルが占め、副操縦席にドン・グレーブルが入っている。

リッキーに声をかけたのは、タロスだった。リッキーとは、エレベータシャフトをはさんで、ちょうど背中合わせとなっている。本来なら通信装置を使ってやりとりを交わすが、さほど広くもない艦橋なので、タロスの声が直接、リッキーに届いてしまった。

リッキーは通信スクリーンをオンにした。画面いっぱいに、タロスの顔が映った。

「秘宝は、いつも地下に埋まってるんだ」タロスは言う。

「うんと深ければ、高熱の影響は受けない。ただし、運がよければだ。おまけに、探しにくい。探査は、えらく厄介だ」

「それが、そうでもないのだよ」ドン・グレーブルが言った。鷹揚《おうよう》な口調だった。

「だてに百二十八回も秘宝探しをやってきたわけではない。詳しい説明をすると長くなるが、要するに、秘宝はカプセルに入っていて、そのカプセルが、ごくごく微弱な放射線をだしているということだ」

「その放射線をキャッチできる装置をつくったのか？」

「そういうことだ」ドン・グレーブルは、ホッホと笑った。

「しかも、空のカプセルを埋め直して実験してみたところ、その探査装置は、二十キロの地中にあっても放射線を捉えることができた」

「ひょっとして、そいつをイイラの地べたに設置しろと言うんじゃないだろうな」

タロスの表情が曇った。

「そんな面倒なことはしない」ドン・グレーブルはかぶりを振った。

「実を言うと、そいつはすでに〈マイダスⅡ世〉の外鈑に取りつけてある。だから、あとはイイラの上空二千メートルくらいのところを丹念に飛行するだけで事足りる。探査作業が、あっさりと終わる」

「昼の部分は飛べないぞ。船体は平気でも、長時間では俺たちが高熱でやられちまう」

「それも問題ない。イイラは自転が早いのだ。一回転が標準時間換算で八時間弱となっている。これなら、夜の側に留まり、高度二千メートルを保って探査していれば、ロス時間もなしに全表面をチェックすることが可能だ」

「ふむ」

タロスが感心して、鼻を鳴らした。ドン・グレーブル、意外にそつがない。

「手慣れてるなあ」

リッキーが言った。

ドン・グレーブルは目を細め、またホッホと笑った。

〈マイダスⅡ世〉が、イイラの衛星軌道に進入した。一周しただけで、すぐに下降を開始した。高度二千メートルに達し、そこで水平飛行に移った。

探査をはじめる。

驚いたことに、二時間も経たず、反応があった。それもひじょうに強い反応だ。

「おいおいおい」タロスがあきれた。

「これが微弱な放射線なのか？」

「信じられん」ドン・グレーブルが、つぶやくように言った。

「こんな例は過去にない」

「しかも、こいつは、すごく浅いぞ」タロスが放射線の分析結果を読んだ。

「地下数百メートルあたりに発信源がある」

「解せん」ドン・グレーブルは首をひねった。

「これは、どうにも解せん」

「銀河系最後というくらいご大層な秘宝なんだろ。これまでとは、少し条件が変えてあるんだよ」

リッキーが言った。

「どうする？」タロスがドン・グレーブルに訊いた。

「発掘も、高度二千メートルからやれるのか？」

「いや、それは無理だ」ドン・グレーブルは答えた。

「反応のある地点に着陸する必要がある」

「いいだろう」タロスはうなずいた。「発信源が夜に入った直後に、船を降ろす。夜明けまでに掘っちまおう」

高度を下げた。

ガラス状になったイイラの地表に、〈マイダスⅡ世〉が着陸した。

「わずか百七十七メートルだ」

着陸してすぐに、ドン・グレーブルが正確な測定値を割りだした。

「いままでで、いちばん浅かったのは、どれくらいだ？」

タロスが問う。

「千二百七十三メートルだな」ドン・グレーブルは、スクリーンに表示されている数字のひとつを示した。

「惑星ドゴラ。四十六番目の秘宝だ」

「その十分の一の深度か」タロスは小さく肩をすくめた。

「ま、浅いのはいいことだ。なによりも、掘りやすい」

本気とも冗談ともつかぬせりふを飛ばした。

「掘りやすいが、やはり解せん」

ドン・グレーブルは、また首をひねっている。

「どうでもいいことだ」とつぜん、ロイが口をひらいた。

「考えているひまがあったら、掘ろう」

シートから立ちあがった。ヒルも一緒だ。ふたりはドン・グレーブルに目で合図を送り、エレベータシャフトに入った。

「あいつら、何をするんだ？」

ロイとヒルが艦橋から消えると、タロスはドン・グレーブルに向き直り、訊いた。

「ロボットと工作機械を外へだす」ドン・グレーブルは答えた。

「条件に合わせて、作業工程のプログラミングをするのも、あのふたりの仕事だ。わしらはここで高みの見物をしていればいい」

ドン・グレーブルは葉巻を取りだし、口にくわえた。

メインスクリーンに、船外の映像を入れた。右の端で、何かが蠢《うごめ》いている。カメラを操作し、それが画面の中心にくるようにセットした。外は真っ暗だ。ライトの光が強い。エアカーのヘッドライトである。バズーカ砲の砲身に似た、細長い円筒形の工作機械が、その車体後尾に装着されている。エアカーを操縦するのは、二体のロボットだ。ロボットは、ロイとヒルによって、大雑把な行動パターンがプログラムされている。しかし、細かい動きについてはドン・グレーブルが〈マイダスⅡ世〉の艦橋から指示をだす。そういう手筈《てはず》であった。

「高みの見物をするんじゃなかったのか?」タロスが訊いた。

「そいつは二度手間だぞ」

「秘宝探しはわしの執念だ。少しでも関わり、こうやって自分の手で掘りだす。そうでなくては、わしの気がすまん」

ドン・グレーブルは当然のことだという顔つきで、タロスを見た。

「ごもっとも」

タロスは納得した。

作業は順調に進んだ。探査装置で特定された地点に、レーザー砲を備えた鑿岩《さくがん》ドリルが下向きに吊るされ、岩塊を蒸発させ、穴を掘っていく。

ガラス状になったイイラの表面は、予想以上にもろかった。自転一周ごとに地表が沸騰し、また冷えて固まる。そんなことを、もう何億年も繰り返してきたのだ。小さな圧力で簡単に砕けてしまう。穴は見る間に深くなった。あっという間にドリルの深度は百メートルを突破した。

「四F三九五ニ、宇宙船」

とつぜん、電子音声が艦橋内で反響《こだま》した。一般航法のロボットだ。ドン・グレーブルはびくっとして動きを止めた。タロス、リッキーは首をめぐらし、一般航法のロボットに目をやった。

「機数と全長！」

ドン・グレーブルが怒鳴った。

「一機デス。えこーカラ見テ、百カラ二百めーとるくらすノ宇宙船ト思ワレマス」

ロボットが言った。

「ジョウだ！」リッキーが叫んだ。頬が紅潮した。声がうわずっている。

「ジョウがこっちへきたんだ。タロス、連絡を！」

「おうさ」

タロスは通信機のスイッチを弾いた。

「〈ミネルバ〉応答しろ。こちら〈マイダスⅡ世〉。ジョウ、乗ってるか？　応答しろ！」

タロスは呼びかけた。早口で何度も同じ言葉を繰り返した。しかし、返事はない。

「どういうことだ？」

ドン・グレーブルが眉をひそめた。

「通信機の故障かもしれない」タロスが言った。

「オオルルで呼んだときも応答がなかった」

「とりあえず、ここにくるのを待とう」ドン・グレーブルは緊張を解き、腕を組んだ。

「少なくとも、円盤機ではないのだ。警戒する必要はない。それよりも作業を急ぐのが先だ。ぐずぐずしていると、夜が明ける」

ドン・グレーブルの言うとおりだった。作業は微妙な段階にさしかかっている。ドン・グレーブルからの指示が途切れると、作業も中断する。あちこち気を配っている余裕は、どこにもない。

「あったぞ！」

作業を再開してすぐに、ドン・グレーブルが声を発した。

ドリル尖端のカメラだ。それが地の底で、何かを捉えた。スクリーンに、ぼんやりとした映像が広がった。

すぐに映像処理を施す。その正体を確認する。

カプセルだった。

銀色の金属製で、その形状は、ほぼ完全な球体をしていた。

4

即座に、鑿岩ドリルが地上へと戻された。かわりにクレーンが降ろされ、カプセルの引き揚げ作業に入った。

クレーンの爪にはさまれ、カプセルがじりじりと地上に向けてあがってくる。

「おかしい」

ドン・グレーブルの表情がこわばった。

「どうした？」

タロスが訊く。

「カプセルが小さい。いつもの三分の一もない」

カプセルが地上に姿をあらわした。強いライトで、その輪郭が白く照らしだされる。

「とにかく、あけてみよう」

ドン・グレーブルが言った。そのときだった。一般航法のロボットが甲高い声を発した。接近中の宇宙船に関する、あらたな報告だった。

「形状ヲ確認。〈みねるば〉ト合致シマセン。当該宇宙船ハ、百二十めーとるくらすノ垂直型デス」

「なにいっ？」

ドン・グレーブルの顔色が変わった。

メインスクリーンに、宇宙船の映像が入った。KZ合金むきだしの、黄金色に輝く宇宙船だ。船腹に赤く文字が描かれている。〈SALAMANDER〉と読める。彼我《ひが》の距離はわずかに百八十キロ。近い。

「航法は何をしていた！」

ドン・グレーブルは怒声を飛ばした。顔が真っ赤だ。

「宇宙船ハ太陽面ヲ迂回シテ接近。れーだーノ死角デス」

ロボットが弁明した。

一方。

タロスは愕然としていた。眼前の宇宙船を知っていたからだ。

デボーヌで、〈ミネルバ〉は、あの宇宙船に救われた。操縦者の名は、ゴードン。ただ者ではなかった。明らかに堅気とは異なっていた。その印象が、いまロボットの言葉を聞いて、さらに強くなった。ゴードンは発見されることよりも、アルームの高熱にさらされるほうを選んだ。命を懸けて、〈マイダスⅡ世〉に迫ってきた。

メインスクリーンに映る黄金色の宇宙船が、パパパと光った。ビーム砲だ。発射した。〈マイダスⅡ世〉を狙う。船体の周囲に、光条が突き刺さった。

「ば、馬鹿な」

ドン・グレーブルはうろたえた。いきなり攻撃されるとは、思っていなかった。

通信機から呼びだし音が流れた。ドン・グレーブルはキーを叩いた。

「誰だ？」

かすれた声で問う。

通信スクリーンに男の顔が浮かびあがった。

「！」

ドン・グレーブルの全身が硬直した。髪が逆立ち、血の気を失った。

そこに映っているのは、頬が大きくそがれた、鋭利な刃物を思わせるような風貌の男だった。隠しきれない殺気が、毛穴のひとつひとつからあふれだし、通信スクリーンを介した映像なのに、死の匂いがはっきりと〈マイダスⅡ世〉の艦橋に漂ってくる。地獄の鬼でも、この男を前にしたら顔色を失うだろう。それほどに、この男の姿は恐ろしい。だが、ドン・グレーブルが戦慄《せんりつ》し、怯えた理由はそれではなかった。それは、べつにあった。

スクリーンの男は、ドン・グレーブルの記憶の底深く埋もれていた、ある男のイメージを引きずりだした。その男の影には、ドン・グレーブルの忌まわしい過去がまとわりついている。その幻影に、ドン・グレーブルはおののいた。

スクリーンの男は静かに口をひらいた。

「俺の名はゴードン。ゴードン・ザ・グール。スコットの息子だ」

低い、黄泉《よみ》の国から聞こえてくるような、不気味な響きを含んだきしみ声であった。

ドン・グレーブルの裡《うち》で、精神の糸が切れた。

ふいに立ちあがった。口もとがひきつっている。なにごとか、大声でわめいた。そして、泣く。叫ぶ。両手を狂ったように振りまわす。

「落ち着け！」

タロスが動いた。うしろからドン・グレーブルを羽交《はが》い締めにした。からだをシートに押しつけ、なだめようとする。それでも、ドン・グレーブルは暴れるのをやめない。あらぬことを激しく口走る。

「ゴードン、きさま！」

タロスはドン・グレーブルを押さえたまま、おもてをあげ、スクリーンを睨んだ。その両眼が、怒りで火と燃えている。

「よお」ゴードンは右手を軽く挙げた。

「また、会ったな」

その表情は石のように硬い。

「艦橋の天井に、モニター用のTVカメラがついているはずだ」ゴードンは言を継いだ。

「その映像をこちらに送れ」

「…………」

誰も動こうとしない。〈マイダスII世〉の周囲が、またビーム砲で灼かれた。

「警告は、これが最後だ」

ゴードンは言う。

「やってくれ」

タロスは通信担当のロボットに顔を向け、声をかけた。ロボットはスイッチを操作した。天井のモニターカメラは、艦橋の内部を余すところなく映す。

「人間が三人に、ロボットが三体か。思ったよりも少ないな」

ロイとヒルがいないことに、ゴードンは気づいていなかった。

「全員、宇宙服を着て外にでろ」ゴードンはあごをしゃくった。

「人間だけではない。ロボットも船外にだせ。言うまでもなく丸腰だ。五分以内に動け」

「わかった」

タロスはゴードンの命令に従うことにした。ゴードンは本気だ。逆らったら、間違いなく〈マイダスII世〉を吹き飛ばす。

まだもがいているドン・グレーブルを両腕でかかえ、タロスは立ちあがった。リッキー、ロボットと連れだち、艦橋をあとにする。

メインハッチのエアロックにつづく通路の中にロイとヒルがいた。ふたりとも、壁の通信スクリーンを使い、状況を理解していた。タロスは目くばせして、ふたりの横を通過した。

宇宙服を着て、船外にでた。〈マイダスII世〉から五十メートルほど離れたところに、大型エアカーが停まっている。秘宝の発掘地点だ。三人と三体は、そこまで進んだ。ドン・グレーブルは我に返ったらしいが、そのかわりに茫然自失となり、おとなしくしている。暴れる気配はない。

〈サラマンダー〉が、百メートルほど離れた場所に着陸した。船腹のハッチがひらき、ゴードンが姿をあらわした。宇宙服を着用し、手に大型のレーザーガンを持っている。

と、そのとき。

地面が揺れた。とつぜんの出来事だった。突きあげるような振動が、三人を襲った。

三人はあわてて地面に身を伏せた。

タロスの目に、上昇していく〈マイダスII世〉が映った。

ロイとヒルだ。どうやら宇宙船の操縦がまったくできないわけではないらしい。うまくいけば、これで形勢を逆転できる。

ビームが走った。

〈マイダスII世〉を狙い、ゴードンがレーザーガンを撃った。しかし、その出力では〈マイダスII世〉には傷すらつかない。タロスは〈マイダスII世〉が反転するのを待った。反転し、上空から反撃してくれれば、ゴードンはひとたまりもない。

が、その期待はあっさりと潰えた。〈マイダスII世〉が加速する。はるかな高みに向かい、直進していく。

〈マイダスII世〉の輪郭がみるみる小さくなった。そして、その船体が虚空の果てへと消えた。

逃げたのだ。ロイとヒルが。

タロスは凝然《ぎょうぜん》となった。

そこへゴードンが走ってきた。素早く距離を詰め、タロスにぐいとレーザーガンの銃口を突きつけた。

「どういうことだ、これは?」

きしむ声で、訊く。

「俺にも、わからん」

タロスは、そう答えた。


〈コルドバ〉は、アルームの星域に進入していた。

レーダースクリーンの端に、小さな光点があった。宇宙船だ。

相手が、こちらの存在に気がついていることは、まずありえない。レーダーの有効範囲が違う。こちらは連合宇宙軍所属の四百メートル級重巡洋艦である。相手は最新鋭船とはいえ、たかだか百二十メートルクラスの小型外洋宇宙船にすぎない。

「逃しはせんぞ」

艦長のコワルスキー大佐は、レーダースクリーンを、はったと睨みつけた。一メートル九十センチの長身だ。肩幅の広い、筋肉質の堂々たる体格をしている。しかし、その顔には深いしわが幾条も刻まれ、軍帽の下の頭髪ももうかなり薄くなってきている。顔だけを見た限りでは、とても三十八歳とは思えない。宇宙生活の厳しさが、かれに年齢以上の老いを要求した、その結果だ。

「艦長」副長の報告が届いた。

「やつは第五惑星のエパパポに向け、針路をとったようです」

「そうか」

コワルスキーは軽くうなずいた。どこへでも行け。心の中で、そうつぶやいた。ゴードン・ザ・グールはすでに手中の獲物である。どうあがいても、コワルスキーから逃れることはできない。コワルスキーの〈コルドバ〉に追跡されて逃げきれた船は、皆無だ。ただ一隻を例外として。例外は、クラッシャージョウの〈ミネルバ〉である。ゴードン・ザ・グールがいかに凶悪で狡猾《こうかつ》な犯罪者であろうとも、その操船技術がクラッシャーのそれに匹敵しているはずがない。

コワルスキー大佐に、重要指名手配犯であるゴードン・ザ・グールを追跡するよう命令が入ったのは、ほんの十数時間前のことだった。

史上空前の殺人狂に対して、宇宙軍は艦隊随一の名艦長を切り札としてだした。行先は、国際保護星域のアルーム。大艦隊で押し寄せ、派手な捕物をするような場所ではない。

星域に到達して数時間後に、コワルスキーはゴードン・ザ・グールの宇宙船を捕捉した。宇宙軍艦船が装備しているレーダーは、解析能力が圧倒的に高い。その索敵網にひっかかった宇宙船は、間違いなくゴレスドンで盗まれた新鋭船であった。ゴードン・ザ・グールのあまりにも不用心な行動に、コワルスキーも、かれの命運がついに尽きたものと確信した。

ゴードン・ザ・グールの船、〈サラマンダー〉はエパパポに向かっている。となれば、その着陸直前が、勝負をかける〝時〟であった。

5

〈サラマンダー〉の操縦室は〈マイダスII世〉のそれと同じく、円形になっていた。しかし、床面積ははるかに小さい。おそらく〈マイダスII世〉の半分もないだろう。直径は約六メートル。部屋の片側はエレベータシャフトや電子機器で埋まっている。そして、もう片側の壁の弧に沿うように、シートが四脚置かれている。シート前の壁は、例によってコンソールパネルだ。ただし、重要な装置やメーターはすべて左端にある操縦席の位置に集中していて、他の三脚の正面には小型のスクリーン程度しかはめこまれていない。基本的に、ひとりで操船できるよう設計されているからだ。操縦席以外のシートは、みな乗客用である。

ゴードンは、操縦席に着いていた。あとのシートに、ドン・グレーブル、タロス、リッキーの三人が腰を置いている。三人とも電磁手錠をかけられ、身動きがかなわない。一室に監禁せず、このようにしてかれらを操縦室に入れたのは、ゴードンが銀河系最後の秘宝を手にするのを三人に見せつけるためだ。それをゴードンは、自身の口で広言した。

〈サラマンダー〉は、せかされるようにイイラから発進し、離れた。

タロスに対して〈マイダスII世〉が逃げ去ったことを責めている余裕は、ゴードンにない。夜明けが近づいていた。陽の出と同時にイイラは灼熱地獄と化す。

〈サラマンダー〉に乗船する前。

ゴードンはタロスとリッキーに命じて、クレーンからカプセルを取り外させた。カプセルは完全な球体で、直径は一メートル弱。銀色の合金製だが、継ぎ目がどこにもない。見たところ、さほど特殊な金属ではないようだ。しかし、その表面は、長い年月にわたって地中にあったにもかかわらず、たったいま磨かれたばかりのように燦然《さんぜん》と光り輝いている。ゴードンはためしにレーザーガンでカプセルを撃ってみた。ビームはあっさりと弾かれた。カプセルにはかすり傷ひとつついてない。

カプセルをあけろ、とゴードンはドン・グレーブルに命じた。ドン・グレーブルは一瞬、それに抗《あらが》う気配を見せたが、すぐにおとなしくなり、指示に従った。そのさまを目にしたタロスは内心で、ひどく驚いた。これは、あの傲岸《ごうがん》なドン・グレーブルのとる態度ではない。

スコット。

ゴードンが口にしたその名が、ふっとタロスの脳裏をよぎった。

その名を聞いたときから、ドン・グレーブルは様子が変わった。スコットはゴードンの父親だという。ドン・グレーブルとスコットとの間に何かがあった。それは間違いない。だが、それが何であったのかがわからない。タロスにそれをうかがい知ることは不可能だ。ただ、ひとつだけはっきりとしていることがある。ドン・グレーブルはスコットのことで、ゴードンに負い目を感じている。それだけは想像できる。

カプセルがひらいた。

どうやったのかはわからないが、二枚貝がひらくように、カプセルはちょうど真ん中でふたつに割れた。ドン・グレーブルはロボットを使い、カプセルの上半分を取り除いた。

下半分だけになったカプセルの中を覗く。からっぽだ。何も入っていない。

「どういうことだ？」

ゴードンが前にでた。そのときだった。半球の上の空間がふわりと揺らめいた。ゴードンの動きが止まった。

揺らめきが輪郭を持つ。形になっていく。立体映像だ。

「惑星？」

ドン・グレーブルがつぶやいた。かすかな囁《ささや》きのような声だった。が、ヘルメットの通信機を通したので、誰の耳にもはっきりと響いた。

青い、ほとんどが海に覆われた惑星の立体映像だった。陸地は、赤道のやや北寄りに大陸がひとつあるきりで、あとはすべて海である。

「エパパポだ」

タロスはこの惑星を知っていた。

「そうだ」ゴードンもうなずいた。

「第五惑星のエパパポだ」

映像はゆっくりと回転している。大陸トルルタンが、タロスの眼前にめぐってきた。大陸の海岸ぞいに赤い光点があった。

「こいつは秘宝じゃない。秘宝への道案内だ」

タロスが皮肉っぽく言った。

「秘宝はここにあり、か」ゴードンの顔が、異様に歪んだ。いや、歪んだのではない。笑ったのだ。

「すぐに行く。行って、おまえたちの眼前で秘宝を掘りだしてやる」

ゴードンはレーザーガンを小さく振った。先に立って〈サラマンダー〉に向かえ、という合図だった。タロス、リッキー、ドン・グレーブルは、一列になって歩きだした。ゴードンは、五体のロボットをレーザーガンで射抜き、そのあとにつづいた。

〈サラマンダー〉が、エパパポの大気圏に突入した。高度一万メートルを保ち、トルルタンの上空に至った。

高度を下げる。

立体映像で示された光点の上空にきた。眼下は一面の緑である。スクリーンがジャングルの映像で、ほぼ完全に埋まっている。旋回し、センシングをおこなった。だが、反応らしきものは何もない。さらに高度を下げ、少し内陸側に位置を移した。

スクリーンの中でジャングルの緑が切れた。唐突に色が変わった。そこに何かがある。灰色の塊のように見える。急ぎ、画面を拡大した。

「これは？」

ゴードンの頬が、かすかに跳ねた。

「古代遺跡だな」

タロスが言った。

「こいつが、光点の正体か」

ゴードンが言った。ドン・グレーブルもシートに固定されたまま、食い入るようにスクリーンを見つめている。

「ドン・グレーブル」

ゴードンが首をめぐらした。冷ややかな視線がドン・グレーブルを捉えた。尋常な目つきではない。瞳に、明らかな狂気が宿っている。

「銀河系最後の秘宝はきさまのものではない」ゴードンは言葉をつづけた。

「俺のものだ。俺の父、スコットを殺して、きさまが独《ひと》り占《じ》めしてきた秘宝だが、最後の秘宝だけは、俺がもらう。見ておけ、俺が父親の遺志を受け継ぎ、最後の秘宝を手にするところを」

「けっこうなせりふだ」横から、タロスが言った。

「しかし、それを言うのはまだ早かったんじゃないかな」

タロスはあごをしゃくった。ゴードンはスクリーンに視線を戻した。

遺跡の一部が割れていた。瓦礫《がれき》の山が大きくひらき、そこから何かがわらわらと飛びだしてくる。

円盤機だ。円盤機が十機あまり、〈サラマンダー〉めがけて舞いあがってくる。

「ちっ」

ゴードンは舌打ちした。〈サラマンダー〉の針路を変えた。

円盤機が誘われる。編隊を組んだまま、いっせいに転針する。と。ゴードンはいきなり、再度の方向転換をおこなった。クラッシャー並みの乱暴な操船だった。〈サラマンダー〉が急角度で弧を描く。Gが慣性中和機構の限界を超えた。

つぎの瞬間。

〈サラマンダー〉は、円盤機編隊の背後にまわりこんだ。あっという間に彼我のポジションが、入れ替わった。ゴードンはビーム砲を発射する。間隔の短いパルスビームだ。三機が火球になった。

「ほお」

タロスは思わず感嘆の声をあげた。予想以上にゴードンの腕は高い。クラッシャーにも、これだけの技倆のパイロットは、そういないだろう。

ゴードンは、さらに五機を撃墜した。残るはあと三機。円盤機編隊に降伏の気配はない。ゴードンはその三機もビーム砲で炎の塊に変えた。

「遺跡も始末する」

ゴードンは、パネルのレバーを手前に引いた。〈サラマンダー〉の船腹の一部がひらいた。そこから黒い球体がつぎつぎと放出された。爆弾だ。ゴードンは遺跡を狙い、爆弾を投下した。

爆発する。すさまじい連続爆発になった。遺跡の塔屋が崩れ落ちる。黒煙が立ち昇り、岩塊が四方に飛び散る。遺跡は、見る間に瓦礫の山へと化していく。

通信機に呼びだし音が入った。

黒いマスクに包まれた顔が、通信スクリーンに映った。

「降伏する。攻撃をやめてくれ」

黒ずくめの人物は、ノイズのような声で、そう言った。

「いいだろう」ゴードンはあごを引いた。

「ただし、そこにいるおまえたちの仲間全員が武装解除して外にでてくるのが条件だ」

「わかった。すぐにでる」

「よし」

通信が切れた。ゴードンはドン・グレーブルをちらりと見た。ドン・グレーブルは、何度もGの重圧を受けて、すっかり消耗している。

「ドン・グレーブル」ゴードンは言った。

「銀河系最後の秘宝を拝ませてやる。それを見たあとで、きさまは死……」

ゴードンの言葉は、途中で切れた。最後まで言えなかった。

とてつもない衝撃が〈サラマンダー〉を襲った。そのショックが、ゴードンから言葉を奪った。照明が明滅する。メーターが、音を立てて弾け散る。スクリーンが警報で赤く染まる。電子音が甲高く響く。

〈サラマンダー〉のエンジンが一基、唐突に吹き飛んだ。

攻撃された。エンジンが、エネルギービームの直撃を受けた。

ゴードンはコンソールデスクにしがみつき、腕をむりやり伸ばして、メインスクリーンの映像を切り換えた。遺跡からの攻撃ではない。ビームは〈サラマンダー〉の上空から降ってきた。

画面いっぱいに、巨大な宇宙船が映った。スクリーンの色が、ネイビーブルーに変わった。連合宇宙軍のシンボルカラーだ。宇宙船船体が、その色に塗られている。

「ゴードン・ザ・グール！」強制通信が入った。通信機から声が飛びだした。

「降伏しろ。わしは連合宇宙軍大佐、コワルスキーだ」

「コワルスキー！」タロスが呆気にとられ、叫んだ。

「〈コルドバ〉なのか？」

〈サラマンダー〉は、高度を下げた。飛行を継続できない。遺跡の端に、よたよたと不時着した。

メ・ルォンは、ゆっくりと背後を振り返り、仮面をとった。〈サラマンダー〉に降伏の通信を送った直後だった。

「敗れました」静かにメ・ルォンは言う。

「人類の持つ膨大なエネルギーに」

「…………」

「わたしたちは、機械と共存し、想像を絶するエネルギーを生みだすことのできる人類に、もはや勝つことができません。やはり、わたしたちはこの宇宙に留まるべきではなかったのです」

「この宇宙？」ジョウはメ・ルォンを凝視した。

「どういう意味だ？　この宇宙って」

「あ、いえ」メ・ルォンは手を振って、自分の言を打ち消した。

「いまのは、もののたとえです」

「ジョウ、あれ！」

アルフィンが叫び声をあげた。スクリーンを指差し、棒立ちになっている。

ジョウはスクリーンを見た。

〈サラマンダー〉の船尾から、炎があがっている。何かが起きた。メインエンジンの爆発だ。三人が目を外したほんのわずかの間に、〈サラマンダー〉で異変が生じた。

〈サラマンダー〉が不時着態勢に入る。そのうしろに巨大な影が浮かんでいる。

「あれは？」

メ・ルォンが画面を操作した。船体をネイビーブルーに塗った重巡洋艦の姿が、スクリーンに入ってきた。ジョウはその艦の名を読んだ。

「〈コルドバ〉？」

ジョウは言葉を失った。あんぐりと口をあけた。

6

「信じらんない！」

ジョウの横で、アルフィンも凝然としていた。

「お知り合いの船ですか？」

メ・ルォンが訊いた。

「知り合いといえば知り合いだが」ジョウはメ・ルォンに向き直った。「こいつは、すごいどんでん返しだ。何がどうしてこうなったのかが、まるでわからない。しかし、こういうことなら、とにかく外へでてみよう」

「しかし、わたしは」

「大丈夫だ。みんなオオルル人としてでていけばいい。あとは、俺がうまくごまかす」

ジョウは胸を叩いた。が、メ・ルォンの不安そうな表情は消えなかった。

「わたしたちは、人類をたくさん殺しています」メ・ルォンは言う。

「あなたたちも襲い、殺そうとしました。かばってもらえるとは思っていません」

「かばう、かばわないの問題じゃない。これしかないと言ってるんだ」ジョウはまっすぐにメ・ルォンを見た。

「〈コルドバ〉の艦長がゴードンから事情聴取したら、どんなに隠していても、デボーヌ事件の犯人がここにいることはすぐにばれる。そうなったら、連合宇宙軍は総攻撃を開始する。それよりは、先にすべてを話し、その上で解決にあたったほうが、ずっといい」

「…………」

メ・ルォンはためらいを見せた。目を伏せて、しばし逡巡する。

ややあって、おもてをあげた。決断を下した。オオルル人の運命が優先される。ジョウの勧《すす》めに従うしかない。そう考えた。

「わかりました」

と言い、メ・ルォンは仲間に連絡をとった。通信機で、全員オオルル人の服装に戻り、遺跡の外にでるよう、指示を発した。表情にはでていないが、断腸の思いにあることは明らかだ。

オオルル人すべてが遺跡の外にでたころを見計らい、ジョウ、アルフィン、メ・ルォンの三人も地上へと移動した。

〈コルドバ〉が降りてくる。本来は、地上離着陸をしない大型艦船だが、コワルスキーはこういう強引な操艦をしばしばおこなう。

前方右手に、先着の宇宙船が存在していた。〈サラマンダー〉だ。少し前に着陸したらしく、乗員がもう船外にでている。

ジョウは、かれらの姿を見た。

背すじが冷えた。見たとたん、ジョウは自分の判断に大きな計算違いがあったことを悟った。

〈サラマンダー〉に乗っていたのは、ゴードンだけではなかった。タロス、リッキー、そしてドン・グレーブルまでが乗船していた。

タロス、リッキーは仲間だからいい。しかし、事情に精通しているドン・グレーブルがいては、何もごまかすことなどできない。生半可な説明は、かえって不利をもたらす。まとまる話もまとまらなくなる。おまけに、かれはジョウの雇い主だ。

他方。

ドン・グレーブルたちも、この成り行きに驚愕していた。円盤機に誘拐されたはずのオオルル人が、なぜかここにきている。いや、かれらだけではない。ジョウ、アルフィンも一緒だ。そういう一群が、ひとかたまりになって遺跡の中からあらわれた。意味もいきさつも理解できない。ただひたすら驚くだけである。

ゴードンがジョウを凝視した。この冷血漢も、動揺を見せていた。自分の手によって撃墜したはずのジョウが、ここにいるのだ。いかな〝食人鬼《ザ・グール》〟でも、表情が変わる。

そこへコワルスキー大佐が海兵隊員を二十人ほど引き連れて下船し、やってきた。一瞥して、かれも血相を変えた。ゴードン・ザ・グールとともに、あの忌まわしいクラッシャージョウのチームメンバーがずらりとそろっている。しかも、得体の知れない異星人までが何百人といる。仰天するしかない、異様な状況だ。

遺跡前の広場が、大混乱に陥った。

わーん、という反響音が空気を満たす。

数百人がいっせいに声をあげた。好き勝手に、話をしはじめた。相手の言葉どころか、自分の言ってることすら聞こえない。騒音の塊が爆発している。

上空で閃光が燦いた。

全員が息を呑み、声がだしぬけに途絶えた。海兵隊員のひとりが曳光弾《えいこうだん》を打ちあげた。コワルスキーの命令だ。残りの隊員は銃を水平に構えた。

しん、とあたりが静まりかえる。まさしく、水を打ったような静けさだ。

コワルスキーの蛮声が轟いた。

「勝手にしゃべるな！」

そして、コワルスキーはジョウを呼んだ。

「ここへきて、わしに説明をしろ！」

ジョウは、すぐに駆け寄った。

「よう。元気かい？」

にこっと笑い、手を振った。

「挨拶など要《い》らん」

コワルスキーの額に、青筋が浮かんだ。相変わらず短気だ。

「何しにアルームくんだりまできたんだ？　コワルスキー」

ジョウが問う。

コワルスキーは、むすっとしてゴードンを指差した。

「そいつを追ってきた」

「ゴードンを？　どうして？」

「知らんのか？　きさま」コワルスキーはあきれた。

「三百人以上を殺した強盗殺人犯だぞ。本気で言っているとしたら、よほど世事に疎《うと》いのだな」

「ゴードンがねえ」

ジョウはまじまじとゴードンを見つめた。ゴードンはにやりと笑った。

「事情を話せ！」

また、コワルスキーが怒鳴った。

「うるさいなあ。その騒がしさ、まるでドン・グレーブルだ」

「ドン・グレーブル？」

「そこにいるおっさんだよ」

ジョウはあごをしゃくった。コワルスキーの全身が硬直した。銀河系随一と言われる謎の大富豪の名を知らぬ者など、どこにもいない。それをジョウは〝おっさん〟呼ばわりした。

「ジョウ」コワルスキーの声が震えた。

「ベラサンテラ獣といい、ドン・グレーブルといい、きさまのやる仕事は、ろくなものじゃないな」

「ほっといてくれ」

「くっそう」コワルスキーは呻いた。

「こうなったらミランデルと同じだぞ。真相をすべて聞くまで、わしは動かん。絶対に立ち去らない。話せ。全部、いますぐ話せ」

「話せと言われても、困る」ジョウの声も高くなった。「こんな、わけのわからん有様では、何も言えない。そもそも、俺は、こいつらが、どうしてここにいるのかもわかっていないんだ。何がどうなってこうなったのかをまず教えてくれ」

〝こいつら〟というところで、ジョウはドン・グレーブルを指差した。

「俺たちはイイラで見つけた立体映像に従って、ここにきたんです」

タロスが前に進みでて、言った。

「なんだと！」メ・ルォンが銀河標準語で叫んだ。

「そんなものがイイラにあったのか？　あの伝説はでたらめだったのに」

「メ・ルォン」ドン・グレーブルが目を剝《む》いた。

「まともな言葉を」

そのまま、絶句する。タロス、リッキー、ゴードン、コワルスキーも口をあんぐりとあけた。

「あちゃあ」

ジョウは両の手で顔を覆った。メ・ルォンは、片言程度の銀河標準語しか使えない原始人であった。ずうっと、そうふるまってきた。ゴードン、コワルスキーに至っては片言すら話せない種族と思っていたに違いない。それが、銀河標準語を流暢《りゅうちょう》にしゃべってしまった。これではわざわざ裸族同然の姿に戻した意味がない。

また広場が騒然となった。

曳光弾が炸裂した。

「黙れ！」コワルスキーが怒鳴る。顔が真っ赤だ。

「きさまらは、めちゃくちゃだ。全員が挙動不審だ。事情聴取のため、身柄を拘束する。ひとり残らずだ。例外はない。容疑は、保護地域における違法行為とする」

「ふざけるな！」ドン・グレーブルがわめいた。

「そんなことはさせん。わしはちゃんと許可をとって、ここにきた」

「話はあとで聞く」コワルスキーは、冷然と言い放った。

「まずは、武装解除だ」

海兵隊員が広場を囲んだ。銃を構え、トリガーボタンに指を置く。

「これで全員か？」

コワルスキーが訊いた。

「ロイとヒルがいないわ」

アルフィンが言った。

「ロイ？　ヒル？」

その言葉を聞いて、ゴードンがはっとなった。ドン・グレーブルが雇ったのは、クラッシャーだけではなかった。それをいま知った。ドン・グレーブルは渋面をつくる。

「殺戮《さつりく》兄弟か？」

ゴードンがアルフィンに向かって訊いた。

「殺戮兄弟！」

それを耳にして、今度はコワルスキーの頬がひきつった。〝殺戮兄弟〟の名は知っている。名だたる、ふたり組の殺し屋だ。指名手配されており、連合宇宙軍も、その行方を追っている。

「兄弟じゃないだろ」ジョウが言った。

「あのふたりは、どう見ても他人だ」

「どんなやつらだ」

コワルスキーが訊く。表情は依然として硬い。

「ロイは小柄なやつだ。色白で女性っぽい」ジョウは説明した。

「ヒルのほうは逆に、ごつい顔をした大男だ。共通点はまったくない。これ以上かけ離れた風貌はないという感じだな。兄弟なんて、とても言えない」

「やはり、そうか」

ゴードンがぽつりと言った。

「なに？」

「間違いない。そいつらは、双子の殺し屋〝殺戮兄弟〟だ」

「ジョウ、きさまっ」コワルスキーのボリュームが大きく跳ねあがった。

「ついに犯罪者と組んだな」

「ちょっと待ってくれ」ジョウはうろたえた。

「ドン・グレーブル！　これはどういうことだ？」

首をめぐらし、叫んだ。

「わしは知らん」

「なんだと！」

ジョウはドン・グレーブルにつかみかかろうとした。そのからだを数人の海兵隊員が取り押さえた。タロスとリッキーも、同じように押さえつけられた。

「ドン・グレーブル！」ジョウは怒鳴る。

「契約は破棄だ！」

「わしは知らん」

ドン・グレーブルはつぶやくように言う。声も姿も小さい。

「騒ぐな、ジョウ」コワルスキーが鋭く言った。

「殺戮兄弟はどこにいる。教えろ」

「そんなの知るか！」

ジョウは言い返した。そのときだった。

爆発音が鳴轟した。つづいて爆風がきた。

コワルスキーのからだが宙を舞う。ジョウも、海兵隊員ごと足をすくわれ、地表に叩きつけられた。

「なんだ？」

大地を転がりながら、ジョウは頭をもたげた。その目にオープンタイプの小型エアカーが映った。ロイとヒルが乗っている。操縦しているのは、ロイだ。ヒルは助手席に仁王立ちになってグレネードランチャーを構え、そこから榴弾をつぎつぎと発射している。

「よくやった」

一声叫び、ドン・グレーブルがエアカーに駆け寄った。大きくジャンプし、エアカーの中へと飛びこんだ。

「待て！」

ジョウが立ちあがった。エアカーはUターンし、逃げにかかろうとしている。ジョウの横で、タロスも上体を起こした。リッキーも立った。

「あれをよこせ」

エアカーの助手席に入ったドン・グレーブルが、大声で叫んだ。ロイが小型の端末を渡した。

「見てろ」

ドン・グレーブルは端末のキーを指先で打った。

異変がタロスの身に生じた。

のしかかっていた海兵隊員を、ちょうど払いのけたところだった。エアカーを追わなくてはならない。タロスは勢いよく立ちあがり、ダッシュの体勢をとった。

そのとたん。

全身が硬直した。足も腰も動かなくなった。とくに、左腕が重い。だらりとさがり、微動だにしない。左腕は、ドン・グレーブルから贈られたロボット義手だ。

ふいに左腕が跳ねあがった。タロスの意思ではない。勝手に動き、手首がはずれて落ちた。義手の内部に仕込まれていた機銃が剝きだしになった。

タロスはあわてた。制御できない。何ものかに操られているかのように、左腕が動く。

タロスは右手で左腕をつかもうとした。

銃口が火を噴く。

仕込み機銃の銃口だ。けたたましい音が耳をつんざいた。

悲鳴があがる。鮮血が飛び散る。タロスのまわりで、人がばたばたと倒れた。オオル人も海兵隊員も、そして、ジョウ、リッキー、アルフィンもタロスの機銃に撃たれた。

撃たれて、転がった。

7

みさかいのない虐殺になった。あちこちに血溜まりができた。屍《しかばね》がうち重なり、広場は阿鼻叫喚《あびきょうかん》の地獄と化した。

タロスはからだの向きを変え、弾道を人垣からそらそうとした。しかし、それは徒労に終わった。左腕は人を求めて動く。からだとは逆方向に関節がねじれ、鋭い銃撃音とともに弾丸を吐きつづける。

コワルスキーが右肩を射抜かれ、倒れた。これで、立っている者が皆無になった。そこにいた全員が撃たれ、昏倒した。それでも、タロスの左腕は射撃をやめない。標的がいなくなったら、今度は地面に横たわる死体を撃った。

えんえんと撃ちまくり。

弾丸が尽きた。

とつぜん、左腕に自由が戻った。タロスは茫然として左腕を見つめ、それから、狂ったように叫び声をあげて左腕をかたわらの岩塊に叩きつけた。呻き声とも泣き声ともつかぬ咆哮をあげ、タロスは何度も何度も、左腕を叩きつけた。

左腕がつぶれる。よじれ、部品が散る。それでもタロスは左腕を打ちつけるのをやめない。

二の腕から、義手が折れた。

もはや叩きつけようがない。

タロスは立ち尽くした。

なすこともなく、うつろな表情のまま、タロスははあはあと肩で息をする。ほかには何もできない。ただ、その場に立っている。

と。

金属音が響いた。

タロスの背中がびくんと震えた。

音源を求め、タロスは顔をあげた。〈サラマンダー〉だ。その船腹が大きくひらいている。

何かがでてきた。小型の搭載艇。可変翼の戦闘機である。タロスはそのキャノピーの中にゴードン・ザ・グールの顔を認めた。

空を振り仰ぐ。急上昇していく宇宙船が映った。シルエットが小さい。〈マイダスⅡ世〉だ。ゴードンはあれを追う気でいる。

搭載艇が発進した。

タロスは歯噛みした。〈マイダスⅡ世〉が逃げる。いま、ドン・グレーブルに対する憎しみは、ゴードンよりもタロスのほうが強い。目の前にいたら、間違いなく、タロスはドン・グレーブルを八つ裂きにする。絶対に殺す。だが、タロスにはドン・グレーブルを追う手段がない。

タロスは〈コルドバ〉を見た。事態の急変を知った兵士が、こちらに向かってくる。かれらを蹴散らして〈コルドバ〉を奪うか？　無理だ。巡洋艦をひとりで操ることはできない。第一、艦に近づいただけでタロスは射殺されてしまう。

また金属音が聞こえた。先ほどよりも大きく、力強い音だった。〈コルドバ〉の兵士たちが算を乱した。空を指差し、何ごとか叫んでいる。

タロスは首をめぐらした。

銀色に輝く物体が、空中にふわりと浮かんでいた。馴染《なじ》みのある姿だ。

「〈ミネルバ〉？」

タロスは目を疑った。なぜ、そんなところに〈ミネルバ〉がいるのか、まったくわからない。ゴードンに攻撃されて〈ミネルバ〉が破損したこと。ドンゴが不時着した〈ミネルバ〉の修理をおこなった後にジョウのビーコンを追って飛んでくる手筈《てはず》になっていたこと。当然のことだが、そのどちらもタロスは知らなかった。

タロスはジョウの姿を探した。アルフィンをかばう形で、ジョウは地面に倒れ伏していた。動く気配はない。が、生きている。それは明らかだ。弾丸が頭部に当たっていない。被弾のショックで気絶しているだけだ。

〈ミネルバ〉が、タロスの眼前に着陸した。下部ハッチがひらいた。タロスは走り寄り、船内に飛びこんだ。通路を駆けぬけて、操縦室に向かう。

ドアをあけ、入った。

「キャハハ、賭ケハワタシノ勝チダ。キャハハ」

タロスが操縦室に入るなり、操縦席からドンゴが立ちあがって、そうわめいた。

「ナンダ、たろすカ」

ドンゴはきょとんとする。

「どあほう」タロスはロボットを一喝した。

「すぐに動力をひらけ。発進する」

「キャハ？　じょうハ」

「外で寝ている。起こす時間がない」

タロスは操縦席に着いた。

「行くぞ」

〈ミネルバ〉が上昇を開始した。着陸した直後に離陸である。ひどくあわただしい。

〈マイダスⅡ世〉を追い、〈ミネルバ〉は急加速する。ゴードン・ザ・グールの搭載艇はもちろん、〈マイダスⅡ世〉も、ぎりぎりのところでレーダーの有効範囲内にいた。

これなら、間違いなく追尾できる。

「オオルルに針路をとれ」

〈マイダスⅡ世〉の艦橋で、ドン・グレーブルが言った。断固とした口調だ。ゴードン・ザ・グールの支配下にあったときの卑屈な態度は、完全に影をひそめた。

「オオルルはやばいぜ」

操縦レバーを握るロイが言った。

「気にすることはない」ドン・グレーブルは、うなるように言葉を返した。

「オオルル人どもが、なぜ正体を隠していたと思う。秘宝がオオルルにあるからだ。それがために、あいつらは円盤機を使い、わしらを追い払おうとした。オオルルを調べれば、秘宝はきっと見つかる」

「冗談じゃねえ」ロイは納得しなかった。

「連合宇宙軍がきてるんだぞ。このままアルームに留まっていたら、秘宝どころではなくなる。宇宙船ごと吹き飛ばされるのがオチだ」

「手はある」ドン・グレーブルは薄く笑った。

「どうせ目をつけられてしまったのだ。逃げようが、派手にやろうが、結果は同じだ。となれば、やることはひとつしかない。たったいま、アルーム星域から数光年のところに待機させておいた私設軍隊を呼んだ。わしの軍隊だ。あれがくれば、巡洋艦の一隻や二隻、ものの数ではない」

「反撃したら、これまで法の網をうまくくぐってきたあんたも、俺たちと同じお尋ね者になる。それはいいのか？」

「もとより承知」ドン・グレーブルは眉ひとつ動かさず、言った。

「だからこそ、銀河系最後の秘宝をわしは欲する。これまでの秘宝はすべて、超絶の科学技術を伝えるものだった。最後の秘宝も、おそらくそうだろう。それが何かは、まだわからん。しかし、その技術がわしを宇宙軍の指名手配など手も届かない存在に変える。いわば銀河系の帝王だ。帝王には誰も逆らえない」

「うれしい話だぜ」ロイは皮肉っぽく応じた。

「それで秘宝が見つからなければ、オオルルで討ち死にだ」

「黙れ！」ドン・グレーブルは激した。

「きさまは、悲観的な見方しかできんのか」

「そうさ」ロイは強くうなずいた。

「ドン・グレーブル。あんたは悪党だが、俺はただの殺し屋。もとより、希望の持てる体質にはできていない」

オオルルに近づいた。

〈マイダスⅡ世〉はオオルルの衛星軌道に進入した。

「小魚が二匹くっついている。うち一匹は超小型の搭載艇だ。そいつはすぐそこにまで迫ってきている」

ヒルが、地の底から響いてくるような低い声で言った。一般航法のシートに着き、レーダーを監視している。

「映像をよこせ」

ドン・グレーブルが言った。メインスクリーンに搭載艇の機影が入った。

「ひとり乗りの戦闘機だな」

ロイが言った。映像が拡大された。コクピットの中が、大写しになった。

「ゴードン・ザ・グール！」

ドン・グレーブルはスクリーンを指差した。そこに映った顔は、たしかにゴードンのそれだ。ドン・グレーブルは、もう語尾を恐怖で震わせている。

「だらしがねえ」ロイが言った。舌打ちした。

「たしかにゴードン・ザ・グールといえば、仲間うちじゃあ、ちっとは知られた存在だ。が、いくら凄腕でも、しょせんは一匹狼。同じクラスの船に乗っているのならいざ知らず、あんなちっぽけな戦闘機では何もできない。おたおたするんじゃねえよ」

「うるさい！」

ドン・グレーブルはロイを睨み、口をつぐんだ。何も言う気はない。話してわかるものではなかった。ドン・グレーブルはゴードン・ザ・グールを恐れているわけではない。怖いのはやつの執念だ。誰にも知られるはずのなかったスコットと自分のつながりを暴きだし、居場所すら定かにしていない自分の動きを追ってアルームまできた。その執念がたまらなく怖い。

眼下にトトラフ大陸が見えた。高度はおよそ一万八千メートル。

「着陸前に、撃墜しよう」

ヒルが提案した。

「その必要はない」ドン・グレーブルが、かぶりを振った。

「わしに策がある。空中戦で時間をつぶしたら、もう一匹の小魚に距離を詰められる。それは避けたい」

「なるほど。ゴードンがおとりになっているという可能性もあるな」

ヒルはうなずいた。

「とにかく気にせず、一気に着陸しろ」ドン・グレーブルは言を継いだ。

「降りたところで、即座にかたをつけてやる」

高度が急速に下がった。デメメト川の河口が目視できるようになった。

大気圏に入ってから、ゴードンの機体の加速が増した。じりじりと接近してくる。

「いやな距離だ」ロイが言った。

「着陸直後に上空に到達する。こっちは、いい標的にされる」

「大丈夫だ。問題ない」

ドン・グレーブルは断言した。おもてにはださないが、すでに肚《はら》は決まっている。たとえ刺し違えることになろうとも、ここで決着をつける。でないと、ゴードン・ザ・グールはいつまでも自分につきまとってくる。多少のリスクには目をつぶっても、いま必ず倒さなければならない相手だ。

オオルル人の集落がある台地が見えた。

広漠とつづく原野に盛りあがる、小さな台地だ。

〈マイダスII世〉は、そこに着陸した。

「隙だらけだぜ」

ゴードンはつぶやいた。高度は五百メートル。台地のいただきより、ほんの少し高いだけの位置だ。直下に、着陸したばかりの〈マイダスII世〉がいる。搭載艇の武装は貧弱だ。小出力のビーム砲と小型のミサイルランチャーだけである。だが、持てるものすべてを一息に叩きこめば、あの宇宙船を吹き飛ばすことも不可能ではない。

ゴードンはトリガーボタンに指をかけた。

さらに高度を下げる。〈マイダスⅡ世〉が、ぐうんと迫ってくる。船腹が大きくひらいた。エアカーか何かで逃げだすつもりだろう。

「馬鹿が」

ゴードンは腹の中でせせら笑った。ここまできたら何があっても、逃がさない。まず〈マイダスⅡ世〉を屠《ほふ》る。そして、つぎにドン・グレーブルだ。きさまの全身をレーザービームで切り裂いてやる。絶対に殺す。

ゴードンはトリガーボタンを絞った。

ミサイルを発射した。弾頭が〈マイダスⅡ世〉に向かい、まっすぐに突入していく。

轟音が湧きあがった。と同時に、ゴードンはビーム砲を乱射した。〈マイダスⅡ世〉が炎に包まれた。搭載艇は反転して、立ち昇る火球をかわす。スクリーンに、爆発して飛び散る〈マイダスⅡ世〉の最期の姿が映った。

大きく弧を描き、搭載艇はいま一度、高度を下げた。まだ台地で炎がくすぶっている。視界は、あまりよくない。ゴードンは地上を探した。どうやら、〈マイダスⅡ世〉のあったところは、大きなクレーターになってしまったようだ。動くものはない。

搭載艇を再反転させた。丹念に確認する。炎が消えたら、着陸して、ドン・グレーブルの死をたしかめる。

高度五十メートル。もはや地上すれすれだ。

と。

何かが動いた。ゴードンは瞳を凝《こ》らした。クレーターの脇だ。そこに、小山のごとく堆積した土砂の塊がある。爆発で土と瓦礫の下敷きになっていたものが、蠢きはじめた。そんな感じに見える。ゴードンはトリガーボタンを握り直した。

とつぜん、土砂の塊が割れた。

黒光りする何かが、瓦礫の中から出現した。

あれは？

ゴードンの表情がこわばった。全身が硬直した。指が凍りついたようになって、ぴくりとも動かない。

あんなものを、やつは！

ゴードンは必死でトリガーボタンを押した。しかし、それは無駄な行為であった。

搭載艇の翼がちぎれた。

つぎに、搭載艇そのものが爆発した。

炎が丸く広がった。

第五章　秘宝発動

1

霧が晴れるように、意識が戻った。

静かに目をあけると、淡くぼおっと光る天井が目に入った。

「気がついたわ」

アルフィンの声が聞こえた。

誰かが脇にくる気配がした。覗きこむように顔があらわれた。メ・ルォンだ。ジョウは起きあがろうともがいた。が、まだからだの反応が鈍い。

「寝てたほうがいいわよ」

アルフィンが言った。

「そうは言ってられない」

アルフィンの手を借り、ジョウは上半身を起こした。周囲を見まわす。

広い部屋だった。複雑な装置がついたベッドが、何十台と並んでいる。からのベッドではない。その上には、どれもオオルル人が横たわっている。ジョウが寝ていたのも、同じベッドだ。左どなりのベッドには、リッキーが仰臥している。まだ意識は戻っていない。

「アルフィンから話を聞きました」

メ・ルォンが口をひらいた。ジョウはアルフィンに目をやった。そのとき、とっさにアルフィンをかばったことを思いだした。アルフィンは、ダメージが少なかったらしい。それで、ジョウよりも早く回復したのだろう。もしかしたら、気絶しなかったのかもしれない。

「タロスの左腕のことです」メ・ルォンはつづけた。

「ドン・グレーブルの罠《わな》だったそうですね」

「みっともない話だ」ジョウはうなだれ、つぶやいた。

「俺たちは、あいつをもっと警戒しなくちゃいけなかった」

ジョウはおもてをあげ、メ・ルォンを見た。

「タロスはどうした？」

静かに訊いた。

「…………」

アルフィンが首をゆっくりと横に振った。

「わたしが知っています」

メ・ルォンが答えた。

「タロスは、ここへ飛来してきたあなたの船〈ミネルバ〉で、ドン・グレーブルのあとを追っていきました」

「〈ミネルバ〉。――そうか。ドンゴが修理を終えて、ここに持ってきたのか」

「ドン・グレーブルを追跡しているのは、タロスだけではありません」メ・ルォンは言を継いだ。

「タロスの前に、ゴードンという男が自分の船の搭載艇に乗り、飛びだしていきました」

「ゴードンは助かったのか。じゃあ、コワルスキーは?」

「連合宇宙軍の人ですか?」

「ああ」

「重傷を負ったようです。船に運びこまれるところを見ました」

「生きているんだな」

ジョウはベッドから降りた。足もとがわずかにふらついた。

「なにするの、ジョウ」

アルフィンが、あわててジョウのからだを横から支えた。

「〈コルドバ〉に同乗して、ドン・グレーブルを追う。〈ミネルバ〉では〈マイダスII世〉に勝てない」

「無駄です。ジョウ」メ・ルォンが鋭く言った。

「〈コルドバ〉は先ほど発進しました」

「発進した？」ジョウのからだから、力が抜けた。

「俺たちは、エパパポに置き去りか」

「ジョウ。とにかく落ち着いて、わたしの話を聞いてください」

メ・ルォンが言った。ジョウは、崩れるように膝を折り、ベッドに腰をおろした。アルフィンも、その横に並んだ。寄り添うように、すわる。

「今度のことで、わたしたちは二百四十四人の仲間を失いました」

メ・ルォンは瞑目し、口をひらいた。

「二百四十四人」

ジョウとアルフィンは愕然となった。ドン・グレーブルに操られていたとはいえ、タロスの左腕がそれだけのオオルル人を射殺した。その事実が、全身に重い。

「重傷を負って治療を受けている者も、二百人を超えています」メ・ルォンは淡々とつづけた。

「ここに至り、わたしたちはある決意をしました」

「報復するのか？」

思わずジョウは、身を前に乗りだした。

「いえ」メ・ルォンは静かにかぶりを振った。

「決意したのは、人類との訣別《けつべつ》です」

「人類と——」

ジョウは絶句した。

「銀河系最後の秘宝を使います」

「銀河系最後の秘宝？」

ジョウはとまどう。メ・ルォンの言葉の意味が理解できない。

「嘘でしょ」アルフィンが叫ぶように言った。

「銀河系最後の秘宝なんて知らないって言ってたじゃない」

「護人《もりびと》として、そう答えるよりほかになかったのです」

「本当は知っていたのか」

ジョウが言った。

「…………」

メ・ルォンは黙ってうなずいた。

「それ、使ったら、何が起きるの？」

アルフィンが訊いた。

「古い、古い、言い伝えです」

メ・ルォンは首をめぐらし、遠い目をした。

二万年以上も前のこと。

銀河系をひとつの種族が支配していた。オオルル人の間に〝ドウットントロウパの子〟として伝えられてきた高等知的生命体の種族だ。かれらは、現在の人類がそうであるように、あるひとつの惑星から発生し、植民地をつぎつぎと築くことによって銀河系の支配者となっていった。ワープ機関の発明が、そのきっかけになったことも人類と同じだった。〝ドウットントロウパの子〟は、かれら自身による銀河系支配が永遠につづくものと思いこんでいた。しかし、それは絶頂を極めたものが陥る、はかない幻影でしかなかった。

衰退がはじまった。

銀河系全域に広がっていた植民地が、ひとつ、またひとつと、まるで灯が消えていくかのように滅んでいった。原因はさまざまだった。ある星の住民は戦争で、ある星の住民は正体不明の病気で全滅した。

ありとあらゆる対策がとられた。そして、そのすべてが徒労に終わった。滅亡は食い止められなかった。それどころか、滅ぶ植民星が加速度的に増えていった。

かれらは悟った。〝ドゥットントロウパの子〟が、種としての限界にきていたことを。この銀河系にとって、もはやかれらは不必要な存在であった。かれらの時代は、いま終末の時を迎えた。

それを裏づけるように、あちこちの惑星で、知的生命体の萌芽《ほうが》が生まれはじめていた。それまで、かれらは自分たちと同等、もしくはそれ以上のレベルに達した高等知的生命体に出会ったことがなかった。銀河系には二千億もの恒星があり、それに数倍する惑星があったにもかかわらず、高等知的生命体はまったく発生していなかった。いたのは、下等な生物だけだった。生物そのものは、ひじょうに多く存在していた。よくこれほどのバリエーションが、と感心するほどに種々雑多な生物がさまざまな惑星にひしめいていた。

かれらは結論した。銀河系には〝ドゥットントロウパの子〟以外の高等知的生命体は存在しないと。

かれらは、これを〝宇宙の摂理《せつり》〟と理解した。同一テリトリー内において、異なる二種族の高等知的生命体は共存しえないのだ。もしありえたら、どうなるか？　メンタリティの相違を基因とする種族間戦争が起きるだろう。そして、どちらか一方が滅亡し、高等知的生命体は、銀河系でただ一種族だけに戻る。

かくて、宇宙はひとつの法則をもった。

地球を例にとってみよう。地球は誕生して、約四十六億年になる。これを一年に換算してみる。地球の誕生した日を一月一日の午前零時ジャストとするのだ。この場合、まがりなりにも人類が高等知的生命体であると主張できるようになったのは何月何日になるのであろうか。

人類がはじめて文明らしい文明を持ったのは、紀元前四千年ごろである。すると、その日は十二月三十一日の午後十一時五十九分十九秒となる。現在から、わずか四十一秒前のことだ。たったの四十一秒。人類はその四十一秒で、国家をつくり、産業革命を起こし、アポロを月に送って、ワープ機関を完成させ、銀河系の覇者《はしゃ》となった。

これをさらにタイムスケールを大きくして、宇宙全体の時の流れの中でみたらどうなるか？　答はひとつだ。

一瞬。

それ以外の言葉で表現することはできない。それほどに文明とは短期間に発達し、そして消え去っていく。

惑星は銀河系に数千億ある。そのうちのいくつか条件のよい星は、生物を発生させるだろう。また、発生した生物のうちのいくつかは、高等知的生命体にまで至り、高度な文明を築くに違いない。しかし、その築かれた文明の〝一瞬〟が重なり、互いに遭遇することは、まずありえない。そのようにできている。それが、宇宙によって生物に与えられた法則である。

宇宙は高等知的生命体に、席をひとつしか用意しなかった。生命体は、かわるがわるその席に着く。並列する席は、どこにもない。

つぎつぎとあらわれる高等知的生命体の萌芽を見たとき、〝ドウットントロウパの子〟は、かれらの席を他の何ものかに奪われたことを知った。最初、かれらはそれを摘《つ》むことに専念した。摘んでしまえば、滅びは回避できる。かれらはそう信じた。が、それは誤りであった。つぎにくるものを葬ったところで、かれらが滅びることにはなんの変わりもない。それは明らかだった。

決断のときがきた。

〝ドウットントロウパの子〟は、この宇宙を去る道を選んだ。この宇宙に身の置き場がないのなら、他の宇宙に、新しい席を求めよう。それが、かれらの結論だった。かれらは全銀河系に呼集をかけ、連絡がとれたかれらの種族の子孫すべてをひとつの惑星に集めた。かつて、銀河系全域にその勢いを誇った〝ドウットントロウパの子〟も、そのときにはただひとつの惑星におさまるだけの人口しかいなかった。

この宇宙から去ると決めたかれらの指導者たちは、もうひとつの決断をひっそりと下した。かれらがこれまでに築きあげた科学技術を〝秘宝〟という形で後世に遺す。それが、もうひとつの決断だ。かれらの呼集に応えることのできなかった仲間が、銀河系にはまだたくさんいる。かれらのために、秘宝は遺される。

その秘宝は、幸運にも、かれらが新しく生まれ、進出してくるであろう高等知的生命体との間に共存をはかることができたならば、必ずやかれらにとって有効な力となるはずだ。万が一、期待どおりにならず、それが新生命体の手に渡ったとしても、それはそれで有益なこととなる。

秘宝を銀河系全域に置き、誰でもそれを手中にできるようにした。ただし、最後の秘宝だけはそうしなかった。例外とした。

最後の秘宝。それは、かれらがこれから使用する時空間転位機構そのものだった。その秘宝は、かれらの子孫が、かれらのあとを追ってくることを見越して遺すことにした。これはひとつの賭けだった。時空間転位機構を新生命体が持てば、その者たちは間違いなくかれらの新しい宇宙へと押し寄せてくる。くれば、戦争になる。そうなるのは、必至だ。

幸いなことに、かれらの中に生き残れるかどうかわからないが、文明を捨て去ることで、新生命体との共存を模索してみたいと主張する一群がいた。〝ドゥットントロウパの子〟はその一群を護人とし、かれらに銀河系最後の秘宝を託すことにした。それを守るための武器も与えた。

そして、かれらは時空間転位機構を使い、新天地へと旅立っていった。

「その護人の子孫が、きみたちか」

ジョウは言った。声がかすれた。長い物語を聞き終えたあとの緊張が軽い余韻となっている。

「そうです」

メ・ルォンは、小さくうなずいた。

2

「ひとつ疑問がある」ジョウは言葉を継いだ。

「きみたちは〝ドウットントロウパの子〟だ。長い年月を経て文明こそ失ってしまったが、いまもそうであることに変わりはない。なのに、どうしてアルフィンをわざわざ〝ドウットントロウパの子〟に仕立てあげる必要があった？」

「〝ドウットントロウパの子〟の姿、立体映像でご覧になったはずです。かれらの風貌はあのとおり、金髪碧眼です」

「しかし、きみたちは」

「赤色巨星アルームは死を間近に控えた星です。そのため、太陽面爆発が頻発《ひんぱつ》し、高温プラズマ、放射線、電磁波を絶えず四方に振りまいています。わたしたちの一族は一万年以上もオオルルに住んでいたため、その影響を強く受け、さまざまに変異してきました。外見も例外ではありません。しかし、〝ドウットントロウパの子〟はそうなることを予見できず、自分たち以外の者に使われたくない装置には、いくつかの特殊なキーを設けました。そのひとつが、かれらの特徴である金髪と碧眼です」

「それがないと、キーを解除できないのか？」

「ええ」

メ・ルォンはうなずいた。

「だから、あたしの力を借りたいって言ったのね」

アルフィンが言った。

「そういうことです」

「にしても、おかしな話だ」

ジョウが首をひねった。

「何が？」

アルフィンはジョウを見た。

「子孫のために残した最後の秘宝だろ。赤色巨星みたいなあぶなっかしいところに置かなくても、ほかに、もっとましな太陽系があったはずだ」

「それは無理です」メ・ルォンがジョウの言を否定した。

「時空間転位機構は赤色巨星の太陽系で使われる装置です」

「なんだって？」

「わたしも詳しいことは知りません」メ・ルォンは言った。

「構造に関することは、何も伝わっていないのです。使用法と、赤色巨星が必要なこと、それに〝巻きこまれたくない者は二十万ペペラ離れるべし〟という警告だけが伝わっています」

「二十万ペペラ？」

その距離がジョウにはピンとこない。

「オオルルからダダルの距離の約二倍です」

「へえ」ジョウは短く口笛を吹いた。

「そりゃ、すごいや」

「大袈裟な装置よねえ」

アルフィンも、あきれている。

「で、そいつはどこにある？」

ジョウが訊いた。

「オオルルにあります」

「オオルルか」ジョウはベッドの端から立ちあがった。

「メ・ルォン、きみたちの円盤機を貸してくれ。間に合わないかもしれないが、俺はオオルルに行って、ドン・グレーブルと話をつけてくる」

「ありません」

メ・ルォンはかぶりを振った。

「なに？」

「円盤機がないのです。あなたとゴードンに撃墜されて、全滅しました」

「ちいっ」ジョウは舌打ちした。

「てえことは、このままエパパポに島流しってわけか」

「いえ。オオルルには行けます」

あっさりとした口調で、メ・ルォンが言った。

「？」

その言葉の意味が、ジョウにはわからない。

「先ほどの管制室です。あれでオオルルに行くことができます」

「…………」

「イイラで発掘したカプセルから浮かびあがった立体映像を見て、ここへきたとタロスが言ってましたね」メ・ルォンは言う。

「最後の秘宝が存在しないエパパポの古代遺跡をカプセルが示していた理由はただひとつです」

「あ!」

「エパパポにその入口がある。そういうことです。あの管制室を通さない限り、誰も銀河系最後の秘宝のもとにはたどりつけません」

「そうか。そういうことだったのか」ジョウは強くあごを引いた。

「管制室には〝ドゥットントロウパの子〟のキーがついている。だから、アルフィンをさらった。って、ちょっと待ってくれ。きみたちがアルフィンを身代わりに使おうとしたのは、最後の秘宝の使用を決意する前だぞ」

「そうです」

メ・ルォンは認めた。

「じゃ、なぜ?」

「秘宝とともに、秘宝を守る最大の切札が、オオルルにあるからです」

「最大の切札」

「それで秘宝を死守するつもりでした」

「切札って、なんなの?」

アルフィンが訊いた。

「行けば、わかります」

メ・ルォンは、かすかに微笑んだ。

「オッケイ」ジョウは鋭く言い、拳を握って親指を立てた。

「すぐに、行こう」


右肩を銃弾に貫かれたコワルスキーは、倒れたときに頭を打ち、意識を失った。

気がつくと、〈コルドバ〉の医務室にいた。ベッドの上で横になっている。部下の手によって艦内に運びこまれ、応急処置を受けた。

意識を戻し、これまでの状況を思いだすのと同時に、コワルスキーはベッドから跳ね起きた。ドクターの制止は無視する。通信機のスイッチを入れ、副長を呼びだした。副長の顔がスクリーンに映った。

「どういうことだ！」コワルスキーは大声で怒鳴った。

「なぜ、さっさとドン・グレーブルを追わん。何をぐずぐずしている！」

「そ、それは」

副長はしどろもどろになった。返答ができない。

「航跡はどうなっている？　ちゃんと捉えているか？」

「はい！」副長は直立した。

「大丈夫です。まだレーダーの範囲内にいます」

「よしっ！　すぐに発進する。追え！　追いかけろ。逃したら軍法会議だ！」

「艦長」

見かねてドクターが口をはさんだ。

「医者はすっこんどれ！」コワルスキーはドクターを一喝した。

「ドン・グレーブルも、殺戮兄弟も、ゴードン・ザ・グールも一網打尽だ。絶対に逃さん！」

いつもながらの強引な性格である。規律や慣習など、はなから気にしていない。

〈コルドバ〉が離陸した。猛烈な加速で、エパパポから離脱した。

コワルスキーは艦橋に入った。傷がひどくうずく。ときおり、吸いこまれるように意識が遠くなる。通常ならば、絶対安静厳守の重傷だ。しかし、指揮は艦橋でないととれない。コワルスキーはそう主張し、気力を振り絞って足を運んだ。

「艦長！」報告が入った。

「レーダーに複数の反応。４Ｂ５６９に艦船がいます。艦隊のようです」

「なにい？」コワルスキーの奥歯がぎりっと鳴った。

「すぐに呼びだし信号を送れ」

「返答ありません！」

折り返し、つぎの報告がきた。連合宇宙軍艦船の呼びだしに応答しない。それだけで敵対行為である。しかも、相手は一隻二隻ではない。艦隊を組んでいる。機器の故障は考えられない。

「陣容はどうなっている？」

コワルスキーは訊いた。

「二百メートルクラスが十隻。すべて戦闘艦です」

大型艦はいないが、十隻というのは、なかなかに強力な艦隊である。敵であった場合、まともに戦ったら〈コルドバ〉一隻では勝ち目が薄い。

「総員、戦闘配置につけ！」

しかし、コワルスキーはひるむ様子を見せなかった。命令を鋭く飛ばした。

遭遇したのは、ドン・グレーブルの私設軍隊であった。

「アルフィンは、最前列の真ん中に着いてください」

メ・ルォンが言った。管制室の中だ。アルフィンは指示されたシートに腰を置いた。

ジョウは管制室後方のコントロールパネルの前に立ち、腕組みをしている。その横には、ついさっき意識を回復したばかりのリッキーもいる。

「わたしがスイッチを入れたら、システムが自己確認作業に入ります。それが終了し、異常なしとなれば、オオルルへの転位装置が作動するはずです」

「行くのは俺たちだけか？」ジョウが訊いた。

「ほかのオオルル人はどうする？」

管制室には、四人しかいない。

「ここに隣接して、部屋がひとつあります」メ・ルォンが管制室の右手を指し示した。

「そこに、重傷者も含めて二百八十九人が待機しています。その部屋も転位ルームなので、このまま作動して問題はありません」

「なるほど」

「では、行きます」

メ・ルォンは、スイッチキーをいくつか弾いた。

ジョウの背後にあるコントロールパネルで、さまざまな色の光が激しく明滅しはじめた。スクリーンに奇怪な映像が入る。複雑に絡み合いながら揺れ動く、幾何学模様の映像だ。光の帯がくねくねと蠢いて拡散し、またすぐに収斂《しゅうれん》する。色彩の変化も目まぐるしい。そのスクリーンをアルフィンが興味深げに見つめている。彼女の顔が、色の乱舞で七色に染まった。

と、だしぬけに映像が消えた。

　ぶーんという低い音が響いてきた。その音も、ほんの数秒で聞こえなくなった。

「転位完了です」

　メ・ルォンが言った。淡々とした口調だった。

「え？」

　ジョウとアルフィン、リッキーは驚きの声をあげた。

「嘘だろ」

「信じられない」

「違和感も何もなかったぜ」

「わたしたちのワープ機関もこんなものです。ワープイン、ワープアウトを繰り返しても、違和感は皆無です」

「！」

　言われて、思いだした。〈マイダスII世〉のワープ機関だ。あれも、同じ性能を有していた。

「外を見てみましょう」

　メ・ルォンは正面のスクリーンに映像を入れた。キーを打つと、果てしなく広がる緑の草原が画面全体に広がった。デメメト川の河口に横たわる大原野の光景らしい。エパパポの遺跡を囲んでいた発光樹のジャングルは、どこにもない。

「ふぇえ、ほんとにきちゃったんだ」

リッキーの丸い目が、さらに丸くなった。

「集落のある台地を映せないか？」ジョウが言った。

「ドン・グレーブルは、あそこに着陸したはずだ」

「できます」メ・ルォンはうなずいた。

「オオルルの上なら、どんな場所でも映せます。無数のカメラが、設置されているのです」

台地が映った。しかし、どこかが違っていた。

形状だ。台地の形状が変わっている。半分ほどが崩れ落ち、もとの台地とは似ても似つかぬ姿になっている。

「どういうことだ？」

ジョウはつぶやいた。〈マイダスⅡ世〉の爆発を、ジョウは知らない。

画面の端に一隻の宇宙船が飛びこんできた。

〈ミネルバ〉だ。低高度で旋回し、盛んにミサイルを発射している。反転も何度か繰り返す。戦闘中だ。が、相手が誰か判然としない。

「通信機を！」

ジョウは叫び、メ・ルォンの横に駆け寄った。コンソールデスクに向かい、怒鳴った。

「タロス、応答しろ！　こちらはジョウだ。タロス！」

3

「ジョウ」通信スクリーンにタロスの顔が映った。

「どこにいるんです？　ジョウ」

「どこって」ジョウは、メ・ルォンを見た。

「ここは、どこだ？」

「集落の脇にある森の地下です」

　メ・ルォンは答えた。

「タロス、聞こえたか？」

「ええ。しかし、また、いつの間にそんなとこへきたんです？」

「詳しい話はあとだ。それより、いったい誰と戦ってるんだ？」

　死角にいるのか、草原に隠れているのか、相手の姿はまったく見えない。

「ドン・グレーブルです」タロスは言った。

「あいつ、すげえ武器を隠していました」

　タロスはざっと、これまでの経過を話した。

ゴードンを追ってきた〈ミネルバ〉は、トトラフ大陸の上空に至ったところで〈マイダスII世〉の着陸を確認した。レーダーから〈マイダスII世〉の光点が消え、その位置でゴードンの搭載艇を示す光点が停止した。例の台地の上だ。搭載艇は、そこでホバリングか旋回をしている。〈ミネルバ〉も、数分でそこに到達できる。

追いついた。そのとき、タロスは見た。

砕け散る搭載艇を。

すでに〈マイダスII世〉は搭載艇の攻撃を浴び、爆発していた。その攻撃でドン・グレーブルも吹き飛んだ。タロスはそう思っていた。が、それは違っていた。

ノイズが画面に広がった。タロスの言葉が途切れた。〈ミネルバ〉が激しく揺れている。タロスは舌打ちし、操縦レバーを動かした。右腕一本なので、いつもの切れ味はない。

「どうした？　タロス」

ジョウが訊いた。

「ちょいと撃たれました」タロスは苦笑して答えた。

「かすっただけですが」

「高射砲でも持ちだしてきたのか？」

「それより、もうちょいすごいかもしれません」

「もっとすごい？」

「ゴードンは一発でやられました。搭載艇はこなごなです」

「何がいるんだ？」

「映像をそちらにまわします」

画面が切り換わった。地上を捉えた映像が、ジョウのもとに届いた。

「！」

四人は、いっせいに目をみはった。

「こいつなのか」

ジョウの表情が、ひきつるようにこわばった。

スクリーンに映しだされているのは。

巨大な戦車だ。オリーブドラブの車体。キャタピラがうなり、原野を縦横に切り裂いている。

その戦車のことを、ジョウはよく知っていた。宇宙海賊の三百メートルクラスの戦闘艦と一騎打ちをおこない、これをやすやすと屠ったという話も耳にしている。

地上最強の無敵兵器。〝鋼鉄の怪獣〟あるいは〝陸の王者〟とも謳《うた》われる連合宇宙軍の制式重戦車、M三二五四Tだ。

車体長十一・二四メートル。全幅五・八メートル。主砲を含む全長十六・三六メートル。砲塔上面高三・六二メートル。すさまじい巨体だ。にもかかわらず、戦闘重量はわずかに五十八トンしかない。出力七千八百四十万馬力の核融合タービンエンジンを搭載しており、路上最高速度は百四十キロ、不整地最高速度も百キロ超に至る。主砲は、百八十ミリ滑腔砲《かっこうほう》。ほかに対空電磁砲一門、対空ビーム砲二門、対戦車ミサイルランチャー二基を備えている。

まさしく、〝陸の王者〟の名にふさわしいというスーパー重戦車だ。

「こんな化物を、よく〈マイダスII世〉に積んでいたなあ」

ジョウは舌を巻いた。新型のワープ機関の動力装置が小型なのでスペースがとれたのだろう。それでも、相当に無理をして搭載していたはずである。

「民間人がどうして持ってるんだよ」

リッキーが怒った。反則だとでも言いたげである。

「M三二五四Tを製造しているのは、グラバース重工業。ドン・グレーブルの会社だ」

ジョウは吐き捨てるように言った。

「ジョウ」

メ・ルォンが呼んだ。声が震えている。何かあったのだ。

「宇宙船がオオルルの大気圏に進入してきました」メ・ルォンはレーダー画面を指差した。

「それも艦隊です。全部で十一隻」

「映像は？」

「先行する二隻だけ見られます」

メ・ルォンはタロスとの通信を中断し、スクリーンの映像を変えた。

宇宙船がスクリーンに映った。二百メートルクラスの垂直型である。塗装は黄色と青。

ウーロン惑星開発のシンボルカラーだ。

「ドン・グレーブルの私設軍隊！」

ジョウは叫んだ。

「なりふりかまわずかよ」

リッキーが罵声を飛ばす。

メ・ルォンがコンソールに向かい、オオルル語で何ごとかまくしたてた。

「どうする気だ？」

ジョウが訊いた。

「オオルル要塞を浮上させます」

「オオルル要塞？」

「われわれにも切札があるのです」

ドアがあき、隣室から十六人のオオルル人が入ってきた。かれらは無言でコンソールデスクに着いた。アルフィンの両脇だ。アルフィンはとまどい、立ちあがろうとした。それをメ・ルォンが手で制した。

オオルル人が操作を開始する。コンソールデスク中央にいるアルフィンは、このシステムの鍵だ。その左右で、オオルル人が懸命にキーを叩く。また、背後にあるコントロールパネルが光を放ちはじめた。

つぎの瞬間。

突きあげるようなショックがきた。床がうねる。地響きが走り、激しく鳴動する。ジョウとリッキーは立っていることができない。あわてて、手近なパネルの端をつかんだ。ぐらんと上昇する感覚がある。下向きのGを感じる。からだが床に押しつけられる。

「なにい？」

タロスは目を剝いた。〈ミネルバ〉の操縦室だ。ひとりぽかんと口をあけ、スクリーンを見つめている。

ジョウと交わしていた通信が、とつぜん保留になった。タロスは、何ごとかと思った。そのとき、異変がはじまった。

眼下の大地が割れた。

いきなりひび割れが生じた。原野の中ほどからデメメト川に沿って、オオルル人の集落を中心にした直径十数キロほどの丸い平地がある。その中心が、ぱっくりと裂けた。地割れは大きく広がっていく。

大地が盛りあがった。崖が崩れ、森の木が根こそぎ倒れた。割れ目の真ん中だ。土の塊が丸く膨れあがり、途中で左右に分かれて津波のようになだれ落ちる。

何かが上昇してきた。地中からだ。銀色に輝いている。上にかぶさっていた土砂が落下し、滝のごとく崩落する。

金属の壁が出現した。彎曲し、燦然と光を散らす。ゆっくりとせりあがってくる。

タロスは戦闘状態にあることを忘れた。M三二五四Tも同じだ。どちらも攻撃をやめた。いまは、それどころではない。

金属壁が高度を増す。見る間に聳え立っていく。ようやくその形状がはっきりとした。円柱だ。直径は数百メートルにも及ぶ。長さは見当もつかない。まだ上昇をつづけている。

天を摩《ま》する金属柱。

円柱は一気に伸びた。タロスはそのまわりを旋回した。高度二千メートルに達したところで、上端が見えた。気がつくと、円柱の動きが止まっている。

直径三百メートル強。高さは二千メートルの大円柱。

なんだ、こいつは？

タロスは首をひねった。その直後だった。円柱の壁がひらいた。つぎつぎと小さな口をあけた。そこから黒い筒が飛びだしてくる。

砲身だ。

タロスは直感した。形状は一定ではない。無数にひらいた銃眼からでてきた無数の黒い筒。その数は数千門もあろうか。間違いなく砲身だ。が、そう思ったものの、それがどういう武器なのか、タロスにはわからない。しかし、ビーム兵器の砲身であることはたしかだ。その筒には、そういう凶々しさが存在していると。

今度は上端がひらいた。円柱の天井部分だ。そこにも銃眼が生じ、砲身が伸びた。かぞえきれないほどの砲身。円柱の表面は、砲身の群れによって完全に埋めつくされた。まるで、とげ付きの金棒を地面に突き立てたかのように見える。

「要塞じゃねえか！」タロスは叫んだ。

「要塞だぞ。おい」

腰がシートから浮いている。

とつじょとして地中から出現した金属の円柱。タロスの直感に狂いはない。

それはまぎれもなく、オオルル人の要塞であった。

コワルスキーはうなりながら、メインスクリーンを睨みつけていた。

艦隊との距離が、じりじりと詰まっていく。その正体はドン・グレーブルの私設軍隊だが、コワルスキーには、まだそれがわかっていない。

私設軍隊は人類の銀河系進出に伴う、徒花《あだばな》のような存在であった。

そもそものはじまりは、宇宙海賊による被害の増加にあった。連合宇宙軍の規模、装備は毎年、確実に強化されている。しかし、宇宙海賊の被害増加を食い止めることは、まったくできていない。

原因は明らかだった。植民惑星の開発ピッチが、あまりにも速いのだ。貪欲《どんよく》に銀河系進出をはかる人類は、独立国家をつぎつぎと建てている。国家が誕生すれば、そこに交易ルートが出現する。そのルートは、自然に連合宇宙軍の監視地域となる。が、監視地域への艦隊配備は容易ではない。部隊が当該星域に派遣され、基地が建設される。それにより、ようやく監視地域の連合宇宙軍による警備体制が完成する。すると、そのころにはまたいくつかの監視地域がどこかに生まれていて、連合宇宙軍は急ぎ対処しなくてはならなくなる。

一種のいたちごっこだ。二〇五三年に制定された、四百メートルクラス以上の豪華客船すべてに護衛艦を一隻つけるという協定が、さらに戦闘艦の不足に拍車をかけた。

しわ寄せがくるのは、商船である。

連合宇宙軍は、不定期客船や、航路の完備していない発展途上地域、あるいは、これから開発をおこなうために航路以外を航行する調査船の面倒までは、とても見ることができないと主張した。これに対し、業界は異議を唱えた。だが、現実に戦闘艦は数が足りない。いわゆる「ない袖は振れない」という状況だ。反対と声高に叫んでも、意味はない。

どうすれば、連合宇宙軍に頼ることなく海賊の被害を抑えることができるか？

多くの場合、かれらはクラッシャーを雇った。しかし、クラッシャーの料金は安くなかった。護衛依頼が長期に及べば、その経費は莫大なものになる。多額の出費は会社の経営を揺るがす。資金難を招く。

そこで、かれらは私設軍隊の保有許可を銀河連合に求めた。自前の軍隊を持てば、海賊とも互角に渡りあえる。業界の要求は、妥当かつ切実なものであった。事態の大もとが戦闘艦の不足にある以上、銀河連合は、この要求を拒否できない。貿易関連企業の私設軍隊保有は、特例として認められた。

ドン・グレーブルは、この特例を悪用した。

各地から札付きの船乗りを集め、宇宙軍をつくった。そして、これをウーロン惑星開発の私設軍隊として銀河連合に登録した。

もちろん、その実体は、ドン・グレーブル個人の私設軍隊である。ウーロン惑星開発とは、なんの関係もなかった。

4

「ブラスター発射」

コワルスキーが言った。〈コルドバ〉の主砲、五十センチブラスターである。

コワルスキーは決意した。いまは、ドン・グレーブルとゴードン・ザ・グールを追跡している真っ最中だ。どういう目的を持った、どこの艦隊かはわからないが、かれらに関わっている時間はほとんどない。となれば、相手が射程距離内に入る前に、長射程の五十センチブラスターで先制攻撃を仕掛け、即座に降伏させてしまう。打つ手はそれしかない。コワルスキーは、そう考えた。荒っぽいやり方だが、この状況では、これがベストだ。

〈コルドバ〉がブラスターを発射した。

巨大な火球が、宇宙の闇を青白く灼いた。

艦隊が散開した。ブラスターの発射と、ほぼ同時だった。火球は目標から外れ、むなしく虚空へと消えた。

「なにっ」

コワルスキーは大きく吼えて、シートから腰を浮かせた。信じられない艦隊行動だ。いまの動きは、明らかに〈コルドバ〉の出力を読んだ上でのものだ。フロックではない。

「ビームがきます！」

副長が叫んだ。その直後に船体が大きく揺れた。強力なエネルギービームが船腹をかすめた。

「どういうことだ？」

コワルスキーは凝然となった。連合宇宙軍の巡洋艦に対して、たかだか二百メートルクラスの宇宙船が互角の性能をみせた。常識ではありえない。そんな武器を搭載できるはずがない。

私設軍隊の戦闘艦は〈マイダスⅡ世〉の同型艦だった。〝ドウットントロウパの子〟から受け継いだ超科学の産物である。コワルスキーには、それがわからない。人類の技術をはるかに陵駕する超高性能を有している。その力は、巡洋艦と同等というよりも、むしろ戦艦のそれに近い。

ビーム砲の光条が、つぎつぎと〈コルドバ〉に襲いかかった。〈コルドバ〉も必死で五十センチブラスターを連射し、対抗した。が、同性能で十対一となれば、〈コルドバ〉に勝ち目はない。圧倒的に不利な戦いとなる。

「いったん射程外にでろ」

無念の形相すさまじく、コワルスキーは命令を発した。このままだと犬死にだ。間違いなく仕留められる。ここは退く以外にない。

「艦隊の目的地はどこだ？」

コワルスキーは訊いた。

「オオルルと思われます」

航法士が答えた。

「ふむ」

コワルスキーの頭に閃くものがあった。

援軍だ。この艦隊は。

誰の援軍か？　言うまでもない。ドン・グレーブルだ。ゴードン・ザ・グールは一匹狼である。仲間を呼ぶことはない。個人でこれだけの艦隊を保有しているのは、ドン・グレーブルただひとり。それは、はっきりしている。

「この距離を保ち、オオルルに向かえ」コワルスキーは言った。

「再度の攻撃タイミングは、やつらがオオルルの衛星軌道に進入したところだ。そこで、二次攻撃をおこなう」

あの艦隊とドン・グレーブルを合流させてはだめだ。コワルスキーは、そう判断した。

オオルルの衛星軌道に至った。

艦隊が軌道に入る。〈コルドバ〉は針路を転じた。反転し、艦隊と直交するポジションをとった。

いま一度、五十センチブラスターを発射する。強引な攻撃だ。艦首からまっすぐに突っこんでいく。しかし、ブラスターが当たらない。擦過して、外鈑を灼くことはあるが、致命傷にならない。逆にビーム砲による艦隊の反撃が〈コルドバ〉のそこかしこを貫いた。

艦隊とすれ違った。〈コルドバ〉は大きく弧を描き、艦隊の後方へまわりこもうとした。艦隊は急速に高度を下げている。それをむりやり追っていく。オオルルの大陸のひとつが、眼下に広がった。トトラフ大陸だ。

十一隻の宇宙船はもつれあうようにして、デメト川の河口近辺へと降下していった。

「…………」

声がなかった。オオルル要塞の全容がメインスクリーンに映しだされている。それを見て、ジョウもアルフィンも息を呑んだ。

「オオルル人！」

とつぜん、リッキーが大声で叫んだ。リッキーはメ・ルォンを振り返り、言った。

「この要塞は、集落の地下にあったんだろ？」

「そうです」

メ・ルォンはうなずいた。

「あの集落には、オオルル人の女性や子供がいた。こんなのが地中から飛びだしたんじゃ、みんな土砂で埋まっちまってる」

「大丈夫です」メ・ルォンは微笑んだ。

「ここへ着いたとき、すぐに地上へつながる通路をあけ、かれらを収容しました。要塞を地上にだしたのは、そのあとです」

「そうだったんだ」

リッキーは大きく安堵のため息をついた。

そこへ、ひとりのオオルル人がやってきた。メ・ルォンを呼ぶ。耳もとに口を寄せ、何ごとか囁く。メ・ルォンの表情が硬くなった。

「どうした？」

ジョウが訊いた。胸騒ぎがした。

「オオルル人と一緒に、人類がひとり収容されたそうです」

メ・ルォンは答えた。

「なんだって？」

「怪我をしているので、応急手当てをしてから、ここに連れてくると言っています」

メ・ルォンの言葉が終わらぬうちだった。

隔壁が横にスライドした。

四人のオルル人が姿を見せた。四人は、人類の男をひとり囲んでいる。ジョウは、その男の顔を見た。そげ落ちた頰。鋭い眼光。全身にまとわりつく冷ややかな気配。

「かれです」

メ・ルォンが言った。

ゴードン・ザ・グール。

「生きてたのか」

ジョウは驚愕し、つぶやいた。ついさっき、搭載艇ごと一発でやられたとタロスから聞いたばかりのゴードン・ザ・グールだ。

「わたしたちが到達する少し前、集落にハンドジェットで降りてきたようです」

メ・ルォンが説明した。四人のオルル人が、ゴードンから離れた。ゴードンは、ジョウの正面に立った。

「やられる寸前に脱出した」低くかすれた声で、ゴードンは言う。

「ぶざまな話だ。ドン・グレーブルが、まさかあんなものを隠し持っていたとはかけらも思わなかった」

「M三二五四T」

「ああ」ジョウの言葉に、ゴードンは強くあごを引いた。

「ドン・グレーブルは、どうなった？」

そのまま上目遣いにジョウを見つめ、訊いた。

「ご覧のとおりだ」

ジョウはスクリーンを指し示した。

三面あるスクリーンのうち、右端の画面にM三二五四T、左端に〈ミネルバ〉、そして中央には、私設軍隊の戦闘艦が映っている。M三二五四Tは前進をやめ、停止した。どうやら、ドン・グレーブルはとつじょ出現したオオルル要塞にとまどい、車内で対策を練っているらしい。

「あの艦隊はなんだ？」

ゴードンは中央のスクリーンに視線を据えた。

「ドン・グレーブルの私設軍隊だ。近くに待機させていたらしい」

「そうか」ゴードンは乾いた声で笑った。

「ドン・グレーブルも、ついに善良な市民の仮面をかなぐり捨てたか」

画面に映る艦影が大きくなった。私設軍隊が、この要塞めざして急速接近してくる。

「散開してるぜ」

リッキーが言った。ドン・グレーブルがなんらかの判断を下したようだ。私設軍隊の戦闘艦が、左右に広がり、要塞を包囲しはじめている。

攻撃を開始した。包囲終了と同時に、戦闘艦の船腹からミサイルが躍りでた。

九隻の戦闘艦が、一隻あたり数十基というミサイルを発射する。すべて多弾頭ミサイルだ。ミサイルは途中で分裂し、四方八方からオオルル要塞に迫る。

「撃て！」

メ・ルォンが叫んだ。オオルル人に反撃を命じた。

要塞を埋めつくす数万門の砲塔がいっせいに電撃をほとばしらせた。ビームが走る。まばゆく輝き、光の球体となる。

オオルル要塞は、エネルギービームの塊と化した。


敵の動きが変わった。

コワルスキーは、戦う相手が一隻になったのに気がついた。あとの九隻は反転して、さらに高度を下げた。〈コルドバ〉を敵としていない。

あれだ。原野の真ん中にとつぜんあらわれた、あの奇怪な要塞のせいだ。あの艦隊は、巨大要塞と戦おうとしている。

ふざけたマネを！

コワルスキーは激昂した。〈コルドバ〉を始末するのに、十隻もの戦闘艦は要らない。

一隻で十分だ。敵はそう言っている。コワルスキーには、そうとしか受け取れない。連合宇宙軍にその人あり、と言われたコワルスキー大佐が、ドン・グレーブルの私設軍隊になめられた。

怒りを攻撃に転化する。

〈コルドバ〉は、いきなり加速し、相対距離を詰めた。一歩誤れば、相手のビームにエンジンを切り裂かれかねない捨て身の戦法だ。一瞬、戦闘艦は度肝を抜かれ、うろたえた。コワルスキーは、そこを狙う。五十センチブラスターの火球を、つづけざまに叩きこんだ。

命中する。完璧な連撃だ。戦闘艦は瞬時に炎上し、爆発した。

鮮やかな轟沈である。

「見たか！」

コワルスキーは一言吼え、転針命令を発した。〈コルドバ〉の艦首がオオルル要塞に向かう。

そのときだった。スクリーンがハレーションを起こした。光が画面全体に広がり、真っ白になった。光量自動調節が間に合わない。

「うわっ」

コワルスキーは反射的に目を覆った。

一拍遅れて、光量がコントロールされる。

巨大な光球となった要塞と、逃げまどう私設軍隊の艦影が映った。戦闘艦の数が少ない。スクリーンに映っているのは、たったの三隻だ。あとの六隻は、一気に解放されたエネルギービームを正面から浴び、破片も残さず蒸発した。

「どういうことだ、これは？」

コワルスキーは唸った。すさまじい破壊力である。しかし、それを操っているのが誰か、コワルスキーには見当がつかない。ジョウとオオルル人は、エパパポで死んだものと思いこんでいる。


「ぬおおっ」

一方、ドン・グレーブルもM三二五四Tの中で、悲鳴とも呻きともつかぬ低い声を漏らしていた。秘宝から得た技術を装備した私設軍隊最強の艦隊が、あっさりと敗れた。信じられない。全身がわなわなと震えだす。

「あれだ」声を振り絞り、ドン・グレーブルは言った。「あれが銀河系最後の秘宝だ」

「逃げよう。ドン・グレーブル。とてもかなわない」

ヒルが弱音を吐いた。砲手席に着き、トリガーグリップを握っている。

「ロイ」ドン・グレーブルは首をめぐらし、足下にある操縦席に目を向けた。

「前進しろ！」

命令する。

「なに？」

「前進だ。要塞に向かって進め！」

「馬鹿言え。自殺はごめんだ！」

ロイは上に向かって怒鳴った。ドン・グレーブルは砲塔内の車長席に腰を置いている。

「あれは最後の秘宝だ」ドン・グレーブルはつぶやくように言った。見ひらかれた目に、狂気の光が宿った。

「誰にも渡さん。わしのものだ！」

ドン・グレーブルは声を張りあげた。

「ロイ！　ヒル！」レイガンを取りだした。

「つべこべ言わず、前進しろ。どこかに、必ず入口がある。下等なオオルル人どもに秘宝は渡さない。わしがもらう」

「ドン・グレーブル！」

ロイとヒルが血相を変えた。が、半狂乱となったドン・グレーブルに、異議は通じない。この位置で逆らえば、レイガンで射殺される。

ロイは歯噛みし、操縦レバーを前に倒した。

M三二五四Tが動きはじめた。前進を再開した。

5

スクリーンに映像が戻った。

ビーム砲が発射されたとき、映像はいったん消えた。それが、いま復活した。〈ミネルバ〉と私設軍隊と〈コルドバ〉、それに岩蔭を選んでじりじりと要塞に近づいてくるM三二五四Tの姿が、三つの画面に映しだされた。

「エネルギーが完全開放されました」メ・ルォンが言った。

「回復まで、しばらく時間がかかります」

「………」

ジョウはゴードン・ザ・グールに目をやった。ゴードンは壁にもたれ、苦しそうな息をしている。脱出時に負った傷は、かなりの深手だったとオオルル人から聞いた。

「教えてくれ」ジョウはゴードンに声をかけた。

「なぜ、ドン・グレーブルをつけ狙う？」

ゴードンはおもてをあげ、静かなまなざしでジョウを見た。

「復讐だ」

　ぽつりと答えた。

「詳しく聞きたいが、迷惑か？」

「…………」

　ゴードンは目を伏せた。何か考えているようだ。

「俺の親父は、スコットという」ややあって、口をひらいた。「大学で言語学の講師をしていた。信じてもらえないかもしれないが、優秀な学者だったらしい。だが、その優秀な親父は、俺が四歳のときに失踪した。賭博で破産したのだ。よくある話だな。おふくろも、その三年後に男をつくり、俺を捨てて消えた。両親を失った俺は、やくざになるしか道がなかった」

「…………」

「俺はすぐに、裏の世界で名前を知られるようになった。そのとき、俺はひとりの男と知り合った。男は、ギオルスの鉱山にいたことがあると言った」

「ギオルスの鉱山！」

「そうだ」ゴードンはうなずいた。

「ドン・グレーブルがいたところだ。しかし、いたのはやつだけじゃなかった。俺の親父もそこにいた。ドン・グレーブルと一緒に」

「ドン・グレーブルは学者から言語学を教わったと言っていた。その学者が、あんたの親父だったということか」

「教わっただと？」ゴードンは薄く笑った。

「ドン・グレーブルに聞いたのか？」

「ああ」

「嘘っぱちだ」ゴードンは吐き捨てるように、言を継いだ。

「ドン・グレーブルはものを学ぶような男ではない。たしかに金勘定に関してだけは天才的だった。しかし、それ以外のことになると、からっきしのアホだった。やつは教わろうなどとは思わなかった。そんなことはせず、俺の親父を仲間に引き入れ、ギオルスから連れだした。それが真相だ」

「…………」

「もっとも、俺はそんな話を聞いても、なんの感情も持たなかった。俺を捨てた親父は憎いだけだったし、俺は宇宙軍と組織に追われていて、それに関心を示すどころではなかった。だが、去年のことだった。俺は、ある情報を手にした。ドン・グレーブルに関する情報だ。ドン・グレーブルが発明したと称している数々の新技術は、実は何ものかの残した遺産で、やつは暗号を解いてそれを手に入れたにすぎない、という噂《うわさ》だった。それを聞いて、俺はすぐに親父のことを思いだした。親父は言語学者だ。ドン・グレーブルが親父を必要としたということと暗号は、素人考えだが、奇妙に結びつく。とはいえ、それだと腑《ふ》に落ちないことがでてくる。親父の名前だ。ドン・グレーブルは財をなし、知らぬ者とてない大富豪になったのに、俺の親父の名前がどこにもでてこない。暗黒街の噂だぜ。そのあたりのくそ情報とは、わけが違う。隠されたパートナーであっても、存在すれば、必ずその名前がでてくる。それが裏情報というやつだ。俺はギオルス以後のドン・グレーブルの足跡を追ってみた。が、さすがにドン・グレーブルだ。ほとんど手懸りがない。それでも、俺は丹念に情報を集め、ドン・グレーブルが動いたかすかな痕跡を見つけては、星から星へと渡り歩いた。そして、跡をたどりはじめて一年近くが過ぎたころ――ほんの数週間前のことなんだが、俺は、惑星バルボロノの洞窟へと行き着いた。ドン・グレーブルのすべての足跡が、そこに向かっていた」

「バルボロノの洞窟」

「そこに親父がいたよ」ゴードンの声が、わずかにかすれた。

「地面に横たわる風化した白骨。それが親父だった。洞窟の奥に転がり、闇の底に沈んでいた。そう。親父は、もう十年も前にドン・グレーブルの手によって殺されていたのだ。俺は洞窟の中を探った。壁に文章が刻まれていた。親父が書いたものだった。そのほとんどが、自分に対する呪詛《じゅそ》の言葉と詫《わ》び状だった。詫び状の相手は、俺とおふくろだ。ドン・グレーブルを恨む言葉もいくつかあった。親父は秘宝を発見したら賭博の借金をきれいに精算し、俺たちのもとに戻ってまた一から出直そうと考えていた。だから、ドン・グレーブルに協力したのだ。俺ははじめて知った。親父は置き去りにした俺のことを、かたときも忘れたことがなかった」

ゴードンの声が途切れた。深くうつむいている。その肩が小刻みに震えた。

「ドン・グレーブルは親父を裏切った」ゴードンは低い声でつづけた。「分け前を渡すどころか、親父ひとりをバルボロノの洞窟に閉じこめて、十五年の間、暗号の解読だけむりやりやらせた。十五年だぞ！　あの洞窟に十五年間も幽閉された後に殺された親父の無念さが、そのときの俺には痛いほどわかった。俺が捨てられたことなどはもうどうでもよくなった。俺は、親父のために復讐を誓った。必ずドン・グレーブルを殺す。そう誓った」

「…………」

「親父の死体の脇に、走り書きのような星図が描かれていた。親父がドン・グレーブルの目を盗み、急いで描き記したもののようだった。星図の横には、銀河系最後の秘宝という文字もあった。その星図の意味はまったくわからなかったが、親父が死の直前に残したメッセージのような気がしたので、俺はそれをメモしてバルボロノを去った。そして、ゴレスドンで新型宇宙船を強奪し、デボーヌ総合大学に向かった」

「俺を助けたときだ」

「正義感からではない。騒ぎになって正体がばれるのを恐れたからだ」

「わかっている」ジョウはにやりと笑った。

「デボーヌで、星図が示している宙域を調べたんだな」

「恒星アルームを示していた。架空の星図ではなかった」

「俺の船をうしろから撃ったのは、俺がドン・グレーブルに雇われたと知ったせいだな」

「クラッシャーが護衛についたら、俺の復讐に支障が生じる」

「ったく、ドン・グレーブルも、とんでもないやつに睨まれたものだ」

ジョウは肩をすくめた。はずみで、ひょいと戦車のことを思いだした。

「いかん。すっかり忘れていた。そのドン・グレーブルだ。どうなっている?」

あわててスクリーンに向き直り、ジョウはメ・ルォンに訊いた。

情勢に大きな変化はなかった。

M三二五四Tは、あいかわらず低速でゆっくりと要塞に向かい、接近中だ。私設軍隊の残党は〈コルドバ〉と空中戦をつづけている。その戦いに〈ミネルバ〉が加わったのが、変化といえば、変化である。戦闘艦との性能差と、タロス、コワルスキーの負傷が操艦に響いているのか、三対二になっても、まだ〈コルドバ〉は苦戦している。

「ジョウ」メ・ルォンが言った。

「エネルギーが回復しました。ビーム砲の斉射が可能です。戦闘艦と戦車、どちらを先に片づけましょう？」

「戦車だ」ジョウは即答した。

「戦闘艦を狙うと、〈コルドバ〉や〈ミネルバ〉を巻きこんでしまう」

「わかりました」

メ・ルォンはM三二五四Tに照準を合わせようとした。それを……。

「待ってくれ」ゴードンが止めた。

「そいつは俺にやらせてくれ」

メ・ルォンに向かって言う。メ・ルォンはジョウを見た。ジョウは大きくあごを引いた。

ゴードンは、オオルル人のひとりと代わってシートに着いた。照準をセットする。使う砲塔は十門に絞った。コンソールデスクのボタンに指を置いた。肩に力がこもっている。

「死ねっ。ドン・グレーブル！」

一声叫び、ゴードンはボタンを押した。十条のビームが束になって走った。そのうちの二条が、M三二五四Tに命中した。

〝陸の王者〟の名を誇るM三二五四Tがあっけなく切り裂かれる。炎を吹いて、融け崩れる。

爆発した。こなごなに砕け、吹き飛んだ。

「やったあ！」

リッキーが躍りあがった。ジョウも指を鳴らした。が、ゴードンは違う。身動きしない。目をくわっと見ひらき、シートの上で硬直している。

「だめだ！」呻くように言った。

「逃げられた」

「なに？」

「あの戦車はからっぽだ！」

ゴードンは奥歯を激しく嚙み鳴らした。

ロイとヒルは、機を窺っていた。

いくらボスとはいえ、自殺行為に走られては、とても付き合いきれない。隙があれば、逃げだそう。ふたりはそう考えていた。

ドン・グレーブルは、残った三隻の戦闘艦と連絡をとっている。戦車を援護しろと怒鳴る声が高く響く。だが、戦闘艦のほうも必死だ。〈ミネルバ〉と〈コルドバ〉を相手にしていては、戦車の支援どころではない。ドン・グレーブルは怒り、猛烈なやりとりを交わしはじめた。

いまだ。

チャンスである。ロイは、腰の横に伸びているヒルの足を右手でこづいた。ヒルは了解した。ドン・グレーブルの足はヒルの腰より少し上にある。ヒルはそろそろと手を挙げた。通信機で激しく罵り合っているドン・グレーブルは、その動きにまったく気がつかない。

ヒルはドン・グレーブルの足首を両手でつかんだ。そのまま、全力で下向きにひっぱった。大男のヒルの力である。ドン・グレーブルのシートベルトがちぎれた。ドン・グレーブルは車体の真ん中に落下し、床に叩きつけられた。

「ぐわっ」

ドン・グレーブルは頭を打ち、気を失った。

ロイはシートから飛びだした。装備棚にハンドジェットがある。それを二基もぎとり、車体下面の非常ハッチをあけた。するりとハッチをくぐる。ヒルもそのあとにつづく。

戦車は停止しない。前進を続行する。

地上に降りた。横たわったまま、ふたりは頭上を戦車が通過するのを待った。それから匍匐《ほふく》前進を開始した。二十メートルほど進んだところで巨大な岩の蔭に入った。身を起こし、ロイはヒルにハンドジェットを渡した。

「どうする？　これから」

ヒルが訊いた。

「あそこへ行く」

ロイはオオルル要塞の頂上を指差した。ヒルはぎょっとなった。

「兄貴まで無謀なマネをするのか？」

「ドン・グレーブルと一緒にするな」ロイは冷ややかに答えた。

「これしかないから、やる。それだけだ」

「と言うと？」

「考えてもみろ。〈マイダスII世〉は破壊され、私設軍隊の残る三隻も、撃墜されるのは時間の問題だ。いまの俺たちには、オオルルから脱出する手段が何もないのだぞ」

「たしかに」

「しかし、あそこには、それがある」ヒルはオオルル要塞に視線を向けた。

「何ものが、あそこにこもっているのかは不明だ。しかし、こもっている以上、宇宙船に類するものが何かあるはずだ。俺たちはそれを奪ってオオルルから逃げる。それしか方法がない」

「わかった」

ヒルはうなずいた。

ふたりは岩蔭をでて、丈高い草の中にもぐりこんだ。再び匍匐前進である。発見され、攻撃を浴びる覚悟をした上での行動だったが、要塞側はふたりを見つけられなかった。むしろ容易に、ふたりは要塞の根もとにたどりついた。しばらく様子をうかがう。何も起きない。

ロイとヒルは背負ったハンドジェットに点火した。要塞の頂上めざし、一気に飛んだ。

6

ドン・グレーブルは、すぐに意識を戻した。

頭に激痛があったが、歯を食いしばり、身を起こした。部下に裏切られたのだ。泣きごとを言っている場合ではない。

シートに手をかけて上体を支え、前に進んだ。床がない。からだがふっと沈んだ。

気がつくと、地面に倒れていた。草地の上で俯《うつぶ》せになっている。

しばらくは、何があったのかわからなかった。少し間を置いてから、非常ハッチがあったことを思いだした。急ぎ、跳ね起きた。M三二五四Tがいない。振り向くと、数十メートル先をゆっくりと進んでいる。

とつぜん、恐怖をおぼえた。恐ろしさのあまり、身がすくんだ。先ほどまで頑丈な鋼鉄の塊の中にいて、ドン・グレーブルは完全に守られていた。それがいまは、原野にひとりきりだ。車外に放りだされ、凝然と立ち尽くしている。その眼前にあるのは、あの大要塞だ。丸裸で敵の前にいる。そういう状況に陥った。

ドン・グレーブルは悲鳴をあげた。絶叫し、走りだした。反射行動である。どこへ逃げるというわけではない。ただ、あの要塞から遠く離れたいがためだけに走った。無我夢中で、ひた走った。

背後で、戦車が爆発した。炎に包まれ、四散した。

「ビームが戦車を切り裂いたときにわかった。あの戦車は無人だ」

ゴードン・ザ・グールが言った。

「そう言えば」メ・ルォンが言葉をはさんだ。

「あの戦車の動きが、途中から変わりました」

「変わった？　どんなふうに？」

ジョウが訊いた。

「最初は岩蔭をたどって慎重に移動していたのですが、あのあたりから急に大胆になり、まっすぐにこちらへ向かってきました」

メ・ルォンは、画面の一角を指差した。

「脱出してたのか」

リッキーが言う。

電子音が鳴った。

非常警報だった。とつぜん鳴り響き、管制室に緊張がみなぎった。

メ・ルォンがオオルル語で何かを叫んだ。数人のオオルル人が、それに答えた。管制室の中を、小鳥のさえずりが行き交う。甲高い音で、管制室が埋まる。

「どうした?」

ジョウが言った。さえずり同士のやりとりの間に、むりやり割りこんだ。

「要塞表面に何ものかが取りついたと言ってます」

メ・ルォンが早口で言った。

スクリーンの映像がめまぐるしく変わる。表面をブロックごとに調べている。だいたいの位置は、警報システムが捉えた。しかし、正確な情報がまだ届いていない。

鋭いさえずりが、メ・ルォンを呼んだ。

「いました!」

その声を受けて、メ・ルォンが言った。右端のスクリーンを示した。

ジョウたちはそのスクリーンに視線を向けた。砲塔が映っている。その脇に、ふたりの男がひそんでいる。

「ロイとヒルだ」ジョウが言った。

「あいつら、どうやってこんなところに」

「ドン・グレーブルはいないのか？」

ゴードンが訊いた。声にかすかな失望の響きがある。

「ジョウ」メ・ルォンが言った。

「ふたりは要塞の頂上にいます。ビーム砲は使えません。誰か、あそこに行ってもらえませんか？」

「俺が行く。レイガンをくれ」

ジョウは即答した。

「俺らも！」

リッキーが手を挙げた。ふたりはオオルル人からレイガンを受け取り、管制室から飛びだした。

「……………」

メ・ルォンがジョウとリッキーを見送った。見送ってから、メ・ルォンはスクリーンに向き直った。なぜか、ひとり大きくうなずいた。

ジョウとリッキーは通路を抜け、エレベータに乗って要塞の頂上にでた。

隔壁をくぐり、外にでると、いきなりビームが走った。足もとを光条が灼いた。ふたりは前転し、手近な砲塔の蔭に入った。三十メートルほど先で、ぱぱぱとビームが燦《きら》めく。リッキーがレイガンで撃ち返した。

何度か、光条が激しく行き来した。ジョウとしては、隙をみて砲塔から砲塔へと渡り歩き、殺戮兄弟に接近したい。このまま隠れてやりあっていたのでは膠着状態になってしまう。しかし、この巨大な要塞では、それができない。砲塔同士は何十メートルと離れている。うかつに砲塔の蔭からでたら、必ず撃ち倒される。

どうすれば、この状況を打破できるか。

「俺らがおとりになる」

リッキーが言った。その言葉にジョウはあごを引き、ポケットから耐熱マスクを取りだした。リッキーに渡す。クラッシュジャケットを着ているから、このマスクで顔を覆えば、衝撃はべつとして、ビームが命中しても致命傷は負わない。

マスクをかぶり、リッキーが砲塔の背後から飛びだした。光条がリッキーに集中した。ごろごろと転がり、リッキーはこれをよける。必死で逃げる。

ジョウがでた。

砲塔の反対側からでて、ダッシュした。耐熱マスクは、リッキーに渡した一枚しかない。首から上を撃たれたら、それで終わる。ジョウは左腕で頭部をかばうようにして、ジグザグに走った。

ロイとヒルがいる。姿が見えた。まだリッキーに気をとられている。ジョウの動きに気がついていない。ジョウはダイビングして腹ばいになった。そのとき、ふたりがジョウの存在を知った。と同時に、ジョウはレイガンのトリガーを絞った。

ロイとヒルが消えた。

予想外だった。炎が噴出し、ふたりが空中に躍りあがった。

ハンドジェット！

ジョウは反射的に上昇するふたりを狙った。が、相手の動きが速く、目標を捉えることができない。逆にロイとヒルが撃ってきた。ジョウは横に跳んで逃げた。右手に衝撃がくる。ビームが命中した。腕が痺れ、レイガンが手の内から落ちた。それを拾っている余裕はない。ロイとヒルの影が頭上に迫ってきている。

空がまばゆく光った。

ロイとヒルがバランスを崩した。要塞のエネルギービームだ。空中に舞いあがったふたりは、高度をあげたために砲塔の死角からでてしまった。

強力なビームが、ふたりをかすめた。直撃は免れたが、強いエネルギー放射を浴び、ふたりは弾き飛ばされた。

ロイとヒルが落下する。ジョウのすぐ脇だ。数メートルほどの場所である。

ジョウはロイに飛びかかった。胸ぐらをつかみ、あごにストレートを叩きこんだ。さらに顔面を蹴った。背後からヒルがくる。ヒルはジョウを羽交い締めにした。すさまじい膂力だ。振りほどけない。ロイがレイガンを構え、立ちあがった。

そのとき、ヒルが悲鳴をあげた。ジョウを絞めあげていた力が、唐突に弱まった。ジョウは腰を落とし、ヒルの腕からするりと抜ける。ななめ後方が見えた。そこにリッキーがいた。リッキーがレイガンでヒルを撃った。ジョウは前方に身を投げ、一回転して、ロイの手首を爪先で蹴りあげた。レイガンが宙に飛んだ。ジョウはそのまま立ちあがり、ロイの首すじに回し蹴りを放った。

一方。

リッキーはヒルと対峙《たいじ》していた。背中を灼かれたヒルは背後を振り返り、リッキーを睨みつけている。そのおぞましい形相に、リッキーは一瞬ひるんだ。その隙を逃さず、ヒルが素手でリッキーに襲いかかった。リッキーはレイガンで応戦する。ヒルの顔面をビームが灼き裂いた。しかし、ヒルの突進は止まらない。リッキーの腕をつかんだ。強引に振りまわす。リッキーのからだがふわりと浮いた。リッキーはいま一度、レイガンのトリガーボタンを押した。今度はヒルの胸を光条が灼いた。ヒルはリッキーを放して、仰向けに昏倒する。リッキーは宙を飛び、五メートルほど離れた砲塔に肩口から激突した。右腕が音を立てて折れた。ヒルは黒焦げだ。腹から首のあたりまでが炭化している。

身動きできない。倒れたまま、四肢だけがもがくようにゆっくりと蠢いている。

「があっ」

ロイが叫び声をあげた。ジョウの回し蹴りを受けたロイは、もんどりうって頭から落ちた。鈍い音が響いた。並みの人間なら即死する一撃である。だが、ロイはよろけながらも雄叫びを発し、立ちあがった。さすがに殺戮兄弟。その異名は伊達《だて》ではない。ロイは耳と鼻から血を流していた。脳内で出血している。おそらく頭蓋骨が割れたのだろう。美しかった顔が、いまは凄惨に歪んでいる。ロイはさらに叫び声をほとばしらせ、ジョウに立ち向かってきた。ジョウの蹴りがカウンターで、そのこめかみを打った。ロイは棒立ちになり、それからゆっくりと崩れ落ちた。どうと倒れる。軽く全身が痙攣し、それから静かになった。

「兄貴!」

リッキーがきた。右腕が、肘のあたりであらぬ角度にねじれている。

「ヒルは?」

ジョウが訊いた。

「死んだよ」

ジョウはリッキーの背後を見た。ヒルの巨体が横たわっている。もう四肢も動いていない。

「中に戻ろう」

ジョウが言い、ふたりは隔壁に向かおうとした。

と。

その隔壁の位置に人影がある。

ふたりはぎくっとして、足を止めた。

「ジョウ。リッキー！」

その人影が声をあげた。アルフィンである。

「？」

なぜ、彼女がそこにいるのか、ジョウにもリッキーにもわからない。ロイとヒルとの戦いの帰趨《きすう》はスクリーンで確認できたはずだ。アルフィンがわざわざここにでてくる理由は、どこにもない。

ジョウの前に、アルフィンが駆け寄ってきた。

「メ・ルォンが、外に行き、これをジョウに渡してくれって言ったの」

アルフィンは小さな箱のようなものをジョウに向かって差しだした。モニタースクリーンのついた小さな通信機だった。

「こいつは」

ジョウの表情が険しくなった。もしやという思いが、脳裏をかすめた。通信機を受けとり、急いでスイッチを入れた。メ・ルォンの顔が、スクリーンに映った。

「行くのか？　メ・ルォン」

ジョウは訊いた。画面の中のメ・ルォンが、静かにうなずいた。

「先ほど、キーを解除しました」メ・ルォンは言う。

「銀河系最後の秘宝が作動開始します。すぐに、アルームから離れてください。二十万ペペラ以上の距離をとってください。タロスには連絡しておきました。いま、〈ミネルバ〉がそこに迎えにきます」

「ゴードンはどうした？」

「かれは地上に降りました」

「あの傷でか」

「ドン・グレーブルを発見したのです。止めることは不可能でした」

「作動を中断しろ！」

「無理です！　もう誰にも作動を阻止できません」

「なぜ、行く？　事情を話せば、人類はきっときみたちを受け入れる。銀河連盟が拒否したら、アラミスにくればいい。あそこはクラッシャーの星だ。クラッシャーは、オオルル人を仲間として認める」

「あなたの好意には感謝しています、ジョウ。成り行きとはいえ、あなたの命を狙ってしまったことをわたしたちは深く恥じています。しかし、それと人類との問題はまったく別物です。結論がでました。わたしたちは、これ以上、この宇宙に留まっていてはいけないのです」

「きみらは、もう〝ドゥットントロウパの子〟じゃない。まったくべつのオオルル人という種族だ。向こうに行っても、同じことが起きる。〝ドゥットントロウパの子〟に受け入れてもらえる保証は、どこにもない」

「それは、よくわかっています。そうしたら、またわたしたちはあらたな自分たちの宇宙を求めて、時空間の旅にでます。〝ドゥットントロウパの子〟はきっとわたしたちのために、新しい時空間転位機構をつくってくれることでしょう」

「なぜだ？」ジョウはからだを震わせ、叫んだ。

「なぜ、そんなにまでして、他の種族を避ける？」

「ジョウ。理解してください。定めたのは宇宙です。宇宙がこのような原則を持ったのです。銀河系を支配する高等知的生命体は、常にただひとつ。その定めから逃れられる種族は、どこにも存在しません」

「メ・ルォン！」

ジョウの周囲を影が黒く覆った。何かが頭上に飛来した。

「〈ミネルバ〉がきました」メ・ルォンが言った。

「それではジョウ、できる限り早く、オオルルから離れてください。前にも言いました。何が起きるかは、わたしたちにもわかっていません」

「メ・ルォン」

「さようなら。ジョウ」

通信が切れた。

7

ゴードン・ザ・グールは、原野を疾駆していた。一度ふさがった傷がまたひらき、血が流れだしている。しかし、それはもうどうでもいいことだ。

ゴードンは小型バズーカ砲を手にしていた。アルフィンから譲り受けたものだ。これをドン・グレーブルに撃ちこむまでは死なない。ゴードンは、そう決めている。

意外なことに、発見したとき、ドン・グレーブルはオオルル要塞のすぐ近くにいた。どうやら方向感覚を失い、同じ場所を右往左往していたらしい。急げば、追いつめられる。逃がすことはない。

鋭いまなざしで、ゴードンはドン・グレーブルの姿を求めた。

ドン・グレーブルは、足を止めていた。

走りつづけて、息があがった。あえぎながら立ち止まり、うしろを振り返った。巨大な要塞が、まだ手を伸ばせば届くようなところに高く聳え立っている。軽く咳《せ》きこみ、ドン・グレーブルは胸に手をあてた。その手が、何か硬いものに触れた。不審に思って取りだすと、それは小型の通信機だった。うろたえていて、こういうものを持っていることも、ドン・グレーブルはすっかり忘れていた。

ドン・グレーブルは、頭上を仰いだ。〈コルドバ〉相手に空中戦を繰り広げている私設軍隊の戦闘艦が目に映った。いつの間にか〈ミネルバ〉は姿を消し、いまは三対一の戦いになっている。これなら、余裕があるはずだ。ドン・グレーブルは通信機で、戦闘艦の一隻を呼んだ。

〈バラクーダ〉から応答があった。私設軍隊の旗艦だ。すぐに降下し、迎えにくるという。ドン・グレーブルは戦闘艦が降りてくるのを待った。

「！」

戦闘艦の動きがおかしい。

ゴードンは気がついた。一隻だけ、なぜか急速に高度を下げている。どうやら着陸して、ドン・グレーブルを拾いあげるつもりらしい。

「逃がさん」

　ゴードンはつぶやき、戦闘艦の着陸地点と思われる方向に向かい、走った。

〈バラクーダ〉が着陸した。船尾のハッチがひらき、タラップが地上へと伸びた。ドン・グレーブルはタラップを駆けあがった。ハッチの中に勢いよく飛びこんだ。

　まさにそのとき。

　ゴードンがきた。だが、戦闘艦相手に、小型バズーカ砲では歯が立たない。ゴードンはジャンプし、収納がはじまっていたタラップに飛びついた。手すりの端に片手がひっかかる。戦闘艦が上昇した。ゴードンのからだも、そのまま引き揚げられた。タラップが折り畳まれ、ハッチが閉まった。ゴードンは、間一髪のタイミングで、ハッチの内側へ転がりこんだ。

　エアロックの中に進んだ。誰もいない。扉をあけ、通路にでた。突きあたりにエレベータがあった。ドン・グレーブルがそれに乗ろうとしている。ゴードンはバズーカを構えた。ドン・グレーブルが気配を感じ、背後を振り向いた。ゴードンがいる。顔が恐怖にひきつった。

　バズーカ砲が鳴轟《めいごう》した。ゴードンがトリガーボタンを押した。

　ドン・グレーブルはエレベータに乗らず、横に転がった。通路の枝道だ。そこに入った。エレベータがロケット弾の直撃を受けた。爆発し、炎が噴きあがった。

　ドン・グレーブルは、枝道の奥にあったドアをひらき、その奥へと飛びこんだ。全身が震えている。恐ろしい。恐怖で、歯の根が合わない。ゴードンは、蒼ざめた死人のような風貌だった。目にしたとたんに、息が止まった。

ドン・グレーブルは深呼吸し、気を鎮めてから周囲を眺めまわした。

「なに？」

血が凍った。

ここにあるのは。

動力ジェネレータだ。宇宙船の心臓部のひとつ。破壊されたら、宇宙船そのものが吹き飛ぶ。

ドアが破られた。バズーカ砲でこなごなに砕かれた。

ゴードンが入ってくる。表情は、ない。憎悪がある。人の姿をした憎悪。それが、いまのゴードン・ザ・グールだ。

「待ってくれ」

あとじさりながら、ドン・グレーブルは言った。声がかすれた。語尾が震えた。

「謝る。謝罪する」ドン・グレーブルは言を継いだ。

「スコットには申し訳ないことをした。秘宝の権利は、すべておまえに渡す。会社も財産も、みんなくれてやる。だから、頼む。助けてくれ。撃たないでくれ」

「……………」

ゴードンは答えなかった。無言で、歩を進めた。ドン・グレーブルは半狂乱になった。

「やめろ。ここは動力ジェネレータだぞ！」必死で叫ぶ。

「撃ったら、爆発する。おまえも死ぬ。撃つのは、やめろ！」

トリガーボタンにかかったゴードンの指先に、力がこもった。

「よせ！」

バズーカ砲が火を吹いた。

ロケット弾が、ドン・グレーブルを貫いた。その肉体が裂けた。轟音が響いた。動力ジェネレータが爆発し、火球となった。すさまじい震動が、船体を激しく揺るがした。

〈バラクーダ〉が弾けた。

中央でふたつに折れた。爆発がつづく。炎が渦を巻く。船体が地上に落ちた。火柱が噴きあがった。耳を聾《ろう》する爆発音が大気をびりびりと震わせた。紅蓮《ぐれん》の炎が天空を焦がした。

ドン・グレーブルが死んだ。

ゴードン・ザ・グールも、息絶えた。

生き残った者は、ひとりもいない。

コワルスキーは苦戦を強いられていた。三対二でも、ようやく互角だったのに、タロスが仲間を収容すると言いだし、〈ミネルバ〉は戦線を離脱してしまった。

「薄情なやつだ！」

コワルスキーは呪いの言葉を吐きちらした。しかし、情況は悪化するだけではない。好転することもある。

とつぜんのことだった。敵戦闘艦の一隻が戦線を離れた。

これで、二対一だ。

「死にもの狂いでやれ」艦橋で、コワルスキーは怒鳴った。

「お遊びは終わった。ここからは、一気にぶっつぶす」

数十基のミサイルをまとめて発射した。〈コルドバ〉を中心に、ミサイルが輻《や》のように放たれる。とんでもない攻撃だ。二隻の宇宙船はうろたえ、あわてた。浮き足立ち、逃げまどった。

「突っこめ！」

コワルスキーは勢いづいた。〈コルドバ〉が体当たり覚悟で直進していく。

「五十センチブラスター、発射！」

さらに命令をだす。矢継ぎ早の攻撃だ。敵に息をつかせない。青白い火球が、つぎつぎとほとばしる。

ブラスターが、一隻の戦闘艦を捉えた。青い炎が、船体を包んだ。

「とどめを刺せ！」

加速の鈍った戦闘艦に、〈コルドバ〉が迫った。ビーム砲が斉射される。光条が戦闘艦をずたずたに切り裂いた。

戦闘艦が爆発する。

「つぎ！」

〈コルドバ〉を反転させた。

が、この反転は、動きを読まれていた。最後の一隻が、体勢を立て直していた。牽制のミサイルに、いつまでも惑わされてはいない。〈コルドバ〉の死角に、その一隻は素早くもぐりこんだ。

ビームが走る。〈コルドバ〉のメインエンジンを光条が灼く。

エンジンが一基、停止した。高度はわずかに六千メートル。〈コルドバ〉はあやうく失速しかけた。それを姿勢制御ノズルで支え、コワルスキーは転針を続行させた。

あらたなビームが飛来した。

これを〈コルドバ〉はぎりぎりでかわす。と同時に、またミサイルを連射する。五十センチブラスターも撃ちまくる。三基のメインエンジンのうち、一基を失った〈コルドバ〉の動きは鈍い。ブラスターは目標を外れた。ミサイルも迎撃された。

そのときだった。

〈バラクーダ〉が爆発した。

〈コルドバ〉と戦っていた戦闘艦の艦長は、総帥ドン・グレーブルの死を知った。となると、オオルルに留まり、連合宇宙軍の巡洋艦と命懸けの死闘をつづける理由は、もはやどこにもない。

戦闘艦は回頭し、その場からの離脱を開始した。

「そうはさせん！」

コワルスキーはむきになった。戦闘艦の行手にまわりこむよう、〈コルドバ〉を旋回させた。戦意を喪失し、逃げ腰になった敵は弱い。ここで敵を見逃すコワルスキーではない。

「艦長」副長の顔が通信スクリーンに映った。

「交信要請です。〈ミネルバ〉が呼んでいます」

「あとだ！」

コワルスキーは、吼えた。にべもなく、はねつけた。

「至急の呼びかけです」

「切れ！　切ってしまえ！」

コワルスキーの額に、青筋が浮かんだ。

「通信を切られました」

タロスが言った。肩をすくめた。

「もう一度、呼びだせ」

ジョウは引かない。タロスはさらに数分間、呼びだし信号を〈コルドバ〉に向けて送った。

「だめです」さじを投げた。

「応答する気がありません」

「自動発信にして、応答があるまでつづけろ」ジョウは言った。

「あのくそ馬鹿を見捨てることはできない」

〈ミネルバ〉はオオルルの周回軌道上にいた。星域外縁には、いつでも行ける。しかし、〈コルドバ〉がオオルルに残っている以上、何が起きるのかを伝えずに、ここから離れるわけにはいかない。

「アルフィン。異常は検知されていないか？」

首をめぐらし、ジョウは訊いた。

「ないわ」

アルフィンは短く答えた。ジョウはあせっている。二十万ペペラ以上の距離をとらなければならないとなると、起きるのは、間違いなく太陽系規模の異変だ。が、それがどういう形ではじまるのか、まったくわからない。前ぶれがあるのかないのか、それすらも判然としていない。オオルルの衛星軌道上に留まるのにも、限界がある。

「ジョウ！」ふいにアルフィンが金切り声を発した。

「イイラに異常。軌道に変化が！」

イイラなら拡大映像で見られる。ジョウはメインスクリーンにイイラを映した。

「ああっ」

四人の口からいっせいに驚きの声があがった。

第一惑星イイラが光り輝いている。アルームの反射による輝きではない。赤い燦《きらめ》き。表面が燃えさかっている。大地が炎上し、それが緋色《ひいろ》の光となって、ゆらめくように輝いている。

光度が増した。

つぎの瞬間、イイラが数倍の大きさに膨れあがった。輝きが純白に変わる。輪郭が淡くぼやけた。

「ガス球？」

リッキーが身を乗りだした。

「違う」タロスが乾いた声で言った。

「あれはプラズマだ。イイラを構成している原子の原子核と電子が分離して、数億度のプラズマになった」

　通信機に電子音が入った。〈コルドバ〉からの応答だ。タロスは我に返り、スイッチをオンにした。ジョウが通信スクリーンに視線を移した。

「コワルスキー！」

「うるさいぞ。きさまら」スクリーンにコワルスキーが映った。開口一番、そう言った。「勝ったからいいようなものの、きさまらの呼びだしにいちいち応答していたら、こっちがやられてしまう。少しは事情を考えろ」

「やられちまえ、このくそ馬鹿野郎！　それどころじゃない！」

　ジョウは大声で怒鳴った。その一喝《いっかつ》で、コワルスキーは気を呑まれた。口をつぐみ、頬をひきつらせた。

「すぐにオオルルを、いや、アルーム星域をでるんだ！　針路はどっちでもいい。とにかく星域から離脱し、ワープしろ！」

「落ち着け、ジョウ」なだめるように、コワルスキーが言った。

「何があった？　ゆっくり説明してくれ」

「落ち着くのはあとでいい！」ジョウはさらに怒鳴る。

「すぐに逃げろ！　エンジンを全開にしろ！」

「しかし、ドン・グレーブルやゴードン・ザ・グールを……」

「ドン・グレーブルも、ゴードンも、殺戮兄弟も、みんな死んだ！　オオルルには誰もいない！　早く逃げろ！　銀河系最後の秘宝が動きだした。いま逃げないと、間に合わない」

「銀河系最後の秘宝」コワルスキーの目が丸くなった。

「なんだ、それ？」

「説明は、あとでいくらでもしてやる！　早くしろ！　もうイイラが火の玉になった」

「なんだと？」

コワルスキーは背後を振り返り、部下に確認を命じた。即座に報告が返ってきた。聞いたコワルスキーの顔色が、一変した。

「ジョウ。こいつはいったい？」

スクリーンに向き直り、訊いた。

「説明はあとだ！」

「ジョウ」またアルフィンが叫んだ。

「ラランに異常が！」

終　章

惑星はつぎつぎとプラズマの火球と化した。

第四惑星のアイロロ。第五惑星のエパパポ。そして、いままた第六惑星のゴゴバが、光り輝くプラズマの塊になった。

原形を保っているのは、オオルルだけだ。オオルルにだけは、なんら変化がない。

猛烈な加速でアルームから遠去かる〈ミネルバ〉の操縦室で、四人は固唾《かたず》を呑み、その前代未聞の光景に見入っていた。これから何が起きるのか、まるで見当がつかない。

「おかしいわ」

アルフィンがつぶやくように言った。

「どうした？」

ジョウが訊いた。

「〈コルドバ〉が遅れている。まだアイロロの軌道あたりでもたもたしてるの」

「あの馬鹿」

ジョウは悪態をつき、通信機のスイッチを入れた。とたんに、すさまじいノイズが湧きあがった。ハイパーウェーブの電波状態が悪い。通常では考えられないほど、悪化している。

〈コルドバ〉がでた。

「コワルスキー、何をぐずぐずしている？」

ジョウは言った。口調が強い。

「あかんのだ。ジョウ」珍しく、コワルスキーはおとなしく応えた。

「ドン・グレーブルの戦闘艦に、メインエンジンを一基やられた。どうにも加速が伸びない」

困ったような表情をつくる。

「そんなことを言ってる場合か！」ジョウはコンソールパネルを平手で打った。

「逃げないと、巻きこまれるぞ」

「わかってる。きさまも宇宙軍の大佐をそうぽんぽん怒鳴るな」

「しかし」

「まあ待て」言葉をつづけようとするジョウを、コワルスキーは手で制した。

「修理もさせているのだ。すぐに加速をアップしてそっちに追いつくから、静かにしていろ」

コワルスキーは通信を切った。ジョウは回線を閉じず、そのままにした。

ダダルが火球になった。

メインスクリーンの映像を、空間表示立体スクリーンの三次元模擬映像に切り換えた。これは実際に観測された現象をコンピュータに解析させ、立体映像に再構成したものだ。実写映像ではない。だが、三次元模擬映像には、広い範囲で起きた現象を時間差《タイムラグ》なしに、一目で見られるという利点がある。

映像は、赤く大きな光点のアルームを中心にしたアルーム星域の全体図だった。本来、この手の映像では惑星は白い光点で表示される。しかし、アルーム星域の場合、白い光点なのは第三惑星のオオルルだけで、あとの六惑星は、白いぼおっとした塊で表現されていた。これはプラズマ化した惑星の質量が、かなり拡散したことを意味している。

グリーンの光点で表示されている〈ミネルバ〉は、星域外縁ぎりぎりのところまできていた。ここまでくれば、いざというとき、いつでもワープで逃げられる。一方、〈コルドバ〉を示すブルーの光点は、先ほどのやりとりにもかかわらず、ほとんど進んでいない。やっと、アイロロの惑星軌道あたりだ。アルームは、ソル太陽系などと違い、惑星軌道面が複雑に入り組んでいるから、どの方向に航行しても、ワープ可能域は一定して遠い。

ジョウは気が気ではなかった。このあとの推移が予測できないからだ。このままだと、いつ事態が急変するかもしれない。ジョウは〈コルドバ〉の鈍い動きに焦《じ》れていた。

警報音が鳴った。

惑星の模擬映像にあらたな変化が起きた。

球形を保っていたプラズマ塊が、その輪郭を崩した。どこかに向かって流出しはじめたという感じだ。急速に、ある方向へとプラズマが導かれているらしい。肉眼で見れば、白熱する巨大な光の帯が、暗黒の空間を高速度で疾駆しているかのように映るはずだ。

針路は、どのプラズマ流も一定だった。

と。

六本のプラズマ流が合流した。

オオルルは、その中をなんの影響も受けず、ゆったりと遊弋《ゆうよく》している。

ジョウは、サブスクリーンにオオルルの実写映像を入れてみた。オオルルはまばゆい光に包まれていた。

オオルルまでもがプラズマに？

一瞬、ジョウはそう思った。が、すぐにそれは誤りだとわかった。オオルルは、透明な力場に覆われている。発光しているのは、その力場だ。

障壁《バリアー》！

たしかにバリアーだ。それにしても、太陽系全域を鳴動させる現象に拮抗しうるバリアーとは、いったいどういうものなのだろう。ジョウはそのエネルギーの大きさを想像し、驚嘆した。

コワルスキーから通信が入った。

「恐ろしい眺めだ」

コワルスキーは言った。剛胆無比といわれたコワルスキーの声が震えている。ときに画像がひどく乱れる。

「そこでワープしろ！　コワルスキー」

ジョウは叫んだ。

「無理だ」コワルスキーは静かに言った。

「アルームが近すぎる。重力場の影響が、あまりにも大きい。ここでは、とてもワープできん」

「死ぬぞ。コワルスキー」

「心配するな、ジョウ。わしも、連合宇宙軍のコワルスキーだ。必ず脱出し――」

ふいに通信が途絶した。ジョウはあわてて通信機を調べた。故障ではない。ハイパーウェーブエリアがこの現象で荒らされている。はじめて体験する現象だ。容易ならざる事態である。

スクリーンに目をやった。

また映像が変化していた。

それぞれの惑星から流れだしたプラズマの帯が、ひとつの太い一本の流れになった。その流れは恒星アルームを囲むかのように伸びていき、大きな渦を巻きはじめている。映像で見ていても、はっきりとわかるほどの速い動きだ。猛烈な速度といっていい。惑星オルルはそのプラズマ渦流の外側にある。位置はほとんど変わっていない。

「こいつ、本当に人為的な現象なのか？」

タロスが茫然とし、問いかけるようにつぶやいた。

「…………」

誰も何も答えない。言葉が耳を素通りしている。ジョウも、アルフィンも、リッキーも、眼前で繰り広げられている光景に、目と心を奪われた。銀河系最後の秘宝の力がこれほどのものとは、毫《ごう》も思っていなかった。

プラズマ流が螺旋《らせん》の尾を引き、アルームに近づいていった。すうっと吸いこまれていくような感じだ。その先端がアルームの表面に接触した。プラズマ流が、アルームに呑みこまれる。

「まさか！」

ジョウが叫んだ。が、そこで絶句した。あとの言葉がつづかない。

見る間に、すべてのプラズマ流は恒星アルームに吸収された。死を間近にした赤色巨星が、プラズマ化した膨大な質量をその裡《うち》に取りこんだ。

「超新星《スーパーノヴァ》」

ジョウの顔がひきつった。指がひとりでにコンソールをまさぐり、ワープ機関の作動スイッチを探る。いまアルームが超新星と化したら、たとえ二十万ペペラ以上離れていても助かるものではない。あっという間に、〈ミネルバ〉は四散する高熱のガスに巻きこまれ、蒸発する。

ジョウの指先がスイッチに触れた。そこで動きが止まった。まだオンにできない。これから起こることへの好奇心が、恐怖を抑えこんでいる。それに、「二十万ペペラ以上離れればいい」とメ・ルォンは言った。その言葉も信じたい。

ジョウはメインスクリーンの映像を、アルームの実写に切り換えた。もう星域全体を見守る必要はない。つぎに何か起きるとすれば、それはアルームだ。

いつの間にか、コワルスキーのことを忘れていた。

プラズマ流を呑んだアルームを、まばたきもせず四人が見守る。しかし、目立った変化はない。

息苦しくなるような数分が過ぎた。

気のせいか、アルームが赤みを増したように見えた。濁った血のような赤が、澄んだ透明な赤になってきている。

とつぜん、光度が落ちた。

アルームがどす黒くなった。みるみる暗くなる。星全体が闇に覆われていく。

あっと四人が身を乗りだしたとき。

星が収縮した。急速にアルームの直径が縮んだ。

「重力崩壊《グラヴィティショナル・コラプス》」

タロスの口から言葉が漏れた。

「ブラックホールだったのか」

放心したようにジョウがつづけた。

赤色巨星になる以前のアルームは、質量が三十M以上あった。これは太陽系国家ソルの太陽に対して、三十倍以上の質量を有しているということだ。巨大な恒星である。

通常、ソルと同程度から四倍までの質量の恒星は、赤色巨星になったあとに収縮し、小爆発を起こして白色矮星になる。そして、ゆっくりと冷えていき、その一生を終える。

ソルの四倍から三十倍ほどの質量をもつ恒星の死は、もっと華々しいものになる。質量が大きいため、核融合反応がソル程度の恒星では至らないところにまで進み、水爆何千兆発ぶんという、想像を絶する大爆発を起こして、その表面を四方八方に吹き飛ばすからだ。これが超新星《スーパーノヴァ》だ。爆発したあとには、内側への爆縮《インプロージョン》によって生じた、パルサーと呼ばれる、直径わずか十数キロメートルの中性子星が、その遺骸として残される。

だが、この超新星爆発は、恒星の質量がソルの三十倍を超えるようになると、逆に起きなくなる。

かわりに重力崩壊《グラヴィテイショナル・コラプス》が起きる。

巨大な質量による重力を支えていた枷《かせ》がはずれて、無限に凝縮しはじめてしまうためだ。家の柱が、すべて折れてしまったところを想像してもらいたい。当然、屋根が落ちる。その屋根の下に、また屋根があったとしよう。落ちてきた屋根の重みでつぎの屋根も落ちる。すると、またその下に屋根があって、その屋根も落ちる。……と、このように屋根の落下がえんえんとつづいていく。これが無限崩壊のパターンだ。

落ちた屋根はつぎの屋根が加わることにより、どんどん重さを増していく。重力崩壊も同じだ。無限に凝縮されることによって、重力はどこまでも強力になっていく。そして、ついには光すら脱出できないほどの超強力重力場が形成される。

これをブラックホールという。

ものが目に見えるのは、光を発しているか、あるいは光を反射しているからだ。光はガラスを透過するから、ガラスは透きとおって見える。もし、完全に光を透過させるガラスがあったとしたら、そのガラスはまったく見えないことになる。

光が重力場にとらえられて逃げだせないということは、発光もしなければ、反射もしないということだ。重力場で光を封じこめてしまうブラックホールは、そこにありながら、見ることができない。そういう存在である。

恒星アルームは「収縮しはじめた」とジョウたちが思ったとき、もうその姿を消していた。文字どおり、一瞬である。一瞬にして、ブラックホールになった。あとに残っているのは、漆黒の宇宙空間だけだ。近接質量計と重力波メーターのゲージだけが、そこにまだアルームがあることを示している。

唐突に、通信が回復した。

「ジョウ、だめだ!」

コワルスキーの悲痛な叫び声が聞こえた。通信スクリーンはあいかわらずホワイトノイズに埋めつくされ、何も映っていない。

「コワルスキー!」

ジョウはコンソールデスクに向き直った。スイッチキーを弾き、メインスクリーンを三次元模擬映像に戻した。光点が映る。〈コルドバ〉のブルー光点とオオルルの白い光点だ。画面中央にあるはずのブラックホールは、表示されていない。

〈コルドバ〉が動いていた。流されているように見える。じりじりとアルームに吸い寄せられているらしい。ブラックホールに捕まった。重力の触手から脱出できないでいる。このままだと、重力の潮汐作用で船体が引き裂かれ、ばらばらに砕けてブラックホールに吸収されてしまう。

「パワーが足りん」

コワルスキーは言う。絶望の声だ。

「コワルスキー！」

ジョウは声を振り絞った。

また通信が不能になった。応答が返ってこない。

ジョウはメインスクリーンを見た。

ブルー光点の移動速度があがっていた。急流に流される小舟のように〈コルドバ〉は弧を描き、映像の中心へと高速度で向かっている。

タロスが映像を実写に切り換えた。

暗黒の闇の中で、何かが小さく光った。かすかな、短い燦きだった。〈コルドバ〉の爆発だ。それに間違いない。

「コワルスキー……」

ジョウは身動きできなかった。凍りついたように、メインスクリーンを凝視していた。目の焦点が合っていない。背後で、アルフィンが泣いている。

白く輝くバリアーに包まれた惑星オオルルが、画面の中に入ってきた。自力移動している。オオルルは流されていない。

オオルルは螺旋《らせん》軌道で、ブラックホールをめざしていた。

それは明らかに、ブラックホールへの進入軌道である。重力の潮汐作用は、あのバリアーでさえぎられているのだろう。超絶の科学技術だ。

「ブラックホールとホワイトホールによる時空間転位」

タロスが言った。

吸収専門のブラックホールに対して、釣り合いをとるために排出専門のホワイトホールが存在することは、理論的に証明されている。しかし、ブラックホールのように、実在がはっきりと確認されたホワイトホールは、まだひとつもない。

〝ドゥットントロウパの子〟の銀河系最後の秘宝——時空間転位機構は、そのブラックホールとホワイトホールの理論を応用したものだった。

重力崩壊《グラヴィティショナル・コラプス》の直前にある赤色巨星の惑星をプラズマに変えて、赤色巨星の中に流しこむ。屋根を支える柱を折るためだ。結果として、一触即発の状態にあった赤色巨星は即座にブラックホールとなる。

そのブラックホールに、バリアーで覆った惑星で入っていき、不可視の通路を抜ければ、惑星は時空間の異なる他の宇宙へと至る。出口はホワイトホールだ。原理的には、ワープ航法とよく似た印象を与えるが、ワープが同一時空間での移動を目的としているのに対して、銀河系最後の秘宝は、時空間それ自体を移動する。ワープ航法とは完全に別物だ。水と油ほどの違いがある。

オオルルの動きが速くなった。

そして。

ふっ、と掻き消すように見えなくなった。

オオルル人が、この宇宙を去った。

あとには、虚空だけが残った。

＊

どれほどの時間、そうしていたろうか。

ジョウはみじろぎもせずにただ黙し、〈ミネルバ〉のフロントウィンドウに広がる宇宙空間をじっと見つめていた。

「行っちまったね」

リッキーが言った。

「ああ」

タロスがなげやりに答えた。

「みんな死んだわ。コワルスキーも、ゴードンも、ドン・グレーブルも、ロイもヒルも。みんな死んでしまった」

アルフィンはまだ泣いていた。

「どうして、一緒に暮らせないんだよ？」

リッキーがすねたように訊いた。

「どうしてかな？」

タロスは問いを返した。

「俺らとタロスはいつも喧嘩してるけど、それでもこうやってひとつ屋根の下で楽しく暮らしている。宇宙はこんなに広いんだから、種族が違うのがひとつやふたついたって、どうってことないじゃないか」

「理性じゃねえんだ、リッキー。種族概念《メンタリティ》ってやつは」

「そんなの納得できない！」リッキーも涙声になった。

「そんなんじゃ、いつまで経っても人類はひとりぼっちじゃないか。人類以外の友だちなんて、絶対にできない」

「そうだ」

抑揚のない、沈んだ声が響いた。それまで、一言も口をきかなかったジョウの声だった。

ジョウはゆっくりと首をめぐらし、言った。

「われわれは、孤独なんだ」

本書は2001年7月に朝日ソノラマより刊行された
改訂版を加筆・修正したものです。

ダーティペア・シリーズ／高千穂遙

ダーティペアの大冒険

銀河系最強の美少女二人が巻き起こす大活躍
大騒動を描いたビジュアル系スペースオペラ

ダーティペアの大逆転

鉱業惑星での事件調査のために派遣されたダーティペアがたどりついた意外な真相とは？

ダーティペアの大乱戦

惑星ドルロイで起こった高級セクソロイド殺しの犯人に迫るダーティペアが見たものは？

ダーティペアの大脱走

銀河随一のお嬢様学校で奇病発生！　ユリとケイは原因究明のために学園に潜入する。

ダーティペア　独裁者の遺産

あの、ユリとケイが帰ってきた！　ムギ誕生の秘密にせまる、ルーキー時代のエピソード

ダーティペア・シリーズ／高千穂遙

ダーティペアの大復活

ユリとケイが冷凍睡眠から目覚めたら大変なことが。宇宙の危機を救え、ダーティペア！

ダーティペアの大征服

ヒロイックファンタジーの世界を実現させたテーマパークに、ユリとケイが潜入捜査だ！

ダーティペアFLASH 1 天使の憂鬱

ユリとケイが邪悪な意志生命体を追って学園に潜入。大人気シリーズが新設定で新登場！

ダーティペアFLASH 2 天使の微笑

学園での特務任務中のユリとケイだが、恒例の修学旅行のさなか、新たな妖魔が出現する

ダーティペアFLASH 3 天使の悪戯

ユリとケイは、飛行訓練中に、船籍不明の戦闘機の襲撃を受け、絶体絶命の大ピンチに！

次世代型作家のリアル・フィクション

スラムオンライン
桜坂　洋
最強の格闘家になるか？　現実世界の彼女を選ぶか？　ポリゴンとテクスチャの青春小説

ブルースカイ
桜庭一樹
あたしは死んだ。この眩しい青空の下で――少女という概念をめぐる三つの箱庭の物語。

サマー／タイム／トラベラー1
新城カズマ
あの夏、彼女は未来を待っていた――時間改変も並行宇宙もない、ありきたりの青春小説

サマー／タイム／トラベラー2
新城カズマ
夏の終わり、未来は彼女を見つけた――宇宙戦争も銀河帝国もない、完璧な空想科学小説

零　式
海猫沢めろん
特攻少女と堕天子の出会いが世界を揺るがせる。期待の新鋭が描く疾走と飛翔の青春小説

ハヤカワ文庫

珠玉の短篇集

五人姉妹
菅　浩江
クローン姉妹の複雑な心模様を描いた表題作ほか〝やさしさ〟と〝せつなさ〟の9篇収録

レフト・アローン
藤崎慎吾
五感を制御された火星の兵士の運命を描く表題作他、科学の言葉がつむぐ宇宙の神話5篇

西城秀樹のおかげです
森奈津子
人類に福音を授ける愛と笑いとエロスの8篇日本SF大賞候補の代表作、待望の文庫化！

夢の樹が接げたなら
森岡浩之
《星界》シリーズで、SF新時代を切り拓く森岡浩之のエッセンスが凝集した8篇を収録

シュレディンガーのチョコパフェ
山本　弘
時空の混淆とアキバ系恋愛の行方を描く表題作、SFマガジン読者賞受賞作など7篇収録

神林長平作品

宇宙探査機　迷惑一番
地球連邦宇宙軍・雷獣小隊が遭遇した謎の物体は、次元を超えた大騒動の始まりだった。

蒼いくちづけ
卑劣な計略で命を絶たれたテレパスの少女。その残存思念が、月面都市にもたらした災厄

ルナティカン
アンドロイドに育てられた少年の出生には、月面都市の構造に関わる秘密があった——。

親切がいっぱい
ボランティア斡旋業の良子、突然降ってきた宇宙人〝マロくん〟たちの不思議な〝日常〟

天国にそっくりな星
惑星ヴァルボスに移住した私立探偵のおれは宗教団体がらみの事件で世界の真実を知る!?

ハヤカワ文庫

神林長平作品

敵は海賊・海賊版

海賊課刑事ラテルとアプロが伝説の宇宙海賊匋冥に挑む！　傑作スペースオペラ第一作。

敵は海賊・猫たちの饗宴

海賊課をクビになったラテルらは、再就職先で仮想現実を現実化する装置に巻き込まれる

敵は海賊・海賊たちの憂鬱

ある政治家の護衛を担当したラテルらであったが、その背後には人知を超えた存在が……

敵は海賊・不敵な休暇

チーフ代理にされたラテルらをしりめに、人間の意識をあやつる特殊捜査官が匋冥に迫る

敵は海賊・海賊課の一日

アプロの六六六回目の誕生日に、不可思議な出来事が次々と……彼は時間を操作できる!?

谷　甲州の作品

惑星CB-8越冬隊

極寒の惑星CB-8で、思わぬ事件に遭遇した汎銀河人たちの活躍を描く冒険ハードSF

終わりなき索敵 上下

第一次外惑星動乱終結から十一年後の異変を描く、航空宇宙軍史を集大成する一大巨篇！

遙かなり神々の座

登山家の滝沢が隊長を引き受けた登山隊の正体は、武装ゲリラだった。本格山岳冒険小説

神々の座を越えて 上下

友人の窮地を知り、滝沢が目指したヒマラヤの山々には政治の罠が。迫力の山岳冒険小説

ハヤカワ文庫

谷　甲州の作品

ジャンキー・ジャンクション

謎めいたヒマラヤ登山に挑むクライマーたちが、過酷な状況で遭遇した幻想と狂気の物語

エリコ 上下

美貌の高級娼婦、北沢エリコにせまる陰謀の正体は？　嗜虐と倒錯のバイオサスペンス！

星空の二人

時空を超えた切ない心の交流を描く表題作を含む、ロマンチックでハードな宇宙SF8篇

エミリーの記憶

人間の記憶と意識のありようの奇妙さを鋭く描き出したサイコティックSFミステリ14篇

パンドラ（全4巻）

ある科学者が観測した動物の異常行動。それは地球の命運を左右する凶変の前兆だった！

著者略歴　1951年生，法政大学社会学部卒，作家　著書『ダーティペアの大冒険』『ダーティペアの大復活』『ダーティペアの大征服』（以上早川書房刊）他多数

HM=Hayakawa Mystery
SF=Science Fiction
JA=Japanese Author
NV=Novel
NF=Nonfiction
FT=Fantasy

クラッシャージョウ③

銀《ぎん》河《が》系《けい》最《さい》後《ご》の秘《ひ》宝《ほう》

〈JA941〉

二〇〇八年十一月二十日　印刷
二〇〇八年十一月二十五日　発行
（定価はカバーに表示してあります）

著者　高《たか》千《ち》穂《ほ》遙《はるか》
発行者　早川浩
印刷者　矢部一憲
発行所　株式会社　早川書房
郵便番号　一〇一 - 〇〇四六
東京都千代田区神田多町二ノ二
電話　〇三 - 三二五二 - 三一一一（大代表）
振替　〇〇一六〇 - 三 - 四七七九九
http://www.hayakawa-online.co.jp

乱丁・落丁本は小社制作部宛お送り下さい。
送料小社負担にてお取りかえいたします。

印刷・三松堂印刷株式会社　製本・株式会社明光社

ISBN978-4-15-030941-1 C0193